风过白榆

刘庆 著

作家出版社

作者简介

刘庆，现为辽宁大学文学院教授，1968 年
生于吉林省辉南县，1990 年毕业于吉林财
贸学院统计专业，曾任《华商晨报》社社长
兼总编辑。1990 年在《作家》杂志发表小
说处女作。1997 年 1 期在《收获》杂志发
表第一部长篇小说《风过白榆》，并由作家
出版社出版。2003 年《收获》杂志 4 期刊
发长篇小说《长势喜人》，由漓江出版社出
版，并入选中国小说学会评定的 2004 年中
国长篇小说排行榜。另有《信使》《湖边的
夜晚》等中短篇小说集出版。曾获长白山文
艺奖、吉林文学奖、东北文学奖、辽宁文学
奖等多种文学奖项。长篇小说《唇典》首发
于 2017《收获》长篇专号（春卷），被中
国小说学会评定为 2017 年中国小说排行榜
长篇小说榜第一名，2018 年获得世界华文
长篇小说奖红楼梦奖首奖。

目录

风过白榆

风过白榆

楔　子

二十年后的榆树镇已经面目全非了，当年镇中心的灯光球场现在变成了一条穿镇的横街。

当初看着很大的广场变成一条街道后并没留下多大的空地，空着的地方做了城西的停车场。镇子中心东移了，移到了早先的红旗饭店一带。红旗饭店的白面卷饼、香肠拼盘和猪杂碎汤曾令榆树镇人心驰神往，驻足流涎，但当时除了一个胸前挂满勋章的老太太，榆树镇再没有谁敢经常光顾那里。每当他们透过饭店肮脏的玻璃窗，看见那个麻脸矮胖的老太太一小口一小口地啜着肉汤，他们的胃里总是不自觉地痉挛，气盛的青年人抱怨自己晚生了二十年，战争没有他们的份，使他们丧失了享受美味的机会。那些挂在旧黄布军衣上的勋章使喝杂碎汤成了一种身份的象征，那时，他们根本想不到有一天孩子们——他们自己的孩子，会一边吃着巧克力和威化饼干，一边漫不经心地扔几张钱给游艺厅的老板，就在当年老太太喝汤的座位前玩着电子游戏和赌博的弹子机。

时光把四十平方米的专营油盐酱醋和玉米面的解放粮店变成了

1

六层楼的商厦，镇子里新一代的年轻人纷纷在里面开设了宰人的精品屋，偷偷地经营"滚包服"，也就是非法进口的外国旧服装，商店里每天都有热热闹闹的吵骂声。

　　过去的花子胡同和窑子街被打通了，两边铺面挤挤匝匝。雨天，白布、花布、红布还有其他颜色的雨布沐浴在白亮的雨水中，雨水从雨布上飞下两排瀑布一样的雨帘。过去在花子胡同经常行走的三个小脑袋人只剩下一个了，比壮汉的拳头大不太多的脑袋上爬满了皱纹，更生布裤子的裆部那里却变小了。二十年前可不是这样，三个人那个地方都患着小肠疝气，差不多和他们的脑袋一样大小。人们不知道活着的这个叫大，还是叫二，或是叫三，总之就剩这么一个了，他的下巴竟也可笑地长出了黄焦焦的稀疏的胡须，这新修的街叫中心市场，中心市场里每天都有铺面开张的鞭炮声。

　　中心市场的牌子就立在离花子房两百米的地方。花子房曾是镇子里最肮脏的场所。说它肮脏，倒不是那里有厕所或垃圾堆。相反，花子房前面的空地有一个很大的花坛，种植着黄的托盘，紫的步登高，还有堆堆火一样的串红。花坛是镇公安局修的，可不管怎么打扮，都改变不了榆树镇人视那里极为肮脏的看法。花子房在日本人占领这个镇子之前就是窑子了，养着十几铺可卖的大炕。现在花坛仍在，没有花了，竖起了一个二十米高的钢筋水泥雕塑。雕塑很粗糙，是一个人字形的架子，这是榆树镇现在的镇标。

　　榆树镇重新设立标志是两年前的事，这个颇具时代气息的标志直至今日也没有得到人们的认可。三十岁以上的人都说："这算什么呢？设计这个东西的人不和小脑袋的大二三一样没有脑子吗？榆树镇还用重新竖立标志吗？榆树镇的标志不就是白榆树吗？"

　　他们说，榆树镇的象征是白榆树。

但是白榆树在这个正在向更新的时代迈进的镇子里已经消失了，现在竖立在镇子里的是密密的蜻蜓翅膀和电视天线一样的脚手架。榆树镇正在变成一个大工地，打夯机每天砸得山响，外地来的民工戴着旧安全帽，裸着的后背流着汗泥道道，他们正在为新的榆树镇砌着一堵堵砖墙，一座座楼房。休息时，民工们团坐在一起，操着怪里怪气的南方口音，但这不影响他们和当地消闲的老人交流。

渐渐地，这些外地人发现，榆树镇的老人们聊天时总忘不了这样的话：那些白榆树啊！他们叙述事件时对时间的指定也极有意思，比如他们会说，长榆树钱的时候，榆树叶满街飞的时候，灯光球场起蛾子那年，剪裤腿脚的那年，他们还说，灯光球场开宣判大会的那年……在他们梦幻般的叙述中，每一个时间都尘封着一段故事。

第一部

第一章

剪裤腿脚是那年春天的事，先后发生了两次。

第一次白榆树刚刚吐出米粒大的叶芽。那些天，镇子上忽然间就走着一个个留着长鬓角的年轻人，男男女女地一处，他们穿着难看死了的裤子。这种裤子紧紧地兜着屁股，女孩子已经长成却还没有长开的紧绷绷的屁股蛋仿佛呼之欲出，最难以忍受和让人想入非非的，还有前面微隆的部位和后面的那道沟。男孩子更像在炫耀那个地方的大小，很矮的立裆托着一嘟噜东西。相反，裤子一律留着两尺宽的裤脚，盖在脚面子上，拖拖沓沓，呼呼嗒嗒扇起满街尘土。最先穿上这种裤子的是下乡的知青和一部分游手好闲的待业青年，很快就波及了附近的农村和学校。喇叭裤的出现让榆树镇的正经人家十分恐慌和忧虑。于是，镇子里几所小学的小学生就在治安部门的授意下，提着剪子和格尺，上街了。

这一天，只要是裤脚超过二十公分的裤子大多被孩子们强行剪开了。这期间当然也会发生许多不快和冲突，除了少数几起有人打坏孩子的鼻子然后逃走的事情，其他的均在警察们的有力措施下解决了。镇小停课三天，喇叭裤的势头就过去了。

人们刚刚喘了一口气，另一种可怕的情形出现了，那些被剪开的裤脚缝合时只剩下十几公分，裤脚几乎箍住了脚脖，萝卜裤使年轻人产生了报复的快感，他们在用这种极端的方式进行无声的抗议。

毫无疑问，榆树镇对这种状况同样不会手软，并予以坚决取缔。这镇子的学生第二次上街仍然提着剪刀，不同的是格尺变成了酒瓶子，只要裤脚塞不进瓶子，一律剪开。两次剪裤脚的运动只隔了一个月，第二次上街时，街道两旁的白榆树结下了嫩黄色的榆钱了。

离开三十年之久的陆朝臣在一九七三年重新回到了榆树镇，距今天已是二十年前的事。至于他是第一次剪裤脚时回来的，还是第二次剪裤脚时回来的，已经没有人记得清了，人们只记得他回来时脸色苍白，透着青色，浮肿着。他矮墩墩的，背着干净的小行李卷，手里提着一个流行的尼龙网兜，里面放着塑料脸盆和香皂盒。他的目光呆滞阴沉，蓝单帽一圈汗碱，帽檐低低地压在眼眶上。他穿着一身肥肥大大的蓝制服。

榆树镇给陆朝臣的第一个印象是镇子变大了，人变多了，而白榆树却已稀少，且被规矩在一个个草绳系成的护栏内，这让他不自觉地想起了"专政"的字眼。白榆树唤起了他的许多记忆，麻木了很久的乡情，还有愧对父老的种种酸涩情怀冲动两颊，他抽搐着流下了两行浊泪。

陆朝臣迎着故里的太阳，全身还不寒而栗，起了一层鸡皮疙瘩。

一个离乡多年的人，不论他怀着怎样的心情，他最先感觉到的

8

总是故乡的变化。榆树镇街道两旁的墙上、树上，厕所墙上，都贴着各种标语口号。这些标语和其他的地方如出一辙，耳熟的语录歌热热闹闹地替换了早年的叫卖声，街头宣传车震颤着喘息着放着废气碾过很窄的一条沥青路面，他听了很长时间，才从宣传口号中弄明白了，这个镇子正在进行着一场奇怪的运动，打击的对象是奇装异服。

万分熟稔和十分陌生的景象，很容易就使陆朝臣迷失了方向，他一时间找不到早先熟悉的路径的标志，愣在了镇东头的路口。他的身后是镇郊的菜地，挥发着农家肥热烘烘的味道。再远处是很密的村落，弥漫着午炊的薄烟。他的前面是换了人间的榆树镇。

就在这时，一群小学生迎面走了过来，站在了离他五米远的地方，孩子们的眼睛先是扫过他的裤脚，然后才回到他的脸上。他们喊喊喳喳说着什么，最后他们推举出一个女孩，并簇拥着她走上前来。

这是一个十三四岁的女孩，梳着两条大拇指粗的小辫，健康的黑红的脸蛋上长着很浅的雀斑，媚气的一双眼睛狡黠地眯着，她故意板着脸，咬着嘴角。紧跟着她的是一个头发发黄的女孩，干瘦的两条细腿，穿着肮脏的红碎花的布衫，凝着眉，也故意咬着嘴角，其他几个男女学生脸上的表情也十分生动。他们压抑着快活的心情，围住了懵懵懂懂的陆朝臣。

他们小声地催促前面的女孩。

"陶小米，说话呀！"

"陶小米，你怎么不说话？你说呀！"

被叫作陶小米的小女孩咳了一声，两只手背到后面，她忽然大喊一声："低头！"

脸盆一下子掉在地上，陆朝臣一哆嗦，本能地弯下腰，并习惯地摘下帽子，露出颗葫芦一样的光头。

　　哄，孩子们带着恶作剧的满足跑散了，边跑边互相推搡着大笑，他们实在没想到这次的效果会如此之好，出人意料。这天上午，他们唬过两个进城的农民和一个老太太，他们愣一下就破口大骂。

　　跑出十几米远，那个陶小米站住了，拉住了碎花衫子的女孩，低声说了两句。碎花衫子的女孩扭捏了两下，陶小米推开她，独自向陆朝臣走去。

　　陆朝臣觉得自己此时正站在空荡荡的院子里，四周是拉着电网的摇着衰草的高墙。他孤立无助，绝望地看着黑洞洞的天空，几声撕心裂肺的犬吠，使他在最后的关头，放弃了越狱或自杀的念头。后来他回忆，当时模模糊糊地想到的就是榆树镇人冷冷的目光和愤怒的声音。

　　眼前的胖老头满脸悲戚透着愠怒。女孩略一犹豫，放开胆子问了一句："你不认识路吧？你去哪儿？我告诉你。"

　　陆朝臣苦涩地摇摇头，"花子胡同。"他说，"我要去花子胡同。"

　　"那地方早就不叫花子胡同了，现在叫专政路。"叫陶小米的女孩指指向左拐去的一条土路，"沿着这条路往前走，走到头往左拐，再往西走，拐过弯能看见一个花坛，一排白榆树，那前面就是专政路。"

　　陆朝臣接过女孩送上的脸盆，冷冷地点点头，向那条土路拐去。走出一段，发现女孩仍跟着他。

　　女孩说："你是外地人吗？"

　　"不是。"陆朝臣羞愧而恼怒地说，"我小时候就住这儿。"

"你离开很多年了吗？"

"三十年，"陆朝臣说，"我走了三十年。"

这天上午，专政路一幢快要倒塌的房子终于等回了他的旧主人。这处房子二十多年没有倒的原因是它接待过一拨拨逃荒的人和外地的手艺人。他们由当地好心肠的人指点，到这里落脚，有的住上两天，有的住上一年半载，住长一些的人进行过简单的修缮，抹一遍土墙，或苫几把草。

陆朝臣回到专政路，很快便引起了波动。在专政路居住十年以上的住户没人不知道陆朝臣，这个多少带有一点传奇色彩的人曾给花子胡同带来过莫大的荣耀，也为后来的专政路抹了黑。然而陆朝臣一直生活在认识他的人的记忆中，活在年轻人听到的描述中。这样一个人突然回到镇上，引起关注确在情理之中。

陆朝臣沉重的脚步终于踏上了凹凸不平的石子路，他大汗淋漓，一脸不自然的笑容。从东往西，走过一千二百米的专政路。

陆朝臣热切的眼神像两个乒乓球弹来跳去，他渴望和人们交流，渴望人们问候他。这时候，只要有人热情地看他一眼，他就会疾步上前握住他的手，他的口袋里放好了准备散发的两盒纸烟，他设计了好几种敬烟的动作。只有一个疯子，在他东张西望的时候，猛地就站在了他的身边。疯子也没和他说一句话，疯子目光痴呆，眼眉可笑地拧着，嘴唇不自觉地颤抖，眼光却在路面上扫来扫去，专政路躲在门后和站在院子里的人们都目睹了陆朝臣的尴尬。酒疯子向陆朝臣打了招呼，他说："你躲开，老子让你躲开，你听见没有？"疯子眼睛一瞬间掠过惊喜，他不顾一切地扑到陆朝臣的脚下，狗一样地嗅了起来。陆朝臣闪开身，天气闷热，他已汗流浃背。天不知何时阴了，云影掠过，云越压越低。陆朝臣坚持着挺直

这天上午，人们看见陆朝臣僵硬地笑着，他一副厨师打扮，手里拎着一把勺子，站在热气腾腾的汤锅前面。风泪眼难看地眯缝着。后来他不再站在那儿，他坐下来亲自陪客。来陆家喝肉汤的只有田家的孙子大二三，酒疯子，还有不知来历的两个过路乞丐，拿着掉了漆的搪瓷缸子，喝得咕嘟咕嘟响。酒疯子边喝边骂大二三，起先三个小脑袋还傻着，等从酒疯子的表情窥出端倪，他们就像三只火烧了屁股的猴子，一起跳起来，把碗里的汤劈头盖脸地向酒疯子泼来。酒疯子哈哈大笑，然后，他为小脑袋和陆朝臣表演了不脱长裤就能脱掉裤衩的绝技。他把双腿弯曲，手从裤腿伸进去，三掏两掏，沾着屎尿的裤衩就被他脱下来扔在了饭桌上。大二三高兴得满地打滚。

夏天的夜晚，镇外的水田汪着一片片白水。沉郁的天空下，田埂上弥漫着苣荬菜、婆婆丁、柳蒿芽、猪耳朵菜、荠荠菜、车前草等各种野菜混合的略带点苦味的甜香气息，泥块在水里酥软，惊起一片又一片的蛙鸣，蛙鼓悠然绵长。

为了保证农业用电，榆树镇这晚一片漆黑，街上只有少数的几户人家闪烁着蜡烛或油灯的光亮。陆朝臣点的是一盏嘎斯灯，火苗在咝咝的响声中格外雪亮刺目。他的脚下满地烟蒂，前面的桌子上摆着十几把刷帚，三四把铝勺，二十几只粗瓷小碗，还有两把竹筷和五六个汤匙，这是人们对他请客的回报。冷漠地看着早没了热气的汤锅，陆朝臣的双颊更加肿胀了，他开始无休无止地牙疼。

他想他是错了，榆树镇再也不会接纳他了，将来他也是一个进不了祖坟的孤魂野鬼。他想得太简单了，他这样讨好人们，可就连老指这种近乎要饭的人都没有来，人们不屑喝他的肉汤，也许明天还会有人借此来批斗他吧，他好像看见自己站在了专政路口，向所有的人低下一颗生了赘肉的脑袋。

这天榆树镇使刑满释放的陆朝臣又戴上了沉重的桎梏，丢掉了最后一点自尊。在以后的日子里，榆树镇将为此付出代价。

第二天早晨，陆朝臣意外地发现他支在院子里的汤锅被人动过了。锅里的肉汤见了底，夜里下过小雨，院子里布满新鲜的杂乱的大大小小的脚印。

第二章

罗小梅从记事开始，到现在的十三岁，有好几年的时间她是怀着对姑姑罗云的敬慕度过的。她喜欢姑姑终年穿着的打了补丁的旧军装，喜欢她挂在胸前的一枚枚勋章，喜欢她喝水的军用水壶、搪瓷缸子、旧毛巾、旧腰带以及她用来束胸的布带。她模仿姑姑的一举一动，连姑姑日益臃肿起来的步态也成了她效仿的对象。一天天的耳濡目染，她形成了和姑姑一样的怪僻性格，喜怒无常，骄横、敏感和焦虑暴躁。任性使她在小伙伴中很快树立了威信，她和男孩子一起掷瓦片、玩弹子、弹玻璃球，拉着手玩"山连山，水连水"。玩抓特务的游戏中她总是军官，最不喜欢的就是过家家，讨厌女孩们玩口球时的咕唧咕唧的声音。小时候她真是野极了，有一回和一个比她大两岁的男孩摔跤，一连胜了四次。

她七岁的那年，意识到了自己是个女孩。一个闷热的中午，她偷偷地把妹妹扔在粮库的院子里，和一群男孩子跑到镇外的三通河游泳。一路上他们说说笑笑，毫无顾忌，等到他们来到大河边，几个小男孩脱掉了裤头扑通扑通跳进了水里，几个稍大一点的男孩却表现出了扭捏和隐隐的兴奋——他们在等她先脱衣服。天热极了，河边的青草里懒洋洋的蛙鸣催人入眠，河对岸的村子里传来一声高一声低的驴叫，空气中散发着隔年的腐草根和河泥的腥味，孩子们排在草棵里的粪便同青草味混在一起，热烘烘的臭味搅得她头晕。在男孩子们目光的注视下，她忽然间羞涩起来，这种想法以前从未有过。她想，她就是脱衣服也要到树林里去。她转身的当儿，几个男孩子飞快地脱掉了裤子奔到水中去了。一瞥之间，她看见了其中的一个异于自己身上的物件，她的脸立即红到了耳根，她不自觉地转身跑了。身后水里的男孩们恶作剧的哄笑声臊得她无地自容。他们大声起哄："罗小梅，哄啊！罗小梅，哄啊！"

跑出很远，她停下来，爬上一棵树，向游泳的地方瞭望。她看见他们正在河堤上站成一排，比赛着尿水的射程，一条条银亮的水线在阳光下抛洒着。她忽然心里憋闷起来，流下了两行委屈的泪水。

从那以后，她不再和男孩子们一起玩了，她的性格变得内向寡言。这种变化还和她日益沉重的负担有关，学校的功课不重，但她需要照顾两个妹妹。二妹的出生把罗小梅所能拥有的空闲时间全部占去了。出去玩，她得背着二妹，领着大妹。二妹每天趴在她的身上嗑她的小褂，这孩子的体质不好，动不动就闹病，蹬着两条小腿哭闹，使她厌烦透顶。终于有一天，她耐不住街上的小伙伴们采榆钱的诱惑，把孩子放在院子的煤筐里叫大妹看着，自己跑到街上去了。

满街的白榆树都结满了榆钱，杏黄透着嫩绿的榆钱让孩子们流口水。他们爬树、跳高，用一条木棍绑上镰刀，专挑枝细榆钱多的枝杈割，割下来就撸下大把的榆钱送进嘴里，嚼出很清香的绿汁。

白榆树的榆钱有些苦，但不妨碍孩子们把这当成美好的零食——总比吃到一块叫缸炉的硬点心容易很多。他们大声呼应着。一会儿这个喊："到这来呀！"他们一起跑到这棵树下。刚跑过来，那里又喊："到这来呀！"他们又一起跑到那棵树下面去。有一个孩子被砍下来的树枝扎破了脑袋，流了血，大家才一齐散了。罗小梅拿着一枝榆钱往回走，发现大妹一直跟在她的身后，这下她吓坏了，想起自己跑出来太长时间了，二妹还扔在院子的煤筐里。

等她跑进家门，祸闯定了。母亲徐立群一边露着胸脯奶着孩子，一边拿着一把鸡毛掸子等她。她的脸色变了，第一个念头是逃走，没及转身，只听见母亲徐立群尖叫一声。她一愣的工夫，母亲冲过来抓住了她的头发。徐立群方才的一声尖叫是乳房被奶着的女孩咬了一口，这孩子刚刚长出四颗牙齿，就在母亲的奶头上留下了两排血印。抓过罗小梅，徐立群犹豫了一下，她看见可怜的丫头脸吓白了，鼻尖冒出了汗珠。

"叫你看孩子，你死哪去了？"徐立群声音尖利，她把腋下夹着的孩子送到大女儿的眼皮底下，那孩子的左腮破了一块，仍在流血。"叫你看孩子，你让公鸡啄了她！叫你看孩子，你让公鸡啄了她！"

罗小梅知道这顿打是挨不过去了，她求救地向正屋的门口看，那儿站着她的姑姑罗云。她的姑姑冷笑着，抱着膀，样子像是在看戏。

徐立群也在看罗云的变化。一瞬间，她的火更大了，软了的心一下子硬了，她撒开手，抢起鸡毛掸子，向大女儿的屁股抽过来。边抽边破口大骂："你的眼睛瞎了吗？你怎么不瞎了你，小骚×，看我撕烂了你。"

罗小梅被母亲的狠样子吓呆了，她忘了躲，在那挺着挨打。倒是大妹跑过来哭着抱住了母亲的腿，哀求着："妈，别打了，别打了，妈！"

徐立群掉过掸子又打二女儿，罗小花破声地大叫："姑姑，快拉呀！打死我了。"

罗云没有动，仍然冷笑着。她方才在屋子里睡觉，实在是没看见院子里的孩子，被哭声吵醒，她也没出屋，直到听出声音不对，怏怏地走出来，正巧徐立群从外面回来，抱起孩子，她才知道孩子被公鸡啄了。

徐立群打了一气，没见罗云应声，她就停下手，骂起来："吃吧，吃去吧！怎么不撑冒你的 × 眼，看你那矬地缸的骚样，你给我死出去。"

这回她是明明白白地诅咒罗云了。罗云不能不吭声了："你骂谁？我不吱声就算了，不和你这泼妇一般见识，我还没说这个小死丫头吵了我的觉，我又不是你的保姆，凭什么就给你看崽子？"

徐立群这下可找上了对头，她立刻转回头："我哪用得起你呀！我自己养的自己带，没说让你带。"

罗云说："给你脸你倒往鼻子上抓，住不惯趁早搬出去。"

徐立群的声音立时小了，但并不服软："你找罗成仁说去，谁稀罕住这姑子庙。"

罗云的脸白了，嘴哆嗦着说不出话。徐立群见戳到她的痛处，得意地说："请神容易送神难，当初怎么耐不住寂寞让我们来住？"

罗云的脸红了，她凑上前来："你再说一句。"她的声音压抑着颤抖。

面对矮胖的罗云，又高又壮的挡车工徐立群怯了阵，她的嘴里仍硬着："再说就再说。"

她的话音未落，一个结结实实的耳光重重地抽在脸上。她愣了愣，立刻向前冲，但她抱着孩子，身子不如罗云灵便，她的腿被二女儿抱着，罗小花喊着："妈，妈，别打了。"

徐立群挣了两下，打了女儿几巴掌，小花仍不松手，她泄了气，一屁股坐在地上，号啕大哭："气死我啦，欺负死人了——"

罗小梅看见姑姑罗云冷冷地看了自己一眼。就这一眼，她看出了罗云对她们姐妹深深的厌恶。从这一刻开始，罗小梅对姑姑罗云的好感忽然消失了。

专政路春天的上空每年都会飘飞许多纸鸢，那些断了线的白纸风筝挂在电线上，或飞上榆树的梢头。每当看见男孩们不计后果地爬上电杆，很随便地爬上树顶，她的全身就会烦躁不安。罗小梅一天比一天讨厌自己的性别，她真希望自己是一个男孩。她八岁那年，这种渴望达到了极点，她甚至羡慕男孩子能站着小便。直到发生了那件尴尬的事，她才打消了这种怪念头。

那是个夏日的傍晚，夕阳抛洒在房子和烟囱之间，抛洒在树与树之间。墙上被风撕下来的写着黑字的报纸很舒坦地在石子路上横着，毛笔字和混乱的脚印叠印着，这标志着白天是何等的喧嚣。喧嚣的结果导致了一个人的自戕，专政路上唯一一位读过大学的人死掉了。小学校长白光伸直了驼了半辈子的脊背，长拖拖地躺在路口的花坛里。花坛里盛开着缤纷的花朵，和死者蓬乱的花白头发极不协调。这个自戕的人死时手心里攥着一张揉皱了的旧照片。照片上的小学校长梳着分头，穿着不太合身的西装，他的身边依偎着一个鼓眼睛吊眼角的短发女子。

风过白榆

照片竟然是他在伪满洲国时和地主小姐成婚时拍下的，他的死因此令镇上的红卫兵们极为不齿。

两个小时以前，罗小梅挤在人群中目睹了校长被抬出花坛的情景。死者脸色铁青，这是中毒的特征，额头伤痕绽着黑紫，他光着脚杆，没穿袜子，趿拉着一双打过油的春秋皮鞋。人们议论纷纷，说白光趁看守去吃午饭，跳出了他办公室的窗口。他平素总是衣冠楚楚地出入那间办公室，只有这一次忘记了体面。逃出来他直接回了家，换了一件干净的白衬衫，领子上打着一块粗白布的衬里，这个历史反革命临死也没改掉他穷酸的臭毛病。

红卫兵朝小学校长的脸上吐了唾沫，然后让几个环卫工人把尸体抬走了。

小学校长临死前很从容地摘了些花撒在了自己身上，人们抬动他时，红黄粉白的花瓣不断地一片片坠落，他为自己设置了一个异于常人的结局。白校长被抬上石子路，这时，一个瓶子忽然间从他的口袋里滚出来，砸在地上，瓶子破碎的声音吓得罗小梅叫了一声，快步向家里跑去。她感到小腹正在一点点涨起来，尿意袭得她打颤。可跑进厕所，小便的感觉就消失了，等她歇一会儿，又打起了尿颤。这种感觉持续了两个小时。等到天光暗下，她又一次想要小便，可她不敢去屋后的厕所了，厕所覆在白榆树的阴影之下，黑乎乎的。于是她跑去大门口的一棵树后。

她刚刚蹲下，一个青年男子就向她走来，那是一个十六七岁的乞丐，脸上黢黑，披着一件碎褂，肩上搭着一个破口袋，挂着一个搪瓷缸子。小伙子在离她五步远的地方站住了，厚颜无耻地瞪大了眼睛，破裤子的裆部骇人地耸了起来。她心里一阵发慌。她想站起来，可该死的小便正迅猛地冲击着脚下的泥土，像一条小河一样绕

风过白榆

过鞋子涸流开去。她只好挺在那里，急红了脸蛋，裸着的屁股在贪婪的目光中变得冰凉。这种尴尬持续了很长时间，直到她由羞涩震惊变成恼怒，才强行提上了裤子。她冲流着涎水的乞丐啐一口，然后逃开了。跑进院子，她的全身仍不停地颤抖，她想起应该痛骂那个不要脸的人，回头，乞丐正叉着腿站在她刚才蹲过的地方。

当晚她就发高烧病倒了，全身惊悸，冒虚汗，不敢合眼睡觉，这场恶症折磨了她整整三天。病好之后，她开始憎恶男性，看见他们走在大街上，就诅咒他们，盼望他们突然被石子绊倒，摔坏鼻子。

罗小梅的性格和小时候完全不同了，她像变了一个人。这时候，她不但讨厌不熟悉的男人，而且开始讨厌自己的父亲了。

罗小梅的父亲罗成仁是一个粗鲁暴躁的男人，他平生最大的心愿是生一个儿子，可他勤奋努力的结果是妻子徐立群一连串生了三个女孩。第三个女孩来到世上，姐姐罗云失去了耐心。罗云决定去河北老家从同族中过继一个男孩以便将来继承她的遗产。罗云跟罗成仁郑重其事地谈了自己的想法，从那以后，罗成仁开始酗酒。

罗云对弟弟罗成仁说："咱们罗家一定要有后，老罗家不能绝户。"

罗成仁闷闷地抽烟，眼珠红涩地看着姐姐，罗云的两颊密布很深的雀斑，鼓眼泡，单眼皮红肿着，那是长期失眠的特征。一时间他觉得姐姐真丑，丑极了。

姐姐的世界越过越窄了，战争给了她荣誉，也把她的脑子永远地搞混了。

罗云好像看穿了弟弟的想法，罗成仁的窝囊让她受不了，她提高了嗓门："你去对徐立群说，我不指望她给罗家留后，叫她以后别在我眼前挺胸脯，摆浪。"

罗成仁一肚子的怒气找到了发泄的对象："这个不争气的娘儿们，看不揍扁了她。"

罗云冷笑着说："不长庄稼专长草，地不好，怎么折腾都白扯。揍扁了她又有什么用。"

最后，罗成仁涨红了脸说："姐，再等我两年，我就不信我生不出儿子。要来的孩子再怎么也不如自己亲生的。"

罗云的脸转向窗外，夏日的阳光很好，她无可奈何又懒洋洋地说："别叫你那丫头哭，我要睡一会儿。"

罗成仁的脾气更加暴躁了，他全身的劲都对准了妻子徐立群和白酒。他们大白天从班上跑回来，将孩子赶到街上去，拉上窗帘关好门，在床上翻滚。夫妻之间的事对于他们已成了一种背着负担的工作，冲撞和呻吟变得十分虚假。夏日，屋里十分闷热，两个人汗水涔涔，一次房事下来，床单都湿透了。罗成仁是粮库的装卸工，往往两个人的事一完，他就提上短裤赶到班上去，接着上跳板，扛麻袋。

这一天，两个人又从班上溜回来，没有什么中间程序，他们直接脱掉衣服，搂抱到了一起。后来，徐立群就叫了起来，两个人正做得紧张。窗玻璃被敲响了，骤然一惊，他们停下来，徐立群撩开窗帘的一个角。

"谁？"罗成仁恼怒地问。

"还有谁，你姐，神经病，憋不住自己就去找男人。"徐立群恨恨地说。

罗成仁的情绪一下子没了。边穿裤子边骂："你少说几句行不行？这会儿来本事了，有本事你生个带把儿的。"

罗成仁悻悻地回到单位，班上的工作却停了，大家被召集到会议室开会。这些年人们对各种会议已经习惯了，聚到一起，男同事就互相点烟，女同事凑一堆聊闲天，讲说别人的不是，男女同事之间放肆地开玩笑。就连正经的秃头书记也拿这群粗人没有办法，有时女同事也和他开开玩笑，秃头书记虽然不苟言笑，但心里十分喜欢。

这次会照例先读了报纸上新发表的最高指示，然后书记宣读了一份文件。文件的内容是计划生育。

罗成仁的脑袋嗡的一声，他的额头流下了汗珠，他只记住两个字：绝育。

绝育，天啊，这岂不要绝掉他生儿子的希望吗？

这时，他听见书记说："计划生育前两年就提倡了，现在才开始抓，大家不要觉得太突然，这次咱们立竿见影。上级来通知了，凡本单位家属，两个孩子以上的育龄妇女，过几天都要做绝育手术，这项工作要当成一次促生产的任务来抓。"他又开玩笑说，"我是向上级打了保票的，你们也得对自己的裤带打保票。"

接下来，粮库的妇女主任做了讲话。罗成仁虚汗淋淋，结扎，手术，这两个字眼震得他耳膜发疼，头昏脑涨。

事故是在下班前发生的，罗成仁扛着一麻袋稻子走上了跳板，两腿发软，他匆忙地向晒坪那儿看了一眼，黄灿灿的晾晒的玉米晃花了他的眼睛，他的腰不争气地弯了。他强挺着走了几步，眼看着就要到入粮口了，他的两耳轰鸣，再也站不稳，从八米高的跳板上摔了下去，沉重的粮袋和他一起坠落。

日影在眼前一掠而过，他没来得及叫一声，人已摔到地上。

万幸的是粮袋撞了他的腰部后硬弹了一下，重重地先落在地上，否则，他有可能再也起不来了。

风过白榆

徐立群带着两个女儿哭着赶到医院，罗成仁刚好从处置室被推出来，他见到徐立群，脸色变得更加苍白，"滚回去。"罗成仁近乎甩着哭腔说，"你快给我滚回去。"徐立群惊骇地收住泪，担心地看着丈夫。

罗成仁出院时，夏天已经过去。他的腰永远地弯了，那个虎虎势势的汉子没有了，走回家门声音都没了火气，一个男人眼见就被不幸消磨完了。

罗成仁回家的第二天又点燃了生命的希望，他和妻子都确信，徐立群怀孕了。

徐立群在初秋反常的天气里剧烈地呕吐，和前几次妊娠的反应不同，她相信怀着的是一个男孩。而榆树镇的计划生育工作也在迅猛地展开。妇女们不再谈论家长里短，她们谈论新的话题：手术的恐慌和疼痛。许多妇女都感到自己不幸，她们不但要忍受每月一次行经的苦恼，忍受生儿育女的痛苦，现在，又要在肚皮上动刀子了。不安的躁动的情绪像秋天最后的一茬野草，在雨中迅速拔节，蔓延，泥泞的榆树镇更加沉郁。

淅淅沥沥的秋雨之中，街上白榆树的叶子变黄，有的沾着雨水沉重地坠落了。树叶一天天稀起来，哗响的声音不再像夏天那样柔和，听起来有些破碎。镇医院已经住进了做完绝育手术的妇女，这是一次全镇的大规模行动，镇子里的工厂、商店和其他组织要求对所有够绝育条件的妇女做思想工作，街上张贴着标语口号，义务宣传员在街口宣讲着计划生育政策，入情入理地讲述人口失控将带来的危害。街道的主任们到罗家来过了，并且拜访了罗云，请她帮忙劝说徐立群。她们表明了组织上的决心，工作要一直做到徐立群想通，做完手术为止。

徐立群决定到乡下的亲戚家去避避风头，罗成仁连夜帮她收拾好行装。徐立群把钥匙交给了罗小梅，然后带上了刚刚断奶的三女儿离开了榆树镇。

徐立群出走的第二天，罗成仁接待了专政路居委会的工作人员，他们为罗成仁选择了两条路，要么找回徐立群，要么给他做手术，镇上已经有丈夫替代妻子的先例。

罗成仁在一个清霜铺地的早晨也离开了镇子。这时，镇子外的田野里正散发着稻谷成熟的清香，秋天的蜻蜓已抬不动翅膀，调皮的豆荚却在爆响，肥胖的黄澄澄的豆粒滚动着成熟的希望。镇郊的菜农们在收获白菜，采摘最后一茬豆角、西红柿、起了麻皮的黄瓜。镇上人家的餐桌很快就要多一样菜肴了，酸辣滑爽的老黄瓜汤将使老年人大开胃口。

在罗小梅童年的时光里，这段时间是她最轻松、最沉重、最有亮色、最沉郁的一段日子。父母双双出走，没人管着她了，家里只剩下一个妹妹。她想怎么样就怎么样，她可以随心所欲地干任何事。走去哪里玩，玩到几点都随她高兴，只要给妹妹罗小花一点甜头和一个笑脸就可以了。她借口家里无人照料向学校请假，读书已使她厌烦透顶。她又可以睡懒觉了，愿意睡到什么时候就睡到什么时候。她想好了各种可以去看看玩玩的地方。灯光球场正在举行秋季运动会，篮球比赛虽没什么好看（穿着裤衩背心使着蛮力气喘吁吁的家伙们使她心烦），但许多卖小吃的会聚到那里去。姑子庙卖冰糖的老徐太太一定会到那里，那个小脚老太太可真有意思，她一直想认徐立群做干女儿，那罗小梅不就是她的外孙女？她用一分钱就能从老徐太太那儿买到一角钱的冰糖。碰巧在那儿还会遇到大二三，三个像是纸糊的小脑袋人，她用一两粒冰糖，就能让大二三挨排坐到水泥地上，把双脚盘上脑袋。歪着脖子流涎水。可他们裤裆那儿太难看，那就不让他们盘腿了，往他们头上扔一把沙子然后跑开。

罗小梅还想到三通河去，瘦了的河道时灰时蓝，随便找一个破盆，底不漏就可以，用来煮虾和蝲蛄，再跑去河堤对面的解放粮店去偷一把盐，就可以打牙祭了。盐柜旁边总有几个裤裆很大的怪模怪样的朝鲜族老头，老头们手里小心翼翼地端平一只小碗，里面顶多有二两散装白酒，他们一边同麻脸的营业员讨好地聊天，一边把手伸进盐柜捏一大粒盐扔进嘴里吮。有一次她看见一个老头吮二寸铁钉呢！那天营业员可能挨了老婆骂，气不顺，不肯让老头抓盐，他就只好吮铁钉了。这几个老头既让她感到可怜，又觉得神秘。他们眼睛虽是红红的，目光还慈祥温和，有时开心了，或有了几分醉意，会随便给哪个小孩一分两分的钱买糖吃。罗小花就碰到过这种好事，可她当姐姐的却没有过。就是有她也不会要，罗小梅想，凭什么要人家的钱呢？

到郊区去捉蚂蚱、烧毛豆也是好玩开心的事。找一排杨树去捡杨树叶，刚落的树叶叶梗红黄相间，好看但不中用，很脆，跟人一拉就断了，还是时间长一些的腐而不烂的好一点，黑秆的韧劲最大，战无不胜。

罗成仁离家的这天中午，罗小梅兴致极高地点炉子生火做饭，她用了一捆纸壳也没点燃木柴，这使她多少败了一点兴致。她索性不点火了，带着罗小花去商店买面包充饥。

后来她们来到了木器房，木器房是一个木材加工厂，堆着很高的一堆木头，有三四个孩子在木头堆上爬玩。她们站住看了一会儿，也爬到木头堆上去了。秋天的阳光光线充足，让人昏昏欲睡。

罗小梅和罗小花并排坐那儿比赛嗑瓜子，瓜子壳带着唾沫星乱纷纷落下去。这时她们听见脚底下叫了一声："谁这么缺德？没见下面有人吗？"

一个和罗小梅差不多年纪的有些面熟的女孩从下面的空隙间钻了出来，她穿着一身鸭蛋青色的衣裤，布带鞋，脸上的雀斑很明显，短发上粘着草叶，下颏粘着罗小梅刚吐下去的瓜子皮。看着女孩气呼呼的样，罗小梅和罗小花笑起来，罗小花的眼睛一笑就成了两条缝。那个女孩开始还愤愤的，见她们好长时间止不住笑，也跟着笑了。罗小梅往一边挪挪，女孩利索地爬上来和她们坐在了一处。

两个人很偶然地相识了，立刻觉得相见恨晚，并因为另一个人的出现改变了自己的生活轨迹，这是生活中常有的事。导致这种情况的原因大多是一方在另一方身上发现了自己，比如自己喜欢的性格，喜欢的长相、打扮，自己喜欢的举止言谈等等。有时思想里虽不这么明确，可说不清原因的喜欢，更会让接触变得自然，迅速发展。罗小梅和陶小米的相识就是这样。

没用多长时间，罗小梅就知道陶小米住在城南，她们在一个学校里读书，这多么使人惊讶呀！陶小米转学到这里三个月了，陶小米在四年级三班，罗小梅在四年级一班，可她们总有很多机会见面啊，为什么早没有相识呢？过一会儿，罗小梅又知道了陶小米有一个任性的弟弟，喜欢吃鸡蛋酱、鸡蛋糕、炒鸡蛋，还喜欢喝生鸡蛋，就是不喜欢煮鸡蛋。

这是多么奇怪的吃法呀！喝生鸡蛋？罗小梅惊讶地瞪大眼睛。

陶小米也知道了罗小梅的家，并很快认可了罗小花，慷慨地扔给她一小球皮绳。又过一会儿，她们开始告诉对方自己的秘密了，陶小米是和家里赌气跑出来的，她的爸爸，一个水泥厂的粗鲁的技术员，竟然把她看的小说撕掉了，逼着她学功课，小说《第二次握手》是她南方老家的一个好朋友辛辛苦苦抄了两个月送给她做纪念的。这的确很珍贵，罗小梅替陶小米感到惋惜。一时间她的心里真是不快，像自己受了伤害似的。

罗小梅告诉陶小米，她的父母躲避绝育手术到乡下亲戚家去了，要是叫人知道就会被他们找回来。陶小米起誓要替她保守秘密，叮嘱她再不要告诉任何人，这使罗小梅十分感动。

两个女孩手拉着手了，她们激动得脸色发红，鼻尖上沁出了细密的汗珠。当陶小米说她准备在这个木头堆下面过夜，不回家了，罗小梅当即邀请她到自己家里去，陶小米想也没想就答应了。

如果不是罗小花突然哭叫起来，她们还会喋喋不休地谈下去。一边疯玩的罗小花的头碰在了木器厂做好的车辕上，木棱把她的眼眉砍了一个口子，齐在眼睛上方，像是多了一只眼睛，伤口向外翻着，血流如注。

罗小梅吓坏了，她不知道该怎么办好，多亏陶小米的提醒，让她想起了姑姑罗云。罗小梅慌慌张张地向专政路跑去，她在路上遇到了罗云。

罗云没听完罗小梅的话就扔给她一块钱，罗云说："我还有事，别什么事都来烦我。"走出几步，罗云回过头，罗小梅仍在原地站着，眼泪在眼圈里打转。她想说几句什么，这时，大二三跑到她面前，立定、立正，行了一个军礼，然后伸出三双肮脏的小手，罗云笑了，掏出三个硬币扔给他们。三个小脑袋抓挠着裤裆跑走了。罗云再没有回头，时近中午，到了她去红旗饭店喝杂碎汤的时间了。

罗小梅两颊发热，脑子里嗡嗡的，罗云的身影移入秋天的萧瑟中，她的心情也变得异常萧瑟，她忘记了自己要干什么，忘记了罗小花，忘记了身边的一切，只剩下委屈和愤怒。那张纸钱被她攥成了一个团。

直到从医院出来，罗小梅的心情才好起来。天气也转好了，榆树镇的上空湛蓝高远，空气清新，雁阵南行，这是这个秋天最后一批途经榆树镇的候鸟。飘忽的落叶也好像衬托着秋天的悠闲和仪态万方。罗小梅边走边回味着一个小时以前的心境。她像一个瓶子站在那儿，要不是陶小米，她真不知道怎么办了。

陶小米说："愣什么？慌什么？咱们不用她，我陪小花去医院。她不是给你钱了吗？就用这钱，不用承她的情。小花，别哭啦，小花，一会儿就没事了。我看看还出血吗？不会坐疤的。就是坐了疤眉毛长出来也看不见了。以前我妈说什么来着？好像什么东西能止血。对了，可能是马蛇菜，拿不准了。罗小梅，你快走几步好不好？小花别害怕，你看医院就要到了。"

在医院的处置室，又是陶小米陪在罗小花的身边，小花害怕地握住她的手，虽然她的额头见了汗，手心潮湿，但她硬挺着瞪大眼睛，看着医生的动作。罗小花的伤口缝了四针。

回来的路上，陶小米成年人一样挺着胸脯，她的脸蛋看上去像一个将要成熟的西红柿，辉映着淡淡的莹莹的红黄光晕。她拉着罗家的姐妹去供销社给她们买了汽水，罗小梅第一次喝这种爽口而且让你打嗝的东西，水蜜桃和香精的气味混合在一起，喝到嘴里甜丝丝的。她一小口一小口地啜着，欣赏而喜悦地看着陶小米，静静地听她说话，听她说以前在长春读书时的趣事，那时她在爷爷奶奶的身边，要不是他们猝然去世，她肯定会在城市里读完中学。在陶小米的描述中，长春简直就是另一个世界。那里有一幢幢砖瓦房，不同的是房脊的两边像耳朵一样耷拉下去，还有四层楼的商店。陶小

风过白榆

米说："就像你在电影里看见的那么高。"罗小梅挖空心思地回忆看过的电影，想起的都是"中国"和"美国"打仗的影片，一时间想不起来自己还看过什么不是"战斗片"的电影。这立刻遭到陶小米善意的嘲笑。

陶小米说："什么中国美国啊？你应该说八路军或者解放军，你怎么把日本鬼子和国民党也当成美国呢？就是抗美援朝的电影，鬼子也不全是美国人，还有朝鲜人呢！"

罗小花在旁边抢着说："我姑姑参加过抗美援朝。"

陶小米很看不起地说："小花，你疼不疼了？一会儿就好了。我看见你姑姑戴着的奖章了，她天天在红旗饭店喝汤，那有什么了不起。我爷爷还是红军呢！你们信不信，我爷爷真是红军。"

即使这样的口气，罗小梅也没有一丁点反感。在这以前，她会不自觉地捍卫姑姑罗云，曾有一个小伙伴说她姑姑的奖章是捡来的，她把那个男孩子的鼻子打出了血。等陶小米说她看见过真的飞机，不是在电影里，不是站在地上望，是在飞机场看见的，这时候，罗小梅的目光里已经有那么一点点崇拜了。

罗小梅的心里暖洋洋的，友情就这样轻易地走进了她的世界。现在友情对她太重要了。她从没有自己结识过一个陌生的伙伴呢！她迫切地想把这种喜悦告诉给谁，她毫不掩饰自己的高兴。陶小米呢，她也为认识了罗小梅而高兴呢！

当晚，陶小米并没到罗小梅家里去，她忽然想起她的猫没有喂食，她好像忘了跑出家时的不快，在晚饭之前跑回去了。

罗小梅把那张水蜜桃汽水的商标夹在了语文书里。晚上，她梦见自己走在一条陌生的街道上，四周都是"四层高"的楼房，陶小米向她笑吟吟地走来。

31

第三章

直至今日，罗云的经历仍然是个谜。在镇政府找不到她的档案，榆树镇甚至没有她的户籍卡片。

镇子一天天扩大，夏天，新修的柏油路散发着沥青臭味，弥漫在新建的屋舍楼房之间，而八十岁以上的老人好像都不同程度地受到了十年前那场流脑的伤害，老人和儿童是一九八三年肆虐一时的乙脑进攻的主要目标，一些缺乏照料的老人死掉了，还有一些患了失语症。榆树镇不是一个使人长寿的居住地，这在镇史上有所记载，这里的平均寿命从来没有超过六十二岁。

多年以前，罗云忽然回到了榆树镇，并花了当时令人咋舌的价钱买下了花子胡同一百二十三号的整个院子。

矮胖而臃肿的罗云回到榆树镇，正是举国欢庆之时。那场在异国战场上打了三年的战争终于结束了，和平的到来使人们被战争拖疲了的神经松弛下来，并对凯旋的英雄充满了感激和爱戴之情。榆树镇街道两旁的白榆树上挂满了彩旗和标语，人们衣衫破旧但很干净，他们终日沉浸在激动之中。工厂、商店、学校，连幼稚园的儿童都展开了向英雄学习的运动，他们和镇郊的菜农进行了一场又一场的联欢和交流。

据说，罗云回到镇上的第一天，镇政府的工作人员就找到她，她给了他们一张证明，并被安排在镇医院工作。身边忽然出现了英雄，令榆树镇人大喜过望，务实的榆树镇人喜欢把一切都落到实处，比如他们对腌咸菜的咸盐粒的大小、酱油颜色的浓淡的要求都近乎苛刻。宣传活动的组织者一拨拨走去罗云暂住的朝阳旅社，热情洋溢地请求她参加报告会和各种庆祝活动。

头一天去的人都遭到了婉拒。罗云礼貌地以身体不适为由推辞了。罗云穿着洗得发白的旧军装，梳着齐耳短发，和宣传画上的女战士装束一样，不同的是她的长相和身材，她看上去差不多有四十岁，黑红松弛的两颊布满雀斑，她不用流行的香脂和蛤蜊油，鼻梁上方起癣，暴着白屑。罗云腰粗，个子又矮，和人们心目中的英雄形象相差太远。但她对多年从军生涯的只言片语足以引起人们更大的好奇心。第二天一包包慰问品堆满了窄小的房间，罗云则表现了克制的冷淡，心不在焉。她的这种表现被人们接受了，正像普通人对英雄的要求那样，谦恭、平和、不张扬，又身怀惊人的精神动力。这更坚定了人们非要请动她的决心。

那天，榆树镇下了小雷阵雨，轰隆隆的雷声和潮湿的南风摇动着白榆树，通往朝阳旅社的土道脚印混乱，一片泥泞。

第三天，三四百人打着红旗，举着标语口号来到了朝阳旅社，激动的学生们眼含热泪请罗云见面，他们得到的答复是罗云留下了满屋的慰问品，在清晨退房了。

罗云的这一举动掀起了一次规模不小的学习高潮。关于她的各种说法不胫而走，有人说她是淮海战役中的孤胆英雄，并在一年前

风过白榆

参加过著名的上甘岭战役。有人说她曾在长春做过地下工作，她机警、干练、武功超群。镇医院布置好了会场，准备罗云一报到立刻选她为党支部书记。

然而，罗云却好像失踪了，直到十天以后，她出现在花子胡同一百二十三号的门口。她花了一大笔钱把那个大院全部房屋：一处正房、两处厢房一起买了下来，摇身一变，成了当年崔家大院的主人。她的举动使榆树镇人十分困惑震惊。

花子胡同一百二十三号曾是榆树镇最为显赫的门庭。

时光倒流七十年，三通河的河道就在胡同南边二百五十米的地方，那时三通河汇集着窝集河、辉发河、大柳河三条莽水，逢雨季，河水暴涨，河上能行得几十吨的驳船，顺流而下，一直驶入松花江，直通出海口。

榆树镇恰是三水汇流之地，这里当初只是一个不大的村落，三通河通航之后，很快便成了方圆百里的商品集散地。榆树镇的渡口崔家也奇迹般地发达起来。崔家刚刚从关里逃荒来到榆树镇，落脚不过三年，传说中的崔家头两代人，一条汉子和他的两个儿子，隐忍宽厚，善于经营。一条小船月明之时泊下，月落之前起锚。一年的重阳节，那条船莫名其妙地沉在了松花江。船触礁了，崔家一次殁了三条人命，只剩下了一个小儿子崔振兴和他的瞎眼母亲。

然而仅仅过了五年，崔家的一座气派的宅院就造在了榆树镇的中心。船行的崔振兴成了沿河三县有名的富商。

有一年春天，从下游驶来了榆树镇人见到的第一艘汽船。一个白俄商人专程来榆树镇拜访崔振兴，白俄黄发碧眼，身材高大，尤其是他的妻子硕大的身体令人们大开眼界。她的奶子像扣着的大号瓷碗，一笑乱颤，腰肥臀厚，镇上的女人说她一坐能压死个半大小子。而男人们立时自惭形秽，估量过自己能深入的长度，对白俄男人充满了羡慕和嫉妒，他们的玩意儿一定像驴，男人们说。但崔振兴却陪这对白俄夫妻在镇上逛了三天，并且谈笑风生，应付自如。

白俄离开之后，崔家修起了高高的门楼，后来又在院墙四角修了护院炮台。

就在那年，三通河忽然萎了，辉发河和大柳河瘦成了鸡肠子，窝集河干脆断了流。榆树镇的繁华很快出现了败相。好歹挨过三年，又有一场大洪水将整个镇子淹没了。镇子被洪水浸泡了半个月，水退之后，人们便觉得不对劲，原来河水已掉头东南，大河改道了。水灾过后，榆树镇完好无损的只有关帝庙和崔家大院等二十几幢砖房，再就是那些白榆树。

民国十八年，一位来自奉天的赈灾官员踏上了榆树镇刚刚干硬的街道，他视察了挨着崔家大院排开去的一趟趟简易房屋，衣衫褴褛的灾民面带饥色，棚户区散发着死猫烂狗的瘴气。官员住进了崔家大院，他让随从把这条胡同的住户统一编号，并赐了一个名——花子胡同。

紧接着榆树镇瘟疫流行，赈灾的官员亲自给崔家大院挂了一个木牌：一百二十三号，然后慌慌地走掉了。

之后胡匪四起，各种报号的胡匪在大河两岸舞枪走马，大队人马明火执仗，小股悍匪昼伏夜出。只有等到秋风起，树叶黄，天上的大雁嘎嘎叫着南飞，田野没了遮拦，胡匪散去"猫冬"，日子才能平静一些。

振兴船行随着大河萎去就自然完结了。崔振兴卖掉了十几条船，置下了大河上下的五百顷地，当了地主。为防不测，他雇了

风过白榆

十二名炮手护院。正当壮年的崔振兴一妻四妾，一子三女。精明的崔振兴每到田野庄稼齐腰就再不外出，重阳节父兄的祭日他只站在自家的炮台上默默垂泪，也不亲自到父兄的衣冠冢前烧纸行祭。

聪明一世的崔振兴到底失了算。这年重阳节，早饭时，崔振兴闷闷地喝了一壶酒和衣睡倒，中午外出收账的账房罗先生慌慌张张地跑进大门，他的小脚妻子一进院子就扬声大哭。

崔振兴起身到院子里，崔家大大小小也纷纷跑了出来。罗先生一见崔振兴，张口就问："当家的，咱家谁去了？"

一院子的人都愣了，崔振兴变了脸色，随手给了罗先生一耳光，破口大骂："谁去了？你他妈撞见鬼啦！人死会这么消停？"

罗先生变了脸色，喃喃地说："这就怪了。"

"什么怪了？"

"我从崔家的茔地那边走过，我看见茔里有人在打墓子。我还以为家里有谁殁了。"

这事出得蹊跷，崔振兴拔脚就走，他想去看个究竟。走了两步，他忽然警觉，收住脚，唤过两个长工："你们去看一看，好好打探谁这样大胆，敢在我崔家的坟地埋人。"

不一会儿，两个人跑了回来，报告说："墓子打好了，就要埋了。"

崔振兴急火攻心，脸上没了一点血色，他定定心神，叫过罗先生："你去一趟，告诉他们，死人的丧葬费用崔振兴出了，让他们另择风水。"

罗先生很快就回来了，脸上青肿，奔进屋子，说："赶不走，我赶他们还挨了打，开始埋了，好大一口花头棺材。"

崔振兴再顾不上细想，带上几个人就出了大门。崔振兴来到他家坟地，远远地就见地当中摆着一口棺材，一些身着孝衣的男女正在号啕大哭。崔振兴猛醒，他中计了。

果然，前后左右都有人逼了上来。

绑走崔振兴的是当地没什么名气的胡匪黄天，黄天没有坏掉崔振兴的性命，他得了十二条长枪和一把德国造镜面匣子，还有崔家大院的多半家财。绑了崔振兴使他名声大震，他因此拉起了三百人的队伍。黄天两年后死于抗日，死时握着的正是崔振兴护身的短枪。

崔振兴回到榆树镇后完全变了一个人，他的面部经常性地抽搐，他白天大部分时间在崔家的坟地度过。他在那几盆坟之间爬来爬去，一棵棵拔掉坟上的杂草，时而大哭，哭过即笑，他的精神垮了。

崔家最快速度地走向没落。三进院落卖了两进，崔振兴做的最后一个决定是给儿子崔平娶进一房媳妇。

崔平娶的团圆媳妇是账房罗先生的侄女，一个十三岁的乡下小姑娘。崔振兴在儿子成亲之后两个月，撒手西归，时间是一九三一年春天。

少爷崔平二十五岁才使崔家振兴，他继承了崔家善于经营的传统，成了当地的粮栈老板和军火商人。崔平在一九四七年春天离开了榆树镇，因为囤积居奇，他被一队过路的军队裹进马队，从此一去不返。

和崔平同时绑走的还有崔家的少奶奶，一个读过洋学的女子。父亲崔振兴为他娶的团圆媳妇进门五年之后，在一个风雪之夜离家出走了。

花子胡同一百二十三号的新主人对这座破旧的宅院进行改造和修缮，她拔去了院墙上的杂草，提着一只小桶去商店买回了油漆。

风过白榆

漆黑了大门，漆绿了窗框。她买回白灰，雇辆驴车拉回来。她把房子后面的两棵很少结果的海棠树砍掉了，植了两棵丁香。扒掉了房檐下的一个鸡架和一个狗窝，扒下来的砖砌了一个五角形的花坛。她还把门口的一排白榆树做了修剪，砍下枯枝，送给邻居做了烧柴。

邻居主动要求帮忙，都被罗云婉言谢绝了。木料、水泥等材料准备好了之后，人们看见她离开了镇子。过了两天，她领回一对乡下夫妇。那两个人很结实勤壮，言谈虽然有些粗鄙，却极和善，肯于吃苦。人们这才知道，罗云还有一个叫罗成仁的亲弟弟。

胡同口的老宅彻底变了，正房因涂了白灰变成了一座白房子，两侧厢房屋脊上的小白榆树给除掉了，房檐板涂了一层黄油漆。罗云和弟弟用了三天的时间，把院子里老榆树下的一口六角形水井填死了，在离原井位七米的地方又挖了一眼，并改成了压水井。那口井淹死过崔振兴的一个小妾。罗云对这座老宅如此熟谙，让人们十分吃惊，他们渐渐窥出了蹊跷。

"多奇怪呀！"他们说，"咱们在这住了这么多年还没她知道得多呢！"

"还有更稀奇的呢！"胡同里有名的长舌妇花生五嫂说，"她家来的那个乡下媳妇叫徐立群，是她的弟媳，好一个勤快人，她最愿意买我的花生吃，说我的花生炒得香，看她那个馋样好像怀孕了。"

"别啰嗦那么多，你说到底有什么稀奇事？"

"你往下听啊！抓几个花生吃，怕什么，我不要钱。罗云这个弟媳妇是个好客的人呢！前天她领我去那院子里玩，你说怎么着，我看见罗云在西厢房的门槛底下挖出了一把药壶，药壶里泡的那东西的味道，唉，就别提了。徐立群说，罗云告诉罗成仁那是崔振兴当年埋下的，是用来长力气对付女人的药，你说她怎么知道的？我听我们家那个死鬼他妈说过，崔振兴有那个病，可老辈人也不见得知道那药壶的事。"

"你这么一说我想起来了，罗云换了正房的门槛，说门槛底下埋过死孩子的胞衣。"摇着蒲扇，露着肚脐的井匠媳妇说。

"崔家这座房子阴气太重，出过不少横事。"九十八号的杨回民是花子胡同的老住户，他指点着那个黑漆大门说，"正对着窑子街，日本人时候，那门口死过一个窑子娘儿们，下身塞着一块风花雪月的铜钱，这钱上刻的图都是男女的事，可不敢给孩子们说。好姑娘一进窑子就发这么一个钱，活着压箱底，死了陪葬，结果让日本人派了那么个下流用场。说起来，崔平崔掌柜也是个善人，亲自给那女的套件衣服，抬出镇子埋了，我亲眼见着的事。"

"别提那些陈芝麻烂谷子的事，你们不觉得罗云有点来历吗？"

"下雨了，我得赶紧回去盖酱缸了。"

"我回去收衣服了，衣服还晾在院子里。"

聚在胡同口闲谈的人们被忽然到来的雷阵雨打散了，但他们的话题却在全镇传播开去。

话题五天之后有了新的内容，一天下午，一个儒雅的青年男子左手提着一只黑皮箱，右手提着一个装着黄色液体的塑料桶走进了罗家。青年男子走进罗家的当天，罗云不近人情地送走了她的弟弟和弟媳。

花生五嫂在胡同口遇到了眼睛红肿的徐立群，"这是要走吗？"她故作吃惊地问。

果然，那个没见过世面的乡下人立刻把她当成了知心人，抱怨说："活干完了，用不着咱们了，外面的金窝银窝也比不上自家的狗窝，我家里有口猪呢，我可不像别的人看中城里，其实不也是卡其布裤子、苞米面肚子？谁愿意赖着不走？"

徐立群忘了五嫂也是城里人，五嫂并不和她计较这些，她说："可不是，城里没什么好，怎么比得了乡下眼亮。"她看看站着说话的罗云和罗成仁，小声说，"你那个姐姐是个有钱的主，没给你们两个？"

徐立群的气更大了："人家有钱还养男人呢！要不是用着了，她才想不起有个弟弟，我们家那个死鬼还美得很呢，哼，穷人难得狗头金，我一看就来气。"

"养男人？"五嫂捕捉到了重要信息，当然不会放过，"什么男人，你说的是昨天来的那个小伙子吗？"

徐立群顾不上回答她了，她看见罗云正往丈夫的口袋里揣钱，罗成仁憨憨地推辞着。她慌忙走了回去，方才的不快在脸上早消失了，忙笑着说："你看大姐，真是的，家里有吃有烧就行了。大姐刚刚立家，有的是用钱的地方。"没等罗云说话，徐立群又回头数落罗成仁，"你也是的，大姐不是外人，让你揣着你就揣着呗！"

罗云看上去很疲惫，她没有理会徐立群的乖巧，揉着太阳穴，有点厌烦地说："你们走吧！我不送了。"她的声音沙哑。说完，转身往回走了。

徐立群尴尬了一小会儿，拉上罗成仁走了。五嫂在他们后面走了几十米，她听见徐立群小声抱怨说："给这么点，她打发要饭的呢！抠到家了。"

花子胡同没必要再对罗云和那个青年男子的关系发生怀疑了。这天早晨，罗云敞开了一百二十三号的大门，她宣布成亲了，就和那个青年人。

那个小伙子在罗云的面前简直就是个雏儿，他局促地对贺喜的人笑着。他是一个南方佬，操着江浙一带很软的方言。他比几天前多了一副秀琅眼镜，镜片的度数很深，他摘下镜子揉眼睛时鼻梁上有一道红印，眼泡像是肿着，发青的眼眶向里凹，显出很凸的眼球。他的一双近视眼让榆树镇人平添了几分尊敬和神秘。

见自己的话大家听不懂，年轻人就不说了，只是微笑着用勺子从一个大盆里给客人们舀甜水，大人们有滋有味地品咂，孩子们则灌个水饱，凸了肚皮。盆里是香精兑的水，年轻人拎来榆树镇的塑料桶里是十几斤香精。浓浓的香味，带来了遥远的南方的水汽和甜甜的青草气息。

小镇上的人没有见过大世面，嘴上不说，心里却觉得两个人并不般配，他俩相差近二十岁，他们还是第一次见到女大男呢！人们有意无意地探问那青年的家事，很快发现，罗云竟然同样对这个小丈夫知之甚少，她叫他袁老师。小袁老师说话的时候，她笑眯眯地爱抚地看他，像一个母亲看儿子那样。有时她就忽然变了脸，惶惑不安，面带羞惭。

直到小学校放学，小学校长白光走来贺喜，人们才从白校长的嘴里知道了有关小袁老师的情况。

白校长逢人便先赞叹："那可不是个简单人，别看年轻，人家早是大学教师了。"

没成色又好奇的人问："什么大学？"

白校长就不屑，说："说了你也不知道，武汉大学，你知道吗？"

"这倒是一桩奇事！"饶舌的女人说，"他俩差了二十岁，这个小伙子也没什么缺陷啊，你看那个罗云——"

说这话的女人立刻遭到了丈夫的训斥："你懂什么，人家罗云是抗美援朝下来的战斗英雄。当年的老红军找的净是小媳妇呢！"

白校长点点头说："难能可贵，难能可贵！"叹一番，说，"他在报纸上看到罗云的事迹，然后主动要求和她结婚的，组织上批准的。"

"什么事迹？你看见报纸了吗？"

白校长一愣，他摇摇头，莫名其妙地又说："难能可贵，难能可贵。"

小袁老师在榆树镇的头一周一直没在人前露面。

在这七天里，一场奇怪的虫灾来到了榆树镇。接下来的是绵绵秋雨，晚秋可不是什么让人舒心轻松的时节。凉雨之中，镇里人家急躁的棒槌声此起彼伏，勤劳的主妇们忙着浆洗被褥，赶制冬衣。由于水汽太浓的缘故，她们舀出的米汤变得水一样没有黏度，漂满了小米粒大的蚂蚁，让她们十分苦恼。

镇子的土路上覆着树叶，孩子们皱着眉头踢踢踏踏，焦灼不安。花子胡同口花坛里的花早谢了，花秆被谁连根拔去，做了炉子引火的烧柴。

这一天，偶得闲暇的几个女人不约而同地来到花坛那儿，在凉瑟瑟的街头闲聊。扯了很长时间。扯着扯着，这几个有心人忽然意识到，她们聚在一起站在那儿的原因是为了一百二十三号，即使这样的天气和时节，她们对别人的好奇心也没有减弱。

确实如此，七天过去，她们始终没有看到那个黑漆大门打开。

一百二十三号新抹的白灰墙不知是由于白灰质量不好，还是当初的活计粗糙，院墙竟然发黄发霉了，大面积地剥落，露出了青黑色的旧墙砖。

好心肠的女人们自然会继续前些天的话题，对榆树镇这样一桩特殊的婚姻品头论足，她们侧着耳朵仔细捕捉那院子里的动静，认真的程度不亚于抱着猥琐心理站在新房窗口听房的小伙子。

一个小时后，她们意外地听到院子里传出喊声，声音是罗云的。几个女人交换一下眼神，为了表示她们对此并无兴趣，她们谈论别的话题，以掩饰探究别人隐私的恶癖。可她们的声音越来越小，终于停了下来，因为又有三声惨叫传了出来。

一定要搞清楚发生了什么。一个胆小的妇女拦住了过路的小个子王警察，机警果断的王警察带着疑惑和职业性的紧张，被几个妇女怂恿着敲响了一百二十三号的黑漆大门。

事件的经过将由认真的小个子王警察写进单位的工作日志，这将是榆树镇有关罗云仅有的记录之一。

第四章

这两个女孩的友谊在飞速发展。她们约好了共同到校的时间，如果一个没到，另一个会一直迎到水果店的门口，直到出现对方的身影，否则绝不会上课之前自己先走进校门。对于友谊，罗小梅表现得偏执，排他，她总是担心陶小米什么时候会不理她，当陶小米说着笑着和其他女孩一起走过来，她就嫉妒得要命。面对好朋友的执拗，陶小米的表现宽容得多，她嘲笑罗小梅的小气，但见她真的生起气来，便又去哄她，向她下保证，自己只有一个好朋友，明天会把别人都甩得远远的。为此陶小米拐了几个弯，陪她到专政路去，往大二三的小脑袋上扔沙子，来换得她的笑脸。

冬天到了。一九七二年冬天，榆树镇出奇地冷，刚一入冬就有人家的水缸被冻破了，一向没有喝开水习惯的老年人，也要把他们的暖壶灌满，喝开水成了驱寒的需要。这样，去户外厕所又成了负担，严寒肆意地抚摸，让人一出门就觉得透心凉。

由于煤炭紧张，一些单位政治学习班和批判会停掉了，学校只好短期放假。在这之前，许多男孩子就开始逃学了。他们中的一些人每天盘算怎样抢一顶棉军帽，梦想着参军。从十年前开始，当兵一直是一种时尚。

这段时间，镇子里发生群殴是经常的事，总会有一两个半大小子头破血流，他们在前面跑，后面的一群人追。得胜的一方夸张地吼着，凸起了裤裆。女孩们被他们吓着了，远远地躲开。闪避不及，就藏在白榆树后面，抱着树干瑟瑟发抖。

这两个女孩却表现得非常大胆，她们围了厚实的围巾挽着手走在路上，迎向倚着宣传栏的男孩们不怀好意的目光，去电影院门口买瓜子。起初她们走得很快，后来就不在乎似的故意挺起胸脯，大声说笑。听到坏孩子们在后面起哄，她们莫名其妙地有点沾沾自喜呢！

她们的友谊的第一次危机就这样发生了。有一天，两个女孩走到大街上，几个男孩子忽然从白榆树后面跳出来。他们穿着肥大的仿制军装，都没有穿棉衣，耳朵冻得通红，梳着冻成绺的转头，还有两个戴着顶单军帽。她们立刻认出正是在电影院追着她们起哄的那几个。

罗小梅的脸吓白了，如果不是陶小米拉住她，她也许早就往后跑了。事实上，她们一起转了身，结果这群坏孩子又转到前面挡住了她们。

为首的是一个身材单薄皮肤有点黝黑的男孩，他的唇上看得出正在变黑。汗毛变成胡子，是男孩子向青春期过渡的最明显的特征。

陶小米抢在他们前面说了话，"躲开。"她大声说。

黝黑的男孩轻蔑地笑了笑，跟着他的男孩子一起笑起来，笑得罗小梅毛骨悚然。

陶小米又大声喊道："躲开。"她用力推开站在面前的小个子。

满脸雀斑的小个子就招呼他们的头儿："司令，干掉她们算了。"

被叫作司令的男孩子宽容地笑笑，冲小个子一摆手，对陶小米说："好男不和女斗，姐们儿，别发这么大的火，我们是来谈判的。"

见他们露出笑脸，罗小梅胆子也大起来："要谈回家找你妈谈去，流氓。陶小米，咱们走。"她拉上陶小米就往外冲。

她被"司令"扯了个趔趄，"司令"脸色很难看，瞪着她，握紧了拳头。

"你这是敬酒不吃吃罚酒。"雀斑男孩大声嚷嚷，故意装出很老练、很凶狠的样子。其他几个也纷纷说："对，心服还是口服？"

没想到陶小米噗地笑出了声。她不顾罗小梅拉她，说："你们说谈什么吧？怎么谈？"

男孩们被她镇住了，意外地噤了声。他们原想和她们缠上一会儿，已想好了整治她们的办法，如果她们叫骂，就有了动手的理由，他们敢拽开裤带摸她们的屁股。

短暂的沉默过后，领头的男孩说："我们想请你们俩入伙。"

罗小梅想要说话，被陶小米拦住了话头，陶小米说："好吧，让我们商量商量。"

她们在一群男孩子的注视中走了一会儿，拐过路口，陶小米忍不住笑出了声，她抱住一棵白榆树笑疼了肚子。"多有意思呀，那个雀斑脸，拖着鼻涕。你听他怎么说，干掉咱们，就那个拖着鼻涕的样儿。"

她没注意罗小梅的反应，接着说："我看那个领头的挺帅，好像是咱们的同学呢！"

等她回过头，笑容立刻凝住了。罗小梅脸色铁青，眼泪就要掉下来了。

"你怎么能这样！你怎么可以这样？"罗小梅气得几乎发抖，"我真没想到你是这样的人。你要入伙，你和他们走好了，别想拉上我。"

"我是什么样的人？我不过是开个玩笑，你这样当真，真是小心眼。"

"对，我是心眼小，我就是小心眼，你别理我好了。"

她们不再说话，赌着气一起走了一会儿，走到百货商店，分手时也没有和好。

没用上两天，她们就又走到了一起。她们不约而同地从家里溜出来，在百货商店的门口见了面。在商店肮脏的结了冰块的棉布帘子后面小声问候。那次争吵使两个人都变得小心翼翼，彼此巴结。陶小米给罗小梅买了一个算术本，罗小梅给了陶小米一个钢丝发夹。她们又发现了彼此的爱好，罗小梅喜欢站在卖鱼的柜台前吸臭烘烘咸兮兮的鱼腥味。陶小米呢，竟喜欢站在五金柜台前闻那股汽油味。

"这多奇怪呀！"陶小米说，"咱们都有自己喜欢的味道。"

为了适应对方，她们都愿意陪对方多站一会儿，交换着很少的生活经验和故事。陶小米说她听妈妈讲，她家有一个邻居喜欢吃墙根的土，一天吃不着就难受。罗小梅说："你见过的大二三的奶奶，老田太太总去街道偷吃砖头。"她边说边学那小脚老太太鬼鬼祟祟的模样，陶小米就瘪了嘴，没牙似的咀嚼。学着学着，她们嘲笑起对方的怪态，被对方的表情逗得开怀大笑。

然而，她们见面的次数却不得不减少了。罗小梅的母亲徐立群耐不住乡下的寂寞，以为躲过了计划生育的风头，偷偷地回到家。

风过白榆

这限制了罗小梅的自由，她只好待在家中，照看妹妹，为孩子洗尿布，摇摇篮，帮徐立群做饭。徐立群像第一次怀孕那样情绪极不稳定，动不动就发脾气，罗成仁每天弯着腰赔着小心，只有喝上酒才敢冲老婆发点小火。他一心巴望着徐立群为他生儿子，至于罗小梅和罗小花怎样生长，他可懒得去管。

陶小米的情形也不比罗小梅好多少，她的父亲不知为什么失去了水泥厂的工作，全靠她母亲糊纸盒挣钱养家。家庭生活环境变得恶劣，父母频繁的争吵，先前还避着孩子，后来次数多了，让陶小米撞上了两次，他们就停止争吵的话题，找一些鸡毛蒜皮的小事继续互相指责。父母显然隐瞒了他们争吵的真正原因，但陶小米预感到，不祥正在向这个家庭逼近，一场变故迟早会发生，虽然她不知道将会发生什么。

这种念头折磨着她，搞得她心情很坏很糟。就在这时，罗小梅给她写了一封信，通信使她们的交往多了一种方式和途径。

但那封信并没有如期而至，没贴邮票使一张薄纸在镇子的邮局里辗转了十几天。为了这封信，两个孩子一连三天跑到邮局去询问。第二次，镇邮局局长亲自接待她们，衣着臃肿的白头发局长话语迟缓却极热情。然而，她们下一次去的时候，白头发局长竟然再也不会到邮局来了，他死掉了，据说一觉之后再没有醒来。生命简单得像一片白榆树的树叶，刚到秋天，树叶就落了，飘走了。郁闷填满了两个孩子的胸膛，她们第一次对命运的多变和无常感到了无奈和恐怖。

大雪下了两天两夜，只有一天两次穿越镇子的火车汽笛声透出一点生机，其他声音都被雪声淹没了。罗小梅趴在窗前不断地哈开霜花，盼望着雪停。现在她只想一件事，那就是见到陶小米。有线广播仍像往日一样播发着来自遥远的北京的最高指示和革命信息，播发着镇政府关于学习文件组织批判会等等公告，这证明镇政府仍在正常运转。而其他单位都冷冷清清。白字黑底的板报、红底白字的横幅不堪重负的时候才抖一下。街上也是行人寥寥，红旗饭店的烟囱早不冒烟了，粮店和副食店正常营业，但不到万不得已，比如断了粮或来了客人，人们绝不会有去那里看看的心情。

专政路一百二十三号，罗云在大声咳嗽，这样的天气她没法走去喝杂碎汤了，偏巧，早晨她去厕所，白榆树上掉下来一只冻死的花翎喜鹊。这是一只老喜鹊，黑硬的爪子像铁丝一样，羽毛脆得很，一折就断。她倒了一锅水，架起木桦炖这只老喜鹊。

她烧了一个小时，徐立群的房里传出了骂声，又过半个小时，罗成仁走进罗云的屋子。罗成仁面色灰白，抄着袖，棉裤的膝盖处露出了旧棉花，他瞪着混浊的眼睛看了姐姐一会儿，坐在罗云身边的小凳上。

"煮的什么？香不香？"罗成仁吸吸鼻子，凑到灶口点着烟卷。罗云怜悯地看着弟弟，罗成仁的窝囊样真让她难受。她抢白道："你不会自己闻吗？还问香不香。"

罗成仁尴尬地笑笑，叭叭地抽烟："姐姐真是好生活，锅里是肉吧，人们说你总下红旗饭店。"

"我就是愿意喝那儿的汤，让别人说去。"罗云顿一顿，疑惑地说，"怕不是别人说吧？是不是你那个小妈嚼舌头？"

"你看，你看。"罗成仁摊摊双手。

"直说吧，她打发你来让你说什么？"

罗成仁走到门口却又站住，很难为情地说："姐。"叫了一声，吞吞吐吐地再不说了。

罗云早看穿了他的心思，气鼓鼓地说："该不是怕我用多了柴火吧？"

罗成仁脸红了，尴尬地笑笑，咬咬牙说："姐，你烧吧，别管那个娘儿们，不看她怀着孩子，我揍扁了她。"

罗云看看弟弟，冷笑了一声，走出门去，又从柴堆里抱出几块木桩，走在院子里故意弄得山响。边走边说："谁住不惯就搬出去，谁也没请你，没有柴火就烧大腿，一身骚油点火保管旺相。"

徐立群在屋子里听着，气得脸色发青，强忍着不去应声。看着徐立群气愤的模样，罗小梅莫名其妙地竟有一丝报复的快感。她刚刚写完一封信，不自觉地笑出了声。

徐立群看她几眼，罗小梅噤了声，脸红红地抿住嘴角。徐立群又看她一会儿，突然从身后抓起一把扫炕笤帚扔过去，罗小梅机灵地躲过，跑出门去了。

灶坑倒烟，罗云正站在门口的通风处看雪，她招呼罗小梅："丫头，过来，你过来一下，你没听见吗？丫头。"

罗小梅愣了一下，极不情愿地冒着雪走过来。

"丫头，替我去买点酱油。"罗云翻开一个缝着五角星的布钱包，拿出一毛钱，"买一碗就行，剩下的给你。"

罗小梅看看她手里的钱，心里一动，故意不屑地说："我要帮我妈做饭呢，这么冷的天，麻雀都不往外飞，我的草鞋露后跟呢！我不去。"

罗云讨好地说："好丫头，替姑跑一趟。"

"用到我了说我好，用不着连理都不理，你当是哄小孩子吗？"

"死丫头，你拿起把了，好，好，我不用你。"

"唉，替你跑一趟吧！"罗小梅从姑姑手里抓过钱和瓶子，她想，反正要到邮局去。她凑到罗云的耳边说："告诉你，我也讨厌徐立群。"

罗小梅去邮局的路上，遇到了雀斑男孩。雀斑男孩戴着一顶狗皮帽，头上捂得严严实实，下面却赤脚趿拉着一双黄胶鞋，是当兵的穿的那种，雀斑男孩拖着鼻涕缩脖抄袖迎面走来。

猛然间看见罗小梅，吓了一跳，他转身想要逃开，罗小梅喝住了他。

雀斑男孩见走不脱，就站住，挺挺胸脯，天太冷了，他的声音虚弱得很："闪开，当心，当心我揍扁了你。"

罗小梅听出他的声音发抖，再说，她比他要高出一头呢，她嘲笑说："揍扁了我，当心我拧断你的胳膊。"

"你真要干架吗？好男不和女斗，我今天饶了你。"雀斑男孩逞着脸面，表情却分明是在求饶，他可能很为自己害羞，脚使劲地踩着雪窝子。

罗小梅想起陶小米那天搂着树笑的模样，看看眼前神色慌张的雀斑男孩，她强忍住笑，继续吓唬他："你的那帮狐朋狗友呢？今天可没人帮你。"她举起了瓶子。

雀斑男孩彻底求饶了："你真的要打我吗？"他嘟囔说，"那天不是我要截你，是他们逼我的。"

"逼你吃屎你也吃吗？我现在也逼你。"

雀斑男孩看看罗小梅手里的信，很大人地讨好说："你饶了我，咱们交个朋友，我帮你送信。"

"帮我送信？你知道我的信要寄给谁？"

"不就是那个瘦高的女生吗？她家离我姥姥家不远。我昨天看见过她。"

51

"你不怕她抓住揍你吗？"

"现在不怕了。"雀斑男孩看见罗小梅笑了，他放下心来，说，"咱们现在是一伙了，我给你当通信员。"他想的仍然是游戏。罗小梅觉得他真是傻得可爱。

一九八三年夏天，罗小梅差点成了寡妇，没有成为寡妇的原因是她婚期迫近的时候，新郎武强出了车祸。那段伤心的日子里，罗小梅把和武强有关的物品统统烧掉了，只留下了她和陶小米之间的信件，这些信大部分是武强给她们传递的，武强就是当年的雀斑男孩。

那些天罗小梅就是靠这些记录着友谊的信件度过的。她们之间的通信像情书一样充满了牵挂和爱恋之情，她们有时亲自把写的信交到对方手上，但她们对这种交往乐此不疲。

罗小梅在信中写道："好不容易交了你这样一个好朋友，我真怕别人把你夺走，和你在一起我就觉得快乐。这两天我太寂寞了。见不到你，我就把自己关在屋里，连我妈我都懒得看见。昏昏沉沉地度过一天，昨天我又把饭烧煳了。"

虽然她把"寂寞"两字写成了"记默"，"煳"字用了拼音，但这并没有影响和陶小米的交流。

陶小米给她的信中这样写道："小梅，你真的觉得我会离你而去吗？我会不故（顾）我们的友谊吗？我怎么会忘记你呢？我们要让最美好的东西永久。"陶小米抄录了一首诗："生命诚可贵，爱情价更高。若为友谊顾（故），二者皆可抛！"署名是"你的最亲密的伙伴，对你永不变心的人"。

于是，下一封信里，罗小梅也为她抄写了看来是很好的句子，比如："花有重开日，人无再少时。""我自横刀向天笑，去留肝胆两昆仑。"等等，她在许多句子下面加了大个的着重号和横线。

友情差点让她们成了诗人，陶小米赠给罗小梅这样的诗句："人生难得相知友，一起走到胡同口。拉手路过艰和险，留得真情在人间。"

罗小梅则回赠她："竟（尽）管有时我难过姑（孤）记（寂），我不悔，虽然我的目标还没有达到。我有真情，因为心中有你。我很坚强，只要你别把我忘记。"

这两个孩子之间的友谊给人的感觉就像一个易碎的美丽的花瓶，在上面轻轻拍打一下都会破碎，因此两个人小心翼翼，彼此悬着一颗心。

春天就在她们通信的时候不知不觉地来临了，街上的白榆树长满了紫红的叶芽，柳树笼着嫩黄的烟了。田野里积了一冬的雪迅速消融，镇外三通河的沿流水在冰上溢满了河道。

星期一中午，武强捎来陶小米的信，陶小米在信上写，她从星期三早晨起每天出来跑步。她说："你愿意跟我一起跑吗？每天早上六点我出去跑步，除非下雨，星期日也跑。"她在时间下面加了一条横线，表明自己的决心。

但是，罗小梅等不到星期三的早晨了，她放下陶小米的信就提笔写了回信。信的内容像前些次那样洋溢着思念之情，还有心里的苦闷。她发现自从她们要好以来，她对母亲徐立群的乖戾越来越难以忍受了，她迫切地需要倾诉，只有倾诉才是最最重要的。

当她写到最后，再也控制不住自己，她喊出了声："我不往下写了，我现在就要去看你，现在就去。"

城南的这一片胡同住的大部分都是菜农，护城河隔着一道旧城墙舡脏地流过，护城河连接着镇子的几十条下水道，水色发黑，上面漂浮着一片片绽着蓝色的金属般光亮的油污。菜农的户口本既区别于标准城里人的红色，也不是乡下的蓝色，他们的证件是白色，这里因此被称为白卡片区。

持白卡片的人们普遍衣衫破旧，不讲究地高挽着裤脚，光着的沾有泥巴的脚杆插进胶鞋。他们的住处也极混乱，胡同里堆塞着木桦、煤堆和坛坛罐罐，还有分明是拾来的破烂货，汪着泔水的排水沟边斜立着几块碎了边的石棉瓦，打了一半的陶瓷烟囱管子，障子上晾晒着打着补丁的发黄的旧塑料布，这是菜农种蔬菜扣大棚的用具。更糟糕的是，宽敞一点的人家都修有一个粪窖，储存着大量的农家肥。粪便的味道冲破盖着的旧竹席，直扑人们的鼻孔。城南一带的胡同给人的印象极其困窘。

罗小梅在混乱的胡同里乱撞了一气，胡同里游荡的野狗和歪戴帽子的男孩令她心惊胆战。碰了几次壁之后，她忽然意识到，她和陶小米相识的几个月里，陶小米从没有过领她到家里做客的允诺，她竟然没有陶小米家的详细地址，她对陶小米的情况知之甚少，这使她大大地吃了一惊，她后悔没有向雀斑男孩好好打听打听，连陶小米的家住在哪儿她都没有问过。她们算什么好朋友呢？懊丧之中她猛地想起，她们最初的几次通信，陶小米留给她的是她母亲的地址。

利民福利厂倒不难打听，护城壕边上的一幢旧砖房的门口就挂着块牌子。这家街道办的小厂只有铁道守护人的房子一般大小的地方。里面住着一个老头，耳聋，戴着花镜，看人时低下头，混浊的目光从眼镜框上面投过来，他负责收活和清点成品。这家生产纸盒的福利厂的车间，实际上是在工人们自家的炕头上。"姑娘，你来得正好。"聋子老头看见罗小梅站在门口，他从炕上拿起一块红布，声音沙哑地说，"帮帮忙，帮我把袖标戴上。"

"你能告诉我王秀兰家住在哪吗？"聋子老头颤抖的嘴角让罗小梅很害怕，她想起了镇子里流传一时的老头拐骗小女孩的故事。

"什么？你说什么？哦，你要糊纸盒？这可不行，你太小了。"

"我不糊纸盒，我问王秀兰家住哪儿。"

"你家住哪儿也不行啊，小姑娘，我做不了主，你看我是个善良的人。"老头絮絮叨叨地说，"我真想帮你的忙，我孙女和你一般大，住在沈阳，我有三年没见到她了，可收留人这么大的事要问街道的刘主任。"

"我不做工，我找人。"罗小梅着急地说。

"找人？找人也不行，嘿嘿嘿，"老头沙哑地笑了，"要在前几年我就能替你说上话，我和那个老扒儿（镇子上对老年妇女轻蔑的称呼）好着呢！不瞒你说，丫头，我们差点那个呢！现在不行喽，老喽！"

罗小梅转身逃开了，她吓得喘不过气来。她跑出老远，仍听到那个老头在后面喊她："别跑呀，丫头，姑娘，帮我把值班袖标戴上，帮我戴上。"

工人下班的时候，罗小梅对找到陶小米彻底失去了信心。从福利厂逃出来，她又在这一片胡同里转悠了两个小时，盼望着和陶小米不期而遇，哪怕遇到雀斑男孩也好，她最后失望了，无精打采地往回走。她走过一家豆腐店的后面，忽然听见有人喊话："喂，喂。"

她回过头，声音是从两扇旧板门后面传出的，她转身想要走开，那个声音又喊她："喂，喂，喊你呢！"

罗小梅看见门缝里伸出一只小手，"喊我吗？"她问。

"对，除了你还有谁，你过来一下，好姐姐，你过来一下。"

门后面，一个五六岁的小男孩，头发蓬乱，苍白的脸上洋溢着讨好的笑容。

男孩说："好姐姐，陪我说会儿话吧，锁在家里我要闷死了。"

罗小梅这才注意到门上挂着一把锁头。男孩子把门缝扒大，惹人爱怜地做着鬼脸。

"你叫什么名？怎么给锁在家里？"

"我妈怕我被偷走呗！我嘛，姓于。"他边说边勾着小手指。

罗小梅心里一动，随口问道："你认识陶小米吗？梳着小辫，年龄和我一般大。"

"你找陶小米干什么？"男孩子脸色阴沉起来。

"你认识她？她家住在哪儿？"

罗小梅惊喜地凑上前拉住男孩的小手。

"你肯定是罗小梅，陶小米跟我说起过你，现在她已经不是我姐姐了。"男孩子愤恨地说，"我妈不让我再叫她姐了，她昨天和那个不要脸的走了。"

"走了？去哪儿了？谁是不要脸的？"

"还有谁？陶长明，他回南方了，他不是我爸了。"

罗小梅傻愣愣地站在门口，她不知道两天之中生活发生了这么大的变化，陶小米家一定出了什么事，可陶小米没告诉她一声就走了，这意外的打击像一块坚硬的石头卡在了嗓子里，呛得她鼻子发酸。

"我妈怕我被那个不要脸的领走，把我锁在家里，她一会儿就回来了，她去买菜了。好姐姐，帮我买块糖吧！我就想出去买糖。"

罗小梅没接男孩递给她的一个硬币，她从口袋里掏出两块水果糖，这是她替姑姑罗云跑腿的奖赏，她藏在书包里怕妹妹发现，她想和陶小米分享。没想到，陶小米已经走了。

罗小梅疲惫地走回专政路，她怎么也不相信陶小米会不打声招呼就离开的事实。陶小米怎么可以这么做呢？自己这样诚心诚意地对她，却被她当成了可以随便捡起抛出的布口袋，这么一想，就忍不住酸涩。酸涩的劲没过，她又替陶小米着想起来，陶小米也许真的没有来得及告诉她，或许很快就会接到她的信。陶小米在信里一定还会称呼她最亲爱的朋友，说离开时怎么急于向她告别，并且跑出去时忘了戴头巾，风特别大，天又下着雨，摔了很多跟头，手擦在泥地上出了血，可她却没在家。陶小米失望地往回走，难过地哭了。或者，或者陶小米出了意外的事故，比如让自行车撞了，没法再去专政路见她。

罗小梅被自己的遐想弄得更加难受。这回她忍不住自怜地流了泪。

罗小梅走过镇医院旁边的人工湖。湖水泛着微寒的涟漪，这里原来是一个水塘，夏天湖边长满蒲草，里面扔着死猫烂狗，镇医院生下的死婴也扔在里面，散发着热烘烘温吞吞的臭味儿。这几年好一些，湖面拓宽了一些，就叫作湖了，起了一个很时髦的名——向阳湖，并在狭窄处修了一座水泥拱桥，水也干净了许多。罗小梅在桥上站了一会儿，湖里的水很浅，泛着灰色。这里是她和陶小米经常逗留的地方，她们倚着桥栏杆比赛嗑瓜子的速度，看着在水面上打转的瓜子皮，小声地说悄悄话。她们还一起嘲笑过一个叫杨红的女同学。

"杨红用的纸有血，那么多的血。"一次，陶小米神秘地告诉罗小梅。

"她受伤了吗？"罗小梅傻乎乎地问。

风过白榆

57

"你可真笨，又不是碰破鼻子，怎么叫受伤？我说的是上厕所用的纸。"陶小米压低声音告诉她，"我听说她家来个亲戚，比咱们大点，是个男生，他们晚上挨着睡觉。"

"挨着睡觉怎么就会淌血？"

"唉，你可真笨。"陶小米扯她的耳朵，"他们一起睡觉。"

"啊！"虽然罗小梅仍然弄不懂睡觉和淌血之间的联系。她说，"和男生睡觉，杨红真不要脸。"

说完她们都有些脸红，都去看湖水。看了一会儿，她们不约而同地面向对方，勾起手指去找对方的手掌心。挠着挠着，她们咯咯地笑个不停。

现在，罗小梅独自站在桥上，她们当初多么要好啊，现在呢？现在罗小梅不自觉地勾起右手的手指，可她只能划腮边的泪珠，眼泪怎么也划不完。罗小梅想，她们的友谊就这样地完结了吗？

罗小梅病倒的第三天，这年春天的第二场春雨到来了。榆树镇在密集的雨水中湿漉漉地趴伏着，蟾蜍爬进了镇子，在白榆树下面成夜地聒噪，有的从人家门槛下面的猫道爬进了屋子。四五斤重的猫吓得尾巴如一条冻硬的麻绳一样。家鸡错乱的啼鸣叫人担扰，半夜时打鸣的不是公鸡，而是没开张的小母鸡。

苔藓一夜之间就粘在了酸菜缸露着的青石板上，缸里还有没吃完的臭酸菜呢。罗小梅头昏脑涨，这沉重的打击几乎把她打倒了。

春天比往年提前了，而春雨带来的却是倒春寒。专政路上，大二三整夜地头疼，惨叫声令人不忍卒听。上了岁数的人认定这是一九七三年将要发生祸事的征兆。

一九七三年会发生什么呢？

第五章

一九七三年榆树镇发生了第一件可怕的事，住在专政路口的田小脚的三个小脑袋孙子中的一个，四月上旬一个雨天的中午，脑袋突然间爆炸了，莫名其妙地爆炸了。

那天早晨，榆树镇所有的一切都表现得狂躁不安。大风从上午八点刮起，掀掉了镇政府房顶的脊瓦，镇外菜地几乎所有的塑料大棚都给掀翻了，菜社的女社员脸色吓得惨白，绝望中她们忘了哭泣，眼泪却不自觉地流淌。几只母鸡飞上了五金厂的房顶，木器房出现了黄鼠狼和老鼠一起伏在一根木椽上的场面。镇公安局的一条警犬疯狂地挠门，爪子淌了血，只为了咬住饲养员的裤脚拉他到院子里挨雨淋。红旗饭店的门口，一度出现了混乱局面，粮食管理所的一名女出纳结完账，拎着一书包粮票从饭店里走出来，她的花兜忽然被大风从手里夺走了，粮票像榆树叶一样漫天飘洒。红旗饭店正迎着客运站，人们停下手里的活参加了追逐。女出纳号啕大哭，尿水在裤腿里汩汩奔流。

小脑袋大二三也参加了这场粮票的争夺，他们从人缝里钻进去，从人们的胯下钻过去，花花绿绿的粮票在天空中打着旋飞舞，三个小脑袋弟兄有两个光顾了头上，而没有留心脚下，跌进了路旁的排水沟，摔得满脸是血。捡到的粮票和纸片一起被他们塞进了裤腰，又从裤筒里掉出去。中午，这三个小脑袋滚得满身泥土地回了家，他们的奶奶田小脚认出了摔破了鼻子的是二，脑门跌出了包的是三，只有大毫发未伤。田小脚兔崽子鳖犊子地骂了一气，等她把玉米糊糊端进屋，正看见三个小脑袋脱光了衣服，撅着屁股像吃屎一样地嗅着另一个的裤脚。田小脚立即操起了扫帚，三个小脑袋就嬉笑着撅成一排，让田小脚依次揍了两下。他们三个只有大交出了一张面值二两的粮票。另两个任怎么翻找也没有发现一两粮票。后来他们就呼隆一下围住了饭桌，为座位又争抢推搡了一会儿。好容易安静下来，睃巡了一番对方的饭碗，知道奶奶不偏不向，才吃了起来，再不肯抬头了。

七年前，专政路上抓出了第一个"历史反革命"，小学校长白光挂着牌子被游街示众，游行队伍的狂热吓得白榆树上的麻雀飞离了镇子，队伍走到城东姑子庙的大树下出现了小小的骚动。一个醉汉醉倒在大树下，口号声把他惊醒了，他不满地吼了一声，嘟囔了一句骂人话，正待再次睡倒的时候，他被人们拉了起来。

"谁污蔑我们的革命行动，就是我们的敌人。"

"革命潮流势不可挡，踢开这块臭石头。"

醉汉被人们认出是专政路的田画匠，有人揭发了田画匠的父亲曾做过伪满洲国的警察，他本人七岁的时候就被大人扶着梯子为姑子庙画过房檐的云彩卷。画匠立刻被拉起来拥进队伍当中，等他明白过来，脖子上已被挂上了一块"反革命"的牌子，他一头栽倒在地。小学校长白光在当天夜里自杀身亡。画匠愣了一天，等到第二天，人们想起他，拉他出去游斗的时候，他们看见画匠给自己涂了一张五花脸，哈哈大笑着从家门走出来。

画匠在镇子里游荡了十几天，除了一些小孩子跟着他起哄，没有人再去理他了。他每天提着一桶颜料走在街上，人们像唤狗一样吆喝他，取笑他，他也浑然不觉，只是发着抖，贴着墙根走。

这一天早晨，镇子里弥漫着蒙蒙雾气，镇政府的女打字员被一泡尿憋醒了，她迷迷糊糊地爬起身去厕所。她小解的时候，蓦地回头，后面正有两只眼睛盯着她看，她惊叫一声便往回跑，听到叫声，有人从家门跑出来。

东方既白，薄雾仍徜徉在镇子的街道上，在烟囱与烟囱之间弥散着。专政路上已挤满了人。这天早晨传开的消息让全镇都陷入了巨大的惶惑之中，整条专政路的白榆树都长出了眼睛。

确实如此，专政路上几百棵白榆树一夜之间都长出了人眼睛，眼睛大小不等，形状不一，每棵树只有一只眼睛。看着那只眼睛，你绝不会想出它应该长在这棵树的其他位置上。那些眼睛一律大瞪着，有的流露着恐惧，有的哀伤，有的则流出了大颗的泪珠，挂在眼睑的下方。千百只眼睛和榆树镇人相对而视，胆小的孩子吓得大哭，连破除迷信的造反组织成员也表现出了恐惧和惊讶，他们成堆站着，手里提着刀锯和斧头面面相觑，不敢靠近下手。一个胆大的少年冲一只眼睛举起了弹弓，弹丸没有射出，重重地打在自己的手指上，那根手指生生地断了。直到天光大亮，才有大胆细心的人发现，那些眼睛是被人画在树上面的。

当然是画的，等人们在姑子庙后面的一棵树上找到悬在上面的田画匠，便知道那些眼睛出自谁手了。人们放下他的尸体，发现他的头部挨着树干，也有一只眼睛，人们起初以为那也是画匠的杰作，企图把油彩擦掉时，才知道那的的确确是白榆树自生的。那是一只和人眼一模一样的疤结，不信邪的人们拿来一根棍子向那只眼睛一捅，眼泪一样的大颗大颗的汁水就流了下来。

镇东姑子庙后面的白榆树上的"眼睛"三个月后忽然间停止了流泪，就在当天下午，画匠的遗腹子降生了。榆树镇有史以来的第一个三胞胎来到人世。这三个小家伙一齐憋着不愿意降生，难产差点要了他们母亲的命，等他们生下来，他们的母亲比难产时的表情更加难看，看了两眼就昏死过去了。半岁兔子般大小的三个小子脑袋只有六岁孩子的拳头大，鼻子眼睛挤在一块儿，他们一齐啼哭抽搐不止。画匠的妻子没到七天就扔下这三个怪物满面羞惭地离开了镇子，此后她再也没有回来过。

没想到这三胞胎竟然活了下来，他们的形象也仿佛吞下一只苍蝇那样慢慢地被人们接受了。这三个小脑袋有一个共同的癖好——啃树皮。他们都长着两排尖利的牙齿，并且一啃就啃出一只眼睛的形状。他们随地便溺，哪里人多就往哪挤。由于小肠疝气，他们的睾丸大得让人吃惊，每天狗崽一样尖叫，除了奶奶田小脚再没有人能把他们区分开来。而田小脚又每每装糊涂，每当他们中的一个闯了祸，比如砸了人家的玻璃，在人家房门口屙了屎，捣毁了人家的鸡窝，那家人找上门来，田小脚就把他们三个一起拉出来，让他们站成一排，如果认出是哪一个，你别想得到好脸色。这种指认又肯定是错误的，那你就背了一个欺负孤儿寡奶的罪名。

每隔两三天，专政路上就会出现一次田小脚坐在大门口拍手打掌号啕大哭的场面，人们已经习以为常。

这一次，田小脚又在大门口号啕大哭，起初并没有引起人们多大的关注，得知有一个小脑袋突然像一个气球那样爆炸时，他们还以为是开玩笑呢。

正吃着饭，砰的一声，田小脚以为饭碗被哪一个小脑袋摔碎了，而二和三则乐得满地打滚，他们以为是谁放了一个响屁呢！但是大却一头栽在饭桌上，天灵盖飞了出去，撞在窗框上，脑浆散开一团白雾，又随即消失了。看清楚后，二和三惨叫着抱着头蹿出了房门。就这么简单，小脑袋大死掉了。

事后，人们知道地震和小脑袋爆炸发生在同一时刻。榆树镇轻轻地晃动了几下，一些人家的酱油瓶、香油瓶、煤油灯等小物件从蒙尘油腻的墙台上掉在泥地上，有的摔碎了，有的完好无缺。只是立在镇博物馆门口的伟人招手致意的大理石立像的西北角塌了一点，伟人的身体微微后仰。进出镇政府院子的人都发现了这一情形，但没有人说出来，他们仍然每天早晨对着雕像致敬、祝愿。这尊石像在一九七六年震动全国的更大地震中最后倾斜了。为了扶正石像，两个工人被石头砸坏了脚趾。

这次地震带来的恐慌在镇子里弥漫了足足有两个星期，镇政府通过广播号召全镇人民搬出住宅，转移到远离房屋建筑的街道边去住。孩子们终于可以离开他们讨厌的平庸的住处了，兴高采烈地帮助大人搬运搭造席棚和简易房屋的用料，表情就像过年一样。男人们就地取材，用绳索把塑料和竹席拴在白榆树上，有的干脆伐几棵树去做棚子的立柱，他们就在街道上支起炉灶。女人们也开始了前所未有的交流，她们知道街的那头的王家媳妇做菜忘了放盐，而老张婆子边贴饼子边挖鼻孔。她们拎着炒菜的勺子走到另一家的锅里舀一口汤，回到自家灶前，锅里的葱花刚好焦黄。起初整个镇子把家里最好的东西都拿出来，做白米，和面饼，慷慨地请邻居享用。过了两天，一阵风似的，所有人家都把好东西藏了起来，又都清汤

63

风过白榆

寡水了。

执拗的老人们不肯搬出原来的屋子，到吃饭的时候，小孩子提心吊胆地端着饭菜送进去，走到门口抬头看看房檐。房檐上有了燕子，嫩黄的喙啄着娇羽正在呢喃。这时吐噜一声飞出巢外，吓得小孩子怪叫一声，以为地震又发生了，端着的汤烫了手，撒下碗便往回跑。这可便宜了狗，等到遭到大人的叱骂跑回来收拾碗筷时，家里的黑狗已把碗舔得一干二净发亮光了。于是，人们就在房门口朝下立一个瓶子，时不时地去看看，这镇子给人的感觉就像他们盼望着再次发生地震似的。

他们盼来的是一场连绵的阴雨，雨水灌进了简易席棚，整夜地从炉灶旁边的阴沟流过，棚子里的鞋和水瓢也给漂起来。终于有胆大的人家搬回屋子里去住了，很快全镇的人都搬了回去。

一九七三年的地震就这样过去了。

由于地震，火车通过镇子的时候少停了一分钟，这给上下火车的旅客带来了极大的不便，月台变得十分混乱拥挤，陶小米就在这个地震的日子只身回到了榆树镇。不难想象这是一次艰难的旅行，她看上去比冬天黑了一成，双颊削瘦，眼窝凹陷。回到镇上的第二天，陶小米就和罗小梅见了面。

两个女孩此时没有多少久别重逢感到高兴的心情，她们都感到了对方的沉重。陶小米对过去几个月的经历讳莫如深，只说自己回了一趟老家。对罗小梅的关心和提问也不加解释。她掠掠长长了还没洗去风尘的头发，轻飘飘地对罗小梅说："我这不是回来了吗？我的事以后会告诉你，我真的担心你呢！"

罗小梅也不可能为好朋友做得更多了。她急匆匆地跑回专政路，正看见罗成仁推着一辆手推车走过老铁匠铺的门口。

罗小梅胆怯地迎着父亲走上去，出乎她的意料，罗成仁停下车子，温和地看着她。

"丫头，"父亲问，"不回家乱跑什么！"

罗小梅慌张地说："我去医院的路上刚好碰上——"

"回家吧，丫头。看好两个小妹。"罗成仁粗糙的手指碰碰女儿头上的小辫，像捏一下白榆树的树芽。这个丫头降生的时候他曾有过短暂的欣喜，他抱她出去晒日头，捉蜻蜓，孩子尿了他一身，他不但不恼，还用胡子碰她的小脸，亲亲孩子嫩嫩的屁股蛋。等到第二个来到世上的仍是女孩，他初为人父的温柔情感才一扫而光。

"你的嘴角像我。"罗成仁摸摸罗小梅冰凉的下巴，看着孩子既惊愕又感动的模样，他的鼻子一酸，催促说，"去吧，给两个妹妹弄口吃的。"

他们就在阳光下站了一会儿，进城的牛车吱扭扭地从身后走过，一群麻雀和几只鸽子掠过他们的头顶。罗小梅从父亲的脸颊上发现了两颗泪珠，双眼风吹一样地红着。这样一张脸，让罗小梅怎么也想不起早晨计划生育干部上门时他的暴躁和火气了。罗成仁推起车子走了几步，又停下，对仍站在原地的女儿说："丫头，你再也不会有弟弟了。"

罗成仁神情恍惚地推起车子往前走了。他被通知用手推车去接在医院做完绝育手术的徐立群，推她到街道统一指定的看护点去。这是罗小梅最后一次听见父亲清醒地说话。

罗成仁离医院有一段距离就听见妻子徐立群破死破命的哭骂声，他的心一下悬到嗓子眼。他扔下车子跑进医院的大门。院子里，徐立群正被三四个医护人员拦扯着，一个小姑娘为她提着染血的裤子，脸色吓得惨白。

看见罗成仁，徐立群立刻瘫了下去，哭倒在地，她呜咽说："咱们的儿子——"

这句话子弹一样把罗成仁击中了，愣怔怔地站在原地，徐立群又叫了一声："咱们的儿子没了。"

"完了！"罗成仁咬紧牙关站着，终于站不住，直挺挺地向后倒去。

等罗成仁醒过来，他看见周围的人可笑地围着他，太阳光映在他们脸上，所有人的脸色都绽着红光。这时，他突然发现有几个人的头发蹿起了火苗。他的额头绽出了冷汗，他使劲地眨眨眼，千真万确，拉他的那只手就蹿着火苗。那人的手指触到他的手腕，立刻给烫起了两排水泡，灼痛使他大叫一声，他推开他们，从火的包围中冲了出去。跑着跑着，他看见自己的衬衫烧着了，火苗一蹿，就点燃了他的裤裆，他想他的东西一定给烧坏了。他胡乱地用手拍打，结果那火越烧越旺，烧得他乱窜乱蹦。必须钻进水里去，他需要水，跑过大街，他一眼看见一个小姑娘拿着一瓶水走过来，顾不得了，他上前一把夺过瓶子，用水去浇裤裆那儿烧着的火。火被他扑灭了，他自己却被几个人牢牢钳住了肩膀。人们肯定是疯了，他想，他们不知道四周都在着火吗？

"哪儿也没有火。"一个满脸疙瘩穿白大褂的家伙说，"你需要安静，你必须安静。"他晃晃手里的瓶子："你好好看看，这是一个酱油瓶。"

的确是一个酱油瓶，罗成仁惶惑地抬头看看，天上的太阳隐进云层里，四周真的没有着火。刚才的火在哪儿呢？对了，一定是被云层包住了。现在只有他一个人知道火在哪儿，这些可怜的家伙，既然不相信他，就让他们挨烧去吧！他决心不告诉他们真相，以此报复他们对他的不公。他狡猾地笑笑，他想，他必须在太阳钻出云彩之前跑回家里去，可不能和这些愚蠢野蛮的家伙纠缠。

他们果然松开了他。他故意慢走两步，让他们相信他不会逃跑。他们果然上了当，有的站在原地，有的跟在他身边慢走。走着走着他突然撒开腿跑了起来。

就在这时，太阳露出了脸，他感到整个榆树镇正在干燥起来，逼近燃点。他听见榆树都在噼啪作响，这个镇子快着火了。有一会儿他慢下了脚步，他想有什么事被他忘记了，对了，是儿子，好像是儿子。"干吗要有儿子呢？"他嘟囔说，"有了也要被烧死。"这样一想他就放心了，现在最重要的是先躲开火，他感到自己身上冒烟了。

罗成仁跑进家门，罗小花让父亲恐惧的表情吓坏了，她尖叫起来。罗小梅从里屋跑出来，罗成仁正倚着门喘粗气。

"丫头，外面有火，"罗成仁凑到罗小花的耳边小声告诉她，"出去会烧死你。"

为了让这两个吓坏了弄糊涂了的小姑娘听他的话，他又像平日那样大声呵叱："听见了吗？我告诉你们，谁也不要出去。"说完，他背着手踱进屋去了。他想应该想个法子来对付这场大火，这是一件伤脑筋的事。他冥思苦想了一会儿，困倦袭来，他倒在炕上，扯起了鼾声。

风过白榆

一切都发生了变化，你不相信这是真的，但一觉醒来，周围的一切变得你不敢认了。更可怕的是，所有的变化都发生在你睁着眼睛的时候，你大瞪着眼睛，眨也没眨，可这世界就是认不出了。精神失常的最初几天，没读过几天书的罗成仁忽然迷上了算术。罗小梅刚写完作业，不一会儿，算术本就变戏法一样地到了罗成仁的手里。罗成仁整夜整夜地在纸片上画着几个简单的数字，进行着他想象中的四则运算。磨秃的铅笔尖针一样扎在徐立群的心头，早晨起来她的双眼桃子一样红肿。第三天早晨，罗成仁算出了一个得数：4，结果一个白天都没有太阳。对4的发现使他欣喜若狂，他放心地走上街头，为了炫耀他的成绩，他一直走到小学校去。

罗成仁出现在学校操场上，正是课间操时间，罗成仁模仿学生们做起了广播操，他的怪诞行为引起了一阵混乱。淘小子们打起了口哨，女学生夸张地捂住肚子俯下身去，以表示她们笑得受不了。看清是罗成仁的瞬间，罗小梅雷殛一样呆住了，心脏似乎一下子停止了跳动，呼吸也停止了，鬓边流下了汗珠。她机械地比划了两下胳膊，泪水夺眶而出，然后她低下头向厕所跑去。怎么也跑不快，她勉强搬动了两条不会打弯的腿。她在厕所里待了半节课，确信罗成仁已经离开了，她才走出来。罗小梅没取书包就离开了学校。回家的路上，她极力避着别人的目光，越想避开越避不开，街上的每个人都停下来看她，对她指指点点："看，那就是罗成仁的女儿。"她愤怒地回过头，那些人立刻装作正忙着自己的事。她泄了气，泪水又流下来。此刻，罗成仁将一个耻辱的记号印在了她的脑门上，在认清罗成仁作为家庭的支柱轰然倒塌的悲剧后果之前，罗小梅最先感到的是自卑，强烈的自卑感扼住了她的喉咙，几乎让她因窒息死掉。

罗成仁对算术着迷的有限的几天里，他再也算不出"4"了，于是，太阳就又照常升起了，吓得他整日在房间里乱窜，想把自己藏起来，最后他一头扎进了储藏室。家里乱作一团，徐立群红着眼，头乱得像只鸡窝，罗小梅不知道徐立群什么时候会哭出来，不知道随时都可能举起来的鸡毛掸子什么时候会落在她和妹妹们的身上。要想逃开这一切，她只好去上学。学校的校门她又不想进，同学们都会耻笑她吧？一定会的，口哨声、笑声搅得她心乱如麻。但学校毕竟是有吸引力的，因为，因为陶小米还在那儿呢！

　　街上还有没拆除的简易的防震棚。可能是地震的缘故，这一年春雨来得早，可进入五月，大地才刚刚返青。罗小梅像那些返城的又无所事事的知青一样在大街上游荡。她为自己选定了漫步的路线，既将校门口的一切都收在视野之中，又要防备老师和同学们看见自己。这种感觉是新鲜的，慢慢地她找到了乐趣。她的同学们是这样地喜欢逃学，差不多隔一会儿就能看见歪戴帽子的男生和穿仿军服的女生结伙从校门逃出。有几次，逃学的同学一直向她的藏身处飞奔而来，她慌忙跑开免得和他们相遇。放学的铃声响了，她的心剧烈地跳动起来，瞪大了眼睛。老师们推着自行车走出校门，她还是没有找见那个熟悉的人的身影。白天被涂黑了，悄悄地让位给薄纱一样飘落的黑夜。校园里早已空无一人，女孩将头伏在双杠上双肩颤抖，她是那样地孤立无助，她想和最亲密的朋友见上一面，说几句话，可是见不到，她失望极了。就是见到了又怎么样呢？小米，我不再是那个会说会笑让你开心的罗小梅了。你觉得我快乐、活泼、大方，才愿意和我交朋友，一定是的，可我再也不会让你着迷的那样笑了。

　　家里的情况更糟了，罗成仁对厨房的火光也产生了恐惧，他想方设法地偷走徐立群的火柴。他瞄着徐立群，只要她一转身，放在灶台上的新火柴就会闪电一样地消失。徐立群找不到对付这个疯子的办法，她的武器仅限于眼泪和诅咒，可这对罗成仁毫无用处，倒

69

风过白榆

霉的是几个女孩，罗小梅一手搂着一个妹妹，在墙角不停地打着哆嗦。徐立群察觉到罗成仁随时可能袭击她，抢夺她藏在围裙里的火柴，她不敢和罗成仁一个人在家，只好将罗小梅留在家里壮胆。这样，罗小梅只能留在家里了。

白天显得那样地漫长，罗小梅眼睛一刻也不肯离开大门口，唯恐邮递员或者雀斑男孩以为她不再将陶小米给她的信带回去。现在，陶小米是她生活中最后的支撑，如果友谊的温馨也荡然无存，那她真的没有希望了。

然而，陶小米并没有信来，一个念头在第三天下午如阴影罩上了她的心头，莫不是陶小米也鄙视她了？为什么没有和她主动联络呢？友谊的渴望瞬间走向了反面，加快了性情的转变，自卑感变成了猜疑。罗小梅仿佛看见陶小米正在和新伙伴笑着走出校门。她的新伙伴会是谁呢？马秀梅？戴影？李萍？不管是谁，反正陶小米将她抛在了一边，泪水流下来，流淌着妒忌和怨恨。罗小梅想，即使不再要好了，她也得和陶小米见一面，将自己想的当面告诉她，然后立刻向后转，陶小米再怎么喊她，她也不会回头了。

怨恨使她忘记了羞耻，罗小梅赶在放学之前跑去了学校。放学了，陶小米仍然没有出现。罗小梅忽然担心起来，她发现对陶小米的怨恨已经消失了。她没有完整的时间听听陶小米讲述冬天发生的事，她只知道陶小米的家里刚刚度过了一场危机，她的父亲也回到了镇上，难道她又遇上了新麻烦吗？罗小梅啊，你真是太自私了，光想着自己的痛苦，却没替别人好好想想，没准陶小米这会儿也正需要你的帮助呢！可去哪儿打听陶家的新住址呢？！

"孩子，你还不走吗？我们要下班了。"水果店一位上了年纪的老营业员冲罗小梅晃着手里的钥匙。

罗小梅失望地走出爱民水果店，忍不住向校门口投注了最后一眼。那不就是陶小米吗？她怎么也没有想到，和陶小米在一起的是一个男孩，她不敢相信自己的眼睛，停下脚步。陶小米也看见了她，冲她挥着手。

她的心里充满了屈辱，转回身，快步走去。陶小米在后面喊她，她心里想停下来，可收不住脚步。最后，陶小米气喘吁吁地追上来，扳住她的肩头。

陶小米流露着惊喜："再见不到你，我就只好去你家了。"

罗小梅说不出话，嘴唇颤抖。

陶小米没有发现好朋友的怪异，自顾说道："我向你们班同学打听，她们说你好几天没来了，真像她们说的那样吗？你家里……"她惊讶地停下来，"你怎么了？"

罗小梅长出了一口气，那个男孩并没有跟上来，顺着另一条路走掉了。

"再不追上去，那个人就没影了，你干吗不去追他？"

"谁？啊，你说他呀！真笑死我了。"陶小米立刻就眯了眼，她没笑出声，罗小梅气得脸色发白了，"你没什么事吧？谁欺负你了吗？"

"不用你管，"罗小梅愤愤地说，"你们都是假的，全都是骗人的。"

"真是莫名其妙，你发烧了吗？"陶小米的手给罗小梅挡开了。

她本来想问陶小米那个男孩是怎么回事，话说出口却变了味儿："你说只对我一个人好，我再也不听你的解释了。"

"好，我不解释，但我要让你知道，我昨天和人打了一架，只为他们笑话你妈妈。"

两个人不再说话，默默地站了一会儿，同时向后转，谁也没向

风过白榆

对方招呼一声，就走开了。在这以前，她们也发生过小小的争吵，她们从没在意，彼此还是那样地放心，因为她们坚信会重新和好，但这一次，直觉告诉罗小梅，这次和以前大不相同了。这次的打击实在太大了，陶小米是那样地陌生，仿佛她们从来都没有好过。何况她又有了新烦恼，罗成仁带给了她耻辱，现在，又有人笑话她的妈妈了。

罗小梅坐在一条小木凳上给两个妹妹缝口袋，她的脚边叠着一小堆各色布条和碎布角，这是她花了半个上午在成衣店外面捡来的。她细心地拼着那些花布，她太用力了，鼻尖冒出细密的汗珠。可她怎么也缝不好，拆拆缝缝。徐立群坐在门槛上，手术过后，她看上去很虚弱。她坐在那儿看罗小梅好半天了。这时，她终于忍不住了，说："缝不好就别缝。"

罗小梅头也不抬，声也不吭。手下得重了，剪子险些挑着自己的脸。

徐立群说："丫头，你这样好几天了，有话你就说出来吧！让我知道你这小脑袋里到底想些什么？"

罗小梅扔下剪刀，她没有勇气面对妈妈，憋了好半天，忽然抬起头，没头没脑地说："你为什么要让人看见？"

"嗯？丫头，你说什么？什么被人看见？"

罗小梅犹豫了一下，最后决定把憋了十几天的话说出来，她涨红了脸："你自己会不知道？学校那些男生都笑话我，说罗小梅她妈那儿长着黑毛。你知道哪儿吗？那儿！"

"噢，是这么回事。"徐立群奇怪地看着女儿，看得罗小梅浑身不自在起来。"让我来告诉你吧，丫头，你也会长，是女的都会长成那样。"她提高了嗓门，冲大门口骂起来，就像那些"男生"藏在那儿似的，"有娘养没娘教的东西，你妈不长×哪儿生出的你？看吧，看吧！你妈长的那样，你奶奶长的也是那东西，还有你，丫头，"她转过脸："我像被抓的猪一样地给摁在手术台上，剥掉裤子，他们把我的腿劈开，就像，就像，我还顾得上羞耻吗？我顾得上窗户外面有人看吗？为了给你们罗家生个传宗接代的种，我东躲西藏，遭这种罪，我不知道怎样好受吗？岁数大的数落我没本事，没良心的造完孽发疯了，现在你又这样，我今后还有什么指望啊！"

徐立群放声大哭，在院子抱着妹妹捉蜻蜓的罗小花慌忙跑过来。"还有你，"徐立群冲着她说，"都是不争气的东西。"罗小花就站住，这个女孩比罗小梅敏感细心，眼泪立刻就在眼圈里打转。

罗小梅委屈地说："你就不能小声点吗？"

"我都快憋死了，还让我小声。"徐立群憋闷了十几天，这时终于发泄出来。这些天她忍受着肚皮上刀口的疼痛，期待着罗成仁哪怕过门槛摔个跟头，或者吃饭噎那么一下神志变得清楚，她觉得所有的不幸都落到了她头上，她倒了多大的霉啊！她十七岁从河北逃荒来到这个地方，她的父亲用她换了半间房子，她什么也不懂就嫁给了罗成仁，为了这，罗成仁看轻了她，拿她不当人，说她是买来的。实指望进城日子会好些，现在可好，就这么个不知道疼人的东西还疯掉了。

"我做了什么亏心事，老天爷让我这样。"她哭着说，罗成仁从门口探了一下头，当头的太阳立刻使他缩了回去，徐立群冲着屋里喊道："怎么不真的下火，烧死你？我知道你打什么鬼念头，你不就想在我的肚皮上打井吗？想托生，得让你爹再做你一次才行。祸害我你祸害得不够吗？"骂了两句她忽然觉得全没有意义，罗成仁根本听不懂，她转身把罗小梅缝的布片抢过来，发疯地撕扯，扯不动就用牙咬，咬不动，她重又放声大哭。

天气一天比一天晴朗，白榆树吐出了米粒大的叶芽。杨树枝上挂满了紫红色的穗子，风一摇，远看如晃动的火苗，春天终于显示出了勃勃生机，让人们看到了美好的前景。生活也该给罗小梅涂抹一点亮色了，度过了黑暗压抑的一周之后，星期一，她接到了陶小米寄来的一封厚厚的信。

陶小米将刘彦红写给她的纸条也塞进了信封，一起寄给了罗小梅。纸条上，刘彦红大胆地对陶小米表达了爱慕，可在信的结尾，男孩子却明显泄露了怯懦，他底气不足地写道："再说一下，这封信的内容不要让别人知道，要是有人问得紧，你可以说，我只是向你请教一道数学题。"

陶小米的措辞十分激烈，她说："我当然不会答应一个没有胆量的人，这个秘密我本想当面告诉你，可你不听我的解释，我不敢保证我们是否能够和好，像以前那样心心相印，但你毕竟是我真正爱过的人。是你伤害了我们的友谊，如果你后悔了，那就是对你的惩罚。以前我是那样地爱你，可现在，我是这样恨你，是你破坏了我们的友谊，我恨你，你知道吗？我恨你。"

陶小米向她的好朋友发出了真诚的呼唤："我不知道你是否想和我重归于好，如果想，请你明天到学校来找我。如果不想，就给我写封回信，这封信你觉得有保存价值，请你把它收起来，如果没有，请你还给我。"

陶小米这样结了尾："要知道，一个人想挽回她的过错，必须付出一定的代价。解铃还须系铃人。"她在纸上画了两颗连在一起的心，"将这幅画送给你，若我们和好了，就算送给现在的你，若不能，就算送给过去的你，来纪念我们的友情。"

两个女孩在学校组织的打击奇装异服的活动中见了面，一见面，她们便被对方拎着的一把上了锈的铁剪，眼光在行人的裤腿脚扫来扫去的怪样子逗笑了，她们跑去水果店喝了一瓶汽水，喝两口，她们就停下来看一会儿，体会着友情失而复得的欣喜，快乐补偿了罗小梅一连几天的孤独的等待。为了讨罗小梅的欢心，陶小米不惜冒着挨打的危险和行人恶作剧，她们竟然得手了一次，一个背着行李提着网兜的老头真的向她们低下了生着赘肉的头。"他向咱们低头认罪。咱们喊，低头，他就给吓破胆了。你知道吗？那个人叫陆朝臣，离开镇子三十年了。"

陶小米的大胆细心，煞有介事，罗小梅真是佩服极了，生活中阴冷的背面给好朋友的笑脸照亮了。她既欣赏又崇拜地看着她的伙伴，"我能为她做什么呢？我一定得为她做点什么。"

河对岸是一片坟地，坟地里生长着大个的小根蒜和苣荬菜，几个挖野菜的人弯着腰行没其间。云彩投下的灰影在田野里一片片移过，不远处的白榆树林子里纷飞着麻雀和腊喳雀，腊喳雀专啄向日葵的花盘，可现在向日葵的绿秆刚刚长到两尺高。

中午的阳光炽烈，晃着生长着白榆树的榆树镇，河的下游有一个光着上身戴草帽的人在撒网打鱼，后来看不见了，那个人一定躺到草棵里打盹去了。两个人谁也不说话，有一会儿一只蜻蜓落到陶小米的膝盖上，潮湿的地气钻进裤管，蚂蚁一样爬得她极不舒服。她用手碰碰蜻蜓的红尾巴，蜻蜓并不飞走，晃了晃只长着眼睛和嘴的亮晶晶的脑袋。陶小米看了一会儿，讨厌地把它捏在手里。于是，它就啃她的手指尖，狠狠地咬一口，咬得女孩皱了眉头。陶小米把它的翅膀和尾巴弄断。然后扔在脚前面看它挣

风过白榆

扎，看它摇着美丽的脑袋战栗。后来她轻轻地哼出了声："蜻蜓蜻蜓你下蛋，一下下上一百串。"唤了几次，罗小梅终于转过头，冲她笑一笑，那意思好像在说："咱们干吗不先闹闹呢！"

罗小梅走去水边，捉了一只黑壳老鳖虫和一只扁担钩回到方才坐着的地方。陶小米凑过来，拿一根棍把老鳖弄翻，那丑物船一样颠簸起来，想翻转身。她俩当然不会让它翻身，不断地把它摁在那儿，直到她们玩得腻烦，才把它用一块卵石压住。这么干的时候，两个人谁也不说话。接下来她们对付那只扁担钩了。扁担钩可笑地直着身子，就像一根秋天的草棍。刚从水里弄上它的时候，它一动不动，这种小生灵只有晒干了身子才能振翼而飞，飞起来也如一截小草棍。翻着翻着，罗小梅说："扁担钩，扁担钩，你挑水，我馇粥。"

"你说什么？再说一遍。"

"扁担钩，扁担钩，你挑水，我馇粥。"

两个女孩一起喊："扁担钩，扁担钩，你挑水，我馇粥。"一个故意压低声音，一个声音更尖更细，她们就这样合唱起来。

"扁担钩，扁担钩，你挑水，我馇粥。"她们扔下地上的小虫子，面对面地坐好，击疼了手掌，喊哑了嗓子，她们就这样喊着，直到那只小虫子在卵石上烫疼了翅膀，嘤地飞过她们的头顶。

顺着那只扁担钩看去，一个比她们略大一点的女孩正低着头踩着杂草向这边走来。

"杨红来了。"罗小梅压抑着兴奋。

"是杨红，"陶小米说，"杨红，你过来。"

罗小梅也站起来拍打拍打身上的土，冲杨红摆手。

杨红愣了一下，立刻转身往回走，屁股晃来晃去，杨红是一个有些丰满的女孩。

等了一会儿不见她转身，陶小米跺一下脚："还不理人了，当自己是什么高人贵戚呢！"

几乎同时，几个字一齐冲出了这两个女孩的喉咙："血纸儿。"她们低低地咒骂。

"血纸儿。"一个声音高了一点。

"血纸儿。"另一个又壮胆似的喊了一声。

两个人对视了一下，一种恶意的快活使她们兴奋起来，她们就像方才逗弄小虫子那样高喊起来："血纸儿——血纸儿——血纸儿——"

杨红回了一下头，站了一会儿，她很显然下着决心，是否回来对付这两个讨厌的家伙。但随即她两手交叉捂住了眼睛。罗小梅确信她听见的是杨红的哭声。哭声风一样掠过水面，泛起一层层阴冷的波纹。

两天后，镇子里的许多棵白榆树都贴上了寻人启事，专政路有一个女孩失踪了。

罗小梅在校门口看见了杨红的母亲和哥哥，杨红的哥哥穿着一身油腻腻的工作服，十六七岁，他是五金厂的一名油漆工。老人旧裤子打着补丁，眼睛红肿，双手枯燥地摊开，向面带惊骇之色的学生一遍遍询问，声音沙哑："你们和杨红是同学，你们中间一定有谁知道她在哪儿，告诉我老婆子吧！求求你们，告诉我，我的红哎！"

罗小梅和陶小米两个人紧紧地拉着手，手心沁出湿冷的汗水，她们挤在一群学生中间往外走。罗小梅死死地低下头，心怦怦地乱跳。

陶小米摇摇牵着的手："小梅，抬起头，那不干我们的事。"她的声音很小，但罗小梅听清楚了。她听见了陶小米声音中的颤抖，触到了恐惧中双手的冰凉。她抬起头慌乱地瞟了一眼，她蓦地一惊，她恰好和那双绝望的眼睛对上了目光。

"你知道，你一定知道，快告诉我，她在哪儿？"那双摊开的手一翻，向罗小梅抓过去。

"啊！"罗小梅尖叫一声，那只冰凉的手掠过她的胸脯。她飞快地往前跑，心里充满了恐惧。她顾不上书本是否窜出书包，只觉得白榆树一棵棵地在向后倒去。"她追上来了。"罗小梅听见后面急急的脚步声，她更加害怕，眼泪不自觉地流出来。她一气跑出两百米远，双腿发抖，再也跑不动了，她抱住一棵树，无力地蹲了下去。追上来的是陶小米，陶小米看见她泪流满面，不知是恐惧还是伤心，罗小梅哭得上气不接下气。

不知从哪儿得到的线索，寻找杨红的人们最后把目光投向了三通河。一连两天，穿镇而过的大河河面布满了人，水性好的男人们手挽手蹚着水，结果是大河里的鱼类遭了殃，每天都有上百斤柳条鱼和鲇鱼被捉上餐桌。鱼酱的香味让全镇打了饱嗝。直到第四天，杨红的尸体才被发现，她躺在两里外水泥桥下面的一堆灌木丛里。那天，镇子里许多人都去了河边，罗小梅没有去，她整天都和陶小米待在一起，认真地玩抓羊骨头的游戏，她们为对方的手指是否犯规吵得面红耳赤，鼻尖上冒出津津的汗珠。

一九七三年秋天，就在杨红躺过的地方，那堆灌木丛又留住了一具尸体。也是一个白生生的女孩，可能在水里漂泊了一段时间，她的衣裤都被河水剥光了。长发刮着灌木丛的乱枝，她才留在了榆树镇。

　　镇郊农场的一个老头由镇公安局雇去搬动那具尸体。女孩子已被泡得肿胀，他轻轻一碰，一块肉皮就粘在他的手上，但无论他怎样用力都无法把尸体拖开半步，他一转身，忽然觉得一只手在水底抓住了他。

　　他开始还大着胆子叨念："死鬼，你要吓唬人吗？"但那只手越抓越紧，他拼命挣开，连滚带爬地往岸上跑。

　　等他上岸，脸上没有一点血色。"那是个屈死鬼，"老头语无伦次地说，"我被她抓住了。"

　　几个年轻警察好容易让他相信，只不过是树枝剐住了他的水裈，并当场许诺让死者的家属赔他一副新水裈，把他重新哄下水。

　　尸体在河边的红茅公草里放了几天，终于有人从上游寻到了榆树镇。听说后，榆树镇人都涌去看，罗小梅也去了，她站在桥上，远远地看见一张竹席铺在水边。

　　来的人是对中年农民夫妇，还没有揭开竹席，那个女人就认定是自己的女儿，她踉踉跄跄地奔过去，她的丈夫哭着接受了警察的询问，他说他们的女儿在十天前失足落水。既然如此，警察们就决定结案。他们把打捞尸体的老头介绍给死者的父亲，并且提醒他赔一条水裈的钱。"还要赔钱？"那个男人对妻子说，"你再好好认认，真是咱们孩子吗？"

　　"我看不像，"丈夫嘟囔说，"干吗还要赔钱？"

　　"真不是咱们孩子。"犹豫了一会儿，妻子擦擦哭红的双眼，揭开竹席看了一回，"不是俺们闺女，我认错了。"她说。

　　"那谁赔我的水裈？"农场的老头气冲冲地问那几个警察。

　　事出意外，几个警察商议了一会儿。"尸体再不能放在这儿了，也不用送火葬场，就地处理了吧！"负责的警察让带相机的干事拍了照。他又走到那对夫妻面前，最后一次询问他们："你们看好了，不要后悔，"他说，"如果真不是你们的女儿，尸体我们决定自行处理了。"

"你们怎么处理？"抽咽着的女人问道。

"这你们不用管。"警察冷冷地回答。

很快，一桶汽油被运到了。站在桥上的罗小梅看见警察们把竹席点燃了，火焰嗵的一声腾起来。那对夫妻远远地躲开，妻子走得很慢，边哭边回头，丈夫拉住她，焦躁地往前走。

"她为一条水衩给抛弃了。"一个声音在罗小梅的耳边响起，她回头，周围的人都在对着发黑的嗞嗞作响的火焰和那两个远去的人指指点点，没有人和她说话。她被恐惧扼住了，张皇四顾。

"她为一条旧水衩给抛弃了。"那个声音又说。

"丫头，回头回脑地干什么？"罗成仁不知从哪儿走出来站到女儿身边。

罗小梅忘记了父亲是个疯子，她攀住罗成仁的胳膊全身发抖。

"你不怕火了吗？爸爸。"她拖着哭腔问。

罗成仁伏在女儿的耳边说："我知道你在想什么，那不干你的事。"

罗小梅简直不敢相信这么清醒的话出自罗成仁之口，她几乎认定他恢复了理智。"爸爸，"罗小梅叫道，"我要去告诉妈妈。"

"嘘，"罗成仁做了个鬼脸，向桥下忧心忡忡地看了一眼，诡秘地说，"火？那根本没有火，那不是火。我告诉你，那下面是一口井。"

罗成仁说："那下面是一口井，我看见两个丫头在那儿玩羊骨头。唉，那个穿格衣服的丫头赢了，她总赢，我看见她赢三把了。她总是赢。哎，丫头，我指给你看。"他喃喃自语的时候，罗小梅早逃开了。

秋风起了，专政路又到了榆叶纷飞时节，树叶唰唰飘落。罗小梅额头滚着冷汗，脸色惨白地往家里跑，小辫跑散了，扎了一个夏天褪了色的粉绫子被风一扯，飘起来挂在一根枯枝上。

她只想跑回家里，用围裙蒙住头，不管那上面粘没粘着糊猪食的味道。她跳过进城送菜的马车遗在路上的粪便，恐惧得忘记了躲避过街横道上的手推车，卖冰棍的老太太正为生意不好暗自赌气，现在冲着这个不管天地的丫头大声叫道："你撞见鬼了吗？丫头，看着点车。"

她快跑，再快跑，像一只被火燎着了尾巴的小猫，绝望烦躁地乱窜。

"喂，你站住，我告诉你一个秘密。"雀斑男孩站在马路牙子上，手里拎着一根烧坏了的玻璃管，远远地向她摆手，扭曲的玻璃管在阳光下闪着刺眼的光泽。

"你知道吗？你那个好朋友离家出走了，她和男生私奔了。"

罗小梅踩在一个石子上，绊倒在地。雀斑男孩跑过来，他没有拉她起来，而是蹲在她的身边，没头没脑地说："她真行，她和'司令'一起离家出走了。就冲这，我佩服她。要在以前，她肯定能当地下党。你知道刘彦红可不是谁都能看上眼。你知道三班的柏花吧，长得多俊，她总要和'司令'搞，那次往'司令'跟前凑，'司令'说'你过来'，那个女生乐呵呵地跑到他跟前，'司令'往她腰里手一伸，一拽裤腿，就给她把裤子扒了，'司令'摸了一把，打个口哨就走了。怎么，你摔疼了吗？柏花那么哭他都没回头。我去送他们了，他们昨天坐火车走的。临走时陶小米想见你一次，昨天我去你家送信被你爸爸给轰出来了，他可真凶。陶小米说她再也不会回来了，她让我转告你，你怎么了？喂，你不谢谢我就走了吗？喂，你可真不够意思，你不想好好问问吗？"

罗小梅顾不上陶小米了，现在她手里握着那块该死的绊她一跤的石头，她的下身正在发胀，像有一口气灌了进去，她的全身像挂在枝头的一片孤零零的树叶抖个不停。她忽然感到大腿之间湿漉漉的。她低下头，裤脚底滴下了第一滴血。一定是给摔坏了，我的身子里出血了，我就要活不成了。她惊慌起来，眼泪冰凉地涌出眼眶。她重又跑起来，血一点一滴地从裤脚向后抛洒，染红了飘落的树叶，染红了落叶飘落的石板路。殷红的树叶一片片飞起来，如一只只美丽的蝴蝶。

"妈妈，妈妈，我出血了！"

徐立群惊慌失措地奔出房门，她看见罗小梅跑进了院子。

"妈妈，妈妈，我出血了！"

一九七三年秋天的一个中午，罗小梅新鲜的经血染红了母亲徐立群目光所及的萧瑟的秋天。

82

第六章

　　必须躲开这场大火，这个镇子每时每刻都处在危险之中。但走到哪儿能避开天上那轮该死的太阳呢？它总会突然就破云而出，把火种播到房脊瓦上，播到柏油路上，烤得白榆树嗞嗞作响，映得人们的脸红彤彤的，让他们发烧，烧得神志不清，产生害人的欲望。罗成仁每天藏在堆放杂物的小棚子里，看着破烂的木器和坛坛罐罐打主意。

　　有一天，一个念头一下子跳进了他的脑袋，就像篮球弹起来跃进了篮筐。这个念头使他的睡眠消失了，一连两天，他大瞪着眼睛，只想瞅准机会干那么一下。为此，他思考了实现计划的每一个步骤。他把身上穿的衣服剪短了，每天剪去两寸，他相信这样会使他的身体缩小，自己迟早会变成核桃一般大，到那时他就那么一滚……

　　只要镇粮库不停发罗成仁的工资，丈夫的怪诞行为在徐立群看来就没有什么可大惊小怪的，况且她很轻易就能把他制服，只要划根火柴一晃，罗成仁肯定会一动不敢动地倚在墙角坐上半小时。

徐立群要考虑的事太多了，冬天到了，里里外外都指着她一个人。三个孩子的棉衣得拆洗了，需要准备烧柴和储备过冬的白菜，土豆也要买一筐，最好能买到顶便宜的萝卜。她每天都和菜场、副食商店的营业员吵架，有时也讨好她们，那是她想多拿两根葱或者一把掉下来的菜叶。

只要她不太过分，营业员们总是睁一只眼闭一只眼，让她占点小便宜。徐立群总能在她认为重要的时刻唤起人们的同情心，比如："我们家那个疯子，"她这样说，"昨天躲在墙角偷吃东西，我凑过去一看，他啃的是一个烂葱头。"这个时候准是她想拿店里一个鸡蛋。"他说自己吃的是鸡蛋，疯子想吃鸡蛋了。"她说，"这个月的菜金用完了啊！"说着话，她的眼眶真的红了。看着徐立群扛着菜筐走过去，营业员们都叹息："这个可怜的女人，惦记着家里那个疯子呢！"

徐立群用这种办法让人白送了她一只瞎眼鹅。

忽然有一天满大街又贴满了新标语，这是一个浪漫而粗糙的年代，人们已经习惯于不假思索，习惯于听从召唤。

这次运动是要仿效另一个省的做法，兴办"社会主义大集"。

天没亮，榆树镇就出现了游行的队伍，夹在游行队伍当中的是表情和身上的棉袄一样青灰的农民。他们有的怀抱一只病鸡，有的拎着一把烟叶，妇女们挎着筐，围着烟色的围巾，她们臂弯里夹着两副或几副鞋垫，就在街两边蹲下，面前摆开要卖的东西。早晨七点，又有一支游行队伍走进了榆树镇，他们打着红旗，手里举着事先准备好的五颜六色的彩纸旗。

他们的出现给先进镇的队伍带来了骚乱，于是，出售彩纸剪刀和胶水的文具店最先开张了，几百名妇女制作小旗，寒冷的天气冻凝了胶水，一些喇叭适时地宣传红军爬雪山过草地的困苦情景。而另一些喇叭则喊着"一不怕苦，二不怕死""敢叫日月换新天"等等口号。

口号声中，先进人物和反面典型很快出现了，镇郊农场的两名女知青把胶水含进嘴里解冻，另一个把胶水瓶塞进了内裤，加快了纸旗制作的速度。与此同时，进镇的路上，一个来出卖鸟笼和八哥的农民被维持秩序的民兵拦住了，罪名是宣传资产阶级养花玩鸟的生活方式。一只眼的老头立刻被挂上牌子进行游斗。

游行队伍最后在飘扬的清雪之中，集中在镇中心的灯光球场举行了誓师大会。"就是好，就是好"的歌声震得白榆树簌簌发抖。

下午两点，游行队伍散得一干二净，榆树镇变得空旷起来。雪把脚印和杂物覆盖了，一列火车穿越小镇，冻得缩手缩脚的到站旅客拖拖拉拉地走出站台，散进榆树镇的大街小巷。这时如果有人告诉他们，说上午镇子里曾经举行过声势浩大的游行集会，他们肯定会往手心里哈一口热气，不相信地皱起眉头。

徐立群在木器房后面的胡同里遇见了那个卖鹅的男人，他围着一条驼色围脖，抄着手站在一棵树下，脚边的篮子里趴着一只白鹅。

徐立群从男人的身边走过，她知道这个人叫陆朝臣，一年前他出现在专政路曾经引起了不小的轰动。人们传说他曾是某一场战役中的孤胆英雄，他用的机枪现在还摆放在城市的军事博物馆。后来他在省城做了一个不小的官，据说县长见他都不容易。不幸他成家娶的却是一个女特务，并且生了一个女孩。事情败露，女特务带着孩子逃掉了，他被抓获，以反革命罪判了二十年刑期。

虽然专政路的住户弄不清楚传闻是否确实，但这样一个人即使刑满释放，仍然是专政对象。平日自然很少有人主动理他。他待孩子们却极好，对妇女也极温和。

"你都赶不上陆朝臣。"这句话曾经一度从女人们嘴里蹦出来砸向她们薄情寡义的丈夫，并且总能成为她们制胜的关键。陆朝臣就在这种情况下悄无声息地在专政路生活了两年。

没到下班时间，徐立群借口家里有事提前离开了车间。雪花漫天飞舞，她想早晨忘了把尿罐倒掉，现在可能已经冻裂了。她还想怎样在元旦的时候去粮库哭闹一番，要十块钱给最小的丫头看病，那个孩子夜里盗汗，梦里哭泣并伴有抽搐的症状。她还想，自从罗成仁疯掉，她很久没有乡下娘家的消息了。

她走着想着，脑袋里净是些零乱的念头，烦烦躁躁。徐立群在红旗饭店门口摔了一跤，饭店不负责任的服务员把洗碗的水泼在马路上，结了冰，上面落了雪，徐立群肯定不是摔倒的第一人。她摔得那样结实，摔出了眼泪，爬起来，远近都是落雪，饭店竟也上板打烊，没处发火。她怀着窝在心里的委屈往前走。这种情况下她自然不会有心情理会到一个男人露出的笑脸。

"鹅唤你了。"那个男人说。

徐立群站住，前后无人，陆朝臣又说："鹅唤你了，大嫂，这只鹅你买去吧。"他提着筐子凑到徐立群跟前。

这时，篮子里的鹅果真嘎哑地叫了一声，伸长脖子啄啄徐立群的裤脚。

徐立群一惊，低头一看，鹅已把头藏在翅膀下面，打起哆嗦。徐立群的眼泪立刻就在眼圈里打转，毫无疑问，这只鹅触动了她最敏感孱弱又自怜的痛处，这也是她此刻的心情。

"哑巴畜生通人气，知道大嫂面善心肠好。"陆朝臣不失时机地说。

"你怎么卖？"徐立群有了买的心思，至于买回去吃肉还是养着她可没想。

"这是只下蛋鹅，我养半年了。"陆朝臣说，"不是街道要求我必须在大集上卖掉，我可舍不得卖它，你看着给吧！"

一个大男人竟然这样细心地养一只鹅，这可是件稀罕事。徐立群不禁要打量打量对方，没想到，陆朝臣也在看她，四目相对，徐立群觉得他的目光痒丝丝的。她有些慌乱地说："我们家那个疯子……"

陆朝臣截住她的话头："你把鹅抱走吧，我不要钱了。"

必须提前最后一个步骤，期待从昨天下午变成了恐惧。罗成仁一睁眼，发现四周的器物发生了巨大的变化，所有的东西都变大了好几倍。房子大得超过了镇上的影剧院，足有两人高的大木箱立在墙角，他好容易才辨认出那是他从乡下带进城的一个梳妆匣。他三岁的时候捧着它跑到街上去，捉了蝈蝈放进去，有时也收进几只三叫驴，是一种和蝈蝈极其相像的小动物，只是叫声不同。他愿意听它们绝望的嘶鸣，就像妈妈喝粥的声音一样令人愉悦。一只活动的风筝扇着双翅从他的头上掠过，咳，那竟是一只米蛾子，一天前还不及他的小指甲盖大呢！他满怀好奇地重新认识周围的一切。

挂在墙上的锄头变得头号簸箕一般，而簸箕呢，变得更大了，看上去能盛进一囤子粮食。他怎么也爬不上昨天坐过的凳子了，除非用两截木棍绑成梯子搭上去。总之，一切都变大了。也就是说，自己的蜕变成功了，他真的变成核桃一般大小了。他想到只要用一片白榆树叶就可以藏起一个核桃大的罗成仁，可恶的太阳再也休想烧着他了，他忍不住笑出了声。

他的笑僵在嘴角，一只猪一般大小的老鼠听到他的笑声，从一个井口粗细的大洞里钻出来，试探着逼向他。他拾起玉米粒投过去，老鼠躲闪着，愤怒地耸着胡须。对峙了很长时间，那只老鼠逃回洞去。他立刻跑出了这座大房子，悄悄地钻进徐立群的房间。

这天晚上临睡前发生了一点小小的不快，养在柜子底下的瞎眼鹅嘎嘎唤个不停，徐立群想把它抱出去，发现这畜生下了只软皮蛋，又被它啄开喝掉了。为这件事，两个孩子都挨了骂，睡下时，罗小梅的眼眶里含着泪。

徐立群骂了一会儿，气鼓鼓地脱衣躺下。迷迷糊糊之中，她看见那只鹅已回到屋里，但她实在不愿起来，因为这时正有一只手伸进她的被窝，轻轻地抚摸她。徐立群和榆树镇许多女人一样有裸身睡觉的习惯，这抚摸使她舒服极了，并渐渐燥热了身体，她扭动起来。另一个身子果然压了上来，她清晰地看见了男人的眉眼，怎么是他？但此时她已经身不由己了，体内的潮水正从某个地方奔涌而出，她只想快些得到，她跷起双腿，想把对方盘住，紧紧地缠住对方。她听见了自己压抑很久的呻吟，她就要融化了，软成镇子里朝鲜族妇女家制的糖稀……

每年的秋天，成群的矮个的朝鲜族妇女都会头顶自制家酿的麦芽糖偷偷地踏上专政路，她们包着白头巾，裤裆很大，说着生硬的汉话，把"糖"说成"长"，把"换面"说成"面的换"，费劲地打手势。"你们的日子多好哇！"她们说，"换些糖吧，日子会更甜的。"镇上的人被她们吹捧得晕了头，便摆出一副果然如意又乐善好施的样子，结果被精明的朝鲜族妇女多称去一斤白面，拿走没补丁的衬衣和塑料马桶。

城里人也没有上当，那糖除了粘牙，的确甜得超乎寻常。

那只鹅忽然跳上床头，伸出扁嘴啄向她的肚脐。自己的身上怎么会是一只鹅呢？她的身子冒出了冷汗，脑袋嗡的一声。

半夜，徐立群被肚脐处的锐痛弄醒。她立刻清醒了，罗成仁一丝不挂站在床头，见她翻身坐起，倏地抽回手。

"啊……"徐立群惊叫了一声。

她弄明白了，这可恶的疯子终于把打井的位置选在她的肚子上了。

"你想在我肚子上打井？你敢在我肚子上打井？"

"你想钻进我的×里去，让我再做你一回？天啊！"徐立群狠狠地抽了罗成仁一个耳光。

他眼看就要成功了，可徐立群打了他一个耳光。罗成仁胸膛里响起了回声，震得他全身一阵剧痛。他膨胀起来，一下子回到了原状。

徐立群从被窝里爬起来，罗成仁拉开门跑了出去。

"疯子，我看你往哪儿跑！"徐立群跳下地。她追到门口，扶着门框喊道，"疯子，快回来，该死的，外面冻死你。"

一九七三年冬天，罗成仁离开了榆树镇，他将被送往两百里外的一家精神病院。

这是一个雪霁初晴的早晨，罗成仁登上长途汽车，他一反常态地没有胡闹和让大家难堪，他抄着袖，笑眯眯地坐在座位上。他的耳朵和鼻子都冻坏了，那天夜里他跑出去，天亮人们找到他，他正站在三通河堤上迎着风叫喊。镇郊的一个村子一天前冻死了一头猪，罗成仁赤身裸体，竟然没被冻僵真是奇迹。

徐立群再也不敢留他在家里了，她对粮库的主任说："不把他送走，迟早要出人命。"最后她说服了他们，粮库出面联系了医院，并派了两个小伙子负责护送。

他们将把罗成仁送往几百里外的新城。新城以纪念碑和烈士墓闻名，这座古城郊区有一家全国一流的精神病院，报纸曾辟专栏介绍过：医院的砖墙爬满紫藤，墙角的石缝藏匿着好听的蟋蟀，医生态度和蔼，经常坐在凉风习习的回廊里，给病人读批林批孔的宣传文章。

客车就要启动了，罗小梅清楚地看见罗成仁流下了两行清泪。"妈妈，妈妈，爸爸流泪了，别让他走，他可能已经好了。已经好了。"她抓住徐立群的衣襟绝望地摇晃。徐立群一动不动。

出差的两个小伙子，一个叫唐焕义，一个叫陈章。唐焕义要结婚了，他的未婚妻拉着他的手，嘱咐要买几件像样的衣服，他们为衣服的颜色争论不休。陈章的脸上也明显露着笑意，长到十九岁，他还没有进过大城市呢！他穿得整整齐齐，一副办大事的模样，为掩饰对旅途的不安，他打口哨，挤粉刺，表示自己满不在乎。

"那我去求他们。"罗小梅松开徐立群，跑到唐焕义的身边，"叔叔，我爸哭了，他肯定已经好了，你们让他下来吧！"

"是吗？"唐焕义说，"还是买蓝色，黄的不好看。"

"是你穿还是我穿？你愿意买什么样就买什么样吧，不听我的和我商量个什么劲。"唐焕义的对象说，"孩子跟你说话呢。"

唐焕义转回头，罗小梅紧紧地抓住他的胳膊摇着："叔叔……"罗小梅刚摇了摇，就挨了徐立群一个耳光。

徐立群拉开罗小梅，把手里一个小包裹交给唐焕义。

徐立群说："里面是几个熟鹅蛋，给你们路上吃。辛苦大兄弟了，回来嫂子请你们吃饭。"

客车启动了，车轮扬起雪尘。这天早晨的太阳像一面冰盘，空气中悬浮着晶亮的霜花，母女俩站在风里好长时间。

"回去吧，丫头。"徐立群拉拉罗小梅的头巾，罗小梅躲开了。

徐立群说："方才打疼你了吗？他早走早好，要不他迟早会弄死我。"

最后，徐立群说："你这个不懂事的丫头，我走了，你愿意待在那儿，冻坏了别找我。有本事别回家。"此时徐立群想的是另外一回事，怎样向罗云交代这件事。

每年秋天，罗云都悄悄地离开榆树镇一段时间，今年有些反常，下第一场雪了，她还没有回来。

"又不是你自己的家，我凭什么不回去，我回，就回。"罗小梅扔下徐立群自顾往前，她心里充满了对母亲的愤恨。

徐立群远远地跟在女儿后面，她走得很慢。几辆乡下的拉煤车从身边滚过，一阵风吹来，煤面和雪尘扑了她满脸。"你们瞎眼了吗？"徐立群边擦眼睛边骂道，"看车翻了轧死你们。"

跟车的一个乡下小伙子气不过，跳下车："你凭什么骂人？"

"就骂了，就骂了，你敢把我怎么样？"徐立群勇敢地迎了上去。

小伙子骤然看见对方流着满脸的泪水，他惶恐地跳上车，慌忙跑开了。

第七章

　　一九五五年夏天，榆树镇的镇博物馆破土动工，镇子里的白榆树遭到了空前的灾难，几百棵长得茁壮挺拔的榆树被齐根锯倒，榆树被铁锯撕咬发出的痛苦呻吟，只引起几个老人的叹息，他们徘徊在倒树中间，一边欣赏年轻人的孔武有力和英气勃勃，一边絮絮叨叨地讲述着榆树镇的历史。那些年轻人可没闲工夫听他们闲嗑牙，在他们的想象中，榆树镇也许明天就会变个模样，每砍下一根树杈都有可能劈出一个新的榆树镇。新的榆树镇街道宽敞，夜晚可以点上一种叫电灯的东西照明，他们说："镇长见过了，用线一扯就亮。咱们会住楼房，楼上楼下，电灯电话。到那时鸡窝里会挂上电灯，鸡就没有黑天了，晚上也会咯咯地唤蛋，男人也能像女人坐月子一样吃鸡蛋。你听镇西的人们怎么说，他们说一气能吃三十个，吃是能吃，就看能造出多大个的灯泡，鸡屁股能下出多少蛋了。"

　　小伙子直起腰擦汗："别跟我们讲古了，我们急着干活呢！博物馆修好了，就把你们那些陈芝麻烂谷子放进去。对了，连你老爷子的烟袋也收进去，哈哈，你没讲完？那你和他们去讲吧！他们正收集镇子的历史呢！"小伙子指指镇医院门前树下坐着的几个人，他们的前面摆着一张八仙桌，正在紧张地记着什么。

老人们怯生生地走过去，待认出其中有镇上的老饱学王先生，就定了心神，很张扬地打招呼。

"不要叫我王先生，那是老称呼，只能记在志书上了，叫我王长溪就行了。这几位是从城里请来的专家，专程赶来为咱们镇子收集史料的，还要考古。考古你们懂吗？就是要鉴定你们家那个瓷瓶是民国的，还是伪满康德的，这么跟你说吧，看看是哪辈子的东西，能不能放进馆里。"

老饱学念过私塾，在沈阳上过洋学，二十年前就是镇上有名的刀笔，这时他也忍不住兴奋地说："快说吧，用不了多久榆树镇就要焕然一新了，除了几棵白榆树，咱们总得给后代留下点历史啊！你们说是不是？老兄，讲讲吧！再不讲，也许明天就没人在这听你诉苦了，连我都不听了，以后的好日子甜着呢！你再讲古没人信啦。""历史"这两个字眼让另外几位外地人用柔软的口音发出，腻腻的，就像食堂大师傅舀的一勺稠汤。

老人们参观了镇上收集到的文物，他们哑然失笑。都是一些破烂货，不知道年代的钢盔，锈蚀了刀口的匕首，从坟地扒出来的几块长了霉斑的黄布和古钱，还有一块说是天上掉下来的石头蛋子，至于它是哪代先人的磨刀石这需要考证。

老人们却一时想不起多少故事，翻来倒去说的都是当年振兴船行的事，讲崔振兴怎样发达，讲来过两个俄国人，这些不过是几十年前的故事。博物馆筹委会的专家们没有记下多少。

饱学先生便劝他们先回去，好好想想，明天再来，他准时在此恭候。"明天我在这儿等你们啊！"他冲那几个蹒跚的背影喊道，

"咱们总得告诉后代点什么。"

夜晚，榆树镇的街道上点着一堆堆火，又有一些榆树被伐倒了。夜风刮着黏腻的汗腥味，大个的萤火虫和蛾子在烟火中上下蹿飞。老人们紧锁眉头，几个凑在一起，互相提醒着："咱们总得讲出点什么。"他们抽着烟，看着红红的烟头火，看着火光中赤膊抢斧的后生皱起眉头。他们都觉得哪块儿不对劲，但是年轻人的热情又让他们相信什么样的奇迹都可能发生。他们年轻的时候都在崔家船行里干过，崔家当初有什么呢？到后来不是外国人都来瞧看崔家？还有这镇子上的榆树，传说一位先人讨饭来到这里，随手把一根榆树条插在河边，现在白榆树不是抬眼就能看见吗？

对了，白榆树的来历，一定要讲给饱学们听听。谁家的孩子半夜哭闹，谁家两口子又打起来了，吵得半趟街不得安宁，这败了爷们儿的兴。他们相约第二天一早到筹委会，才散回家去。

第二天一早，老人们来到筹委会的大树下，他们没有见到饱学先生，这使他们很失望。等打听清楚原委，他们都叹了气。老饱学王先生遇到了大麻烦，确切地说是他儿子遇到了麻烦，这个不争气的小子迷上了一个人。迷上了就迷上了，到了岁数都要恋爱，可他当了警察还不着调，竟迷上了住在花子胡同一百二十三号的罗云。

罗云和小袁老师的婚姻只维持了半年。短暂的婚姻却使袁敬亚留在榆树镇长达三年之久，直到他被遣送登上南去的列车。轰隆隆的火车沿途扬撒着煤尘，驶向村镇的水汽中浮荡的南方，这种想象的氤氲一度使罗云的梦境潮湿，她的记忆发霉了，长出遗忘的纸团一样的蘑菇。

确切地说，袁敬亚只在专政路一百二十三号住了七天。这个戴眼镜的小男人从见到罗云的第一面就发现自己犯了一个致命的错误，他绝不该一头撞进这场他只能扮演可笑角色的婚姻，他的悔意从一开始就被罗云洞察无遗。

他们宣布结婚的当天晚上，送走客人，这个瘦弱的小伙子疲惫地坐在凳子上，脸色苍白，翻来覆去地看着自己的一双细长的白得发青的手，手在打着哆嗦。他对满脸绯红的罗云说："我太累了，你看，我的手发抖。"

罗云半信半疑，怜惜地看着他，他更加慌乱，深深地埋下头："我坐了两天两夜的车，车上没有座，人又那么多。你知道吗？有人在逃难。"他抬起头，声音不再干巴巴的，仿佛一下子找到储钱盒的机关，一拧，声音放硬币一样哗啦啦掉了出来。

他说起了十几年前的逃难，泛滥了整个南方的水灾，他说了自己对榆树镇的感受。"我喜欢这儿。"他说，"在南方你看不见这么多树皮坚硬的榆树，还有这儿的人。"但是他被自己吓住了，怎么会说自己喜欢这儿？一定是昏了头了，他的眼睛掠过一丝不安。罗云惊讶地站在那儿，脸色渐渐变黄。

"我们玩二十一点吧。"小男人推推眼镜，从口袋里拿出一副扑克牌。牌掉在地上几张，他低头去捡，头撞在凳子腿上。他摘下眼镜，假模假式地揉揉脑门。

灯光下，他的眼泡浮肿，眼窝青灰地凹着。这个小男人有着榆树镇无人能比的近视眼。

罗云拦开他的手，轻轻地为他揉脑门："你很害怕，你到底怕什么？"罗云的手指下沁出涔涔的汗水。她的小男人此刻如晚秋的树叶，抖，抖，抖，终于坠落了。袁敬亚猛地躲开头，站起来，撞翻的凳子砸在罗云的脚上。

罗云听见袁敬亚喃喃地说："我，我习惯一个人睡。"

罗云眼前一阵发黑："你说什么？"

那个不真实的声音又怯怯地说："我习惯一个人睡。"袁敬亚俯身把凳子挪开，露出僵硬的笑容，"真对不起，我不是故意的。"他提了一个最关键的问题："还有别的屋子吗？"

罗云为他理理汗湿的头发，泪水溢出眼眶："西屋有现成的被褥，你去睡吧！"

"那我去了。"小男人获赦似的长出一口气，收起扑克牌，怯生生地说，"你也早点睡吧，忙了一整天。"他迟疑一会儿，笨手笨脚地点燃蜡烛。

小袁老师很飘的脚步穿过厅堂，寂寞如风一样覆盖了整幢院子。罗云看着摇曳的灯光，她想起几天前的早晨，她走去柴房，忽然听到一声猫叫，随后院子里那棵老榆树上的鸟巢就掉了下来，细树枝和草叶絮成的巢窝散着鸟粪和羽毛的腥膻气，在潮湿的晨雾中无声飘落。鸟巢是空的，她抬头，树杈之间露出暗灰色的天空。树叶静悄悄，没有一片摇动。树上并没有猫，她略感心惊。更使她心惊的是天明两只归巢的鸟绕枝而飞的凄凉的啁啾。那是两个拳头大小红脑门的麻雀一样的小鸟，它们痛心地啄着树干，有一只落到地上，绕着摔破的巢窝跳了两圈。过了好一会儿，两只鸟才飞走了，飞进空荡荡的天空里。

此时，罗云心里的羞赧消失了，她为方才的激动感到恼怒和屈辱，她的心不再像方才那样猛跳，周围的一切都显得陌生，她对自己都感到陌生，她什么也不想，只是呆呆地坐着发愣。正当她发呆的时候，小男人又走进了屋子。

"我来取点香精，屋子里有什么发霉了。"

袁敬亚在旅行袋里很快地拿出一个小瓶，走到门口他好像要说点什么，于是他站了一会儿，最后他叹口气，走了。

　　白天，袁敬亚坐在院子里的榆树下面看书，放下书他就摆弄那副旧扑克牌。只要和罗云坐在一起，他便局促不安，连脖子也涨红了。傍晚，他早早地躲进自己的屋里。罗云整夜地盯着窗棂，谛听着西屋传出的咳嗽声，袁敬亚的梦吃烟一样弥漫开，和穿窗的灰白月色一起搅扰着罗云的梦境。在袁敬亚住进罗宅的第三天夜里，罗云对他重新走进自己卧房的企盼最后破灭了。

　　这天夜里，罗云忽然间听见袁敬亚的房中传出短促的惊叫，她起初怀疑自己是否真的听到了叫声，她翻身坐起，袁敬亚推开了她的房门。罗云慌忙点燃蜡烛，袁敬亚穿着一条肥大的短裤，裸出的两条细腿让人惊心，怀里抱着衣服，脸色苍白地站在门口。

　　"老鼠，那么大个的老鼠。"小男人用手夸张地比划了一下，"跳到我的床上了。"

　　罗云放下心来，这么大的男人竟让一只老鼠吓成这样，她忍不住笑出了声，"没个兔子胆大。老鼠敢钻你的被窝？"说完，她意识到话里的味道，脸立时红了，掩饰说，"快进来吧，别站在门口打哆嗦。"

　　袁敬亚依旧抱着衣服，惊魂未定地坐在罗云的床头，"你别笑话我，我从来没见过这么大的老鼠。我家那儿的弄堂里最大的也要小许多，顶多在墙脚洞里探探头，谁知道这里的老鼠胆子这么大。"他絮絮叨叨地说，不时地扶扶眼镜框。看来他真的给吓着了，他连耷拉在眼皮上方的头发都没有理。

　　罗云心里掠过一丝温情，声音很小地说："别过去了。"

　　她的手放在小伙子的光肩膀上，她的小袁老师立刻呆在那里，发起抖来。

罗云恼怒地收回手："你又哆嗦了，难道我比老鼠还可怕？"

小袁老师怯怯地说："怎么能这么说，怎么好这么说。"

罗云直视他，冷笑着问："那你说，应该怎么说？"接着，罗云说，"我要睡了，要过去你就快点过去。"她一口吹灭了灯，很重地躺倒。

袁敬亚在黑暗中站了一会儿，想了一想，最后他很轻地上了床，规规矩矩地躺下。月光润过窗棂，把几根榆树枝印在对面的墙上，轻轻地摇晃。窗纸有时会不清晰地响一下。毕竟经了一些年月，红油松的房梁被蚁虫蛀了，隔一会儿咔叽响一声。可这些远比不过两个人粗重的呼吸和不安的心跳。罗云的一张雕花大床都在心跳声中颤抖着。袁敬亚连身也不敢翻，他生怕会碰到对方。但一只手到底先伸了过来，并且捉住他。头轰的一声，他的手终于触到了罗云的胸。他听见罗云呻吟了一声。这个小伙子有些控制不住自己了。但他抗拒着，脑子里映现着罗云臃肿肥胖矮小的身形和一张麻脸。他的热情迅速冷却，他抽回手，叹了一声。罗云的手又坚定地伸了过来，袁敬亚颤抖的手指划过有些粗糙的小腹，那些褶皱加重了小伙子颤抖的程度，他知道自己将触摸到什么地方。

这个可怜的小伙子脑海里出现的是南方的梅雨季节，迷蒙的水汽之中，一天，他走在潮湿的草地上，草地灌满了雨水，雨水从脚下溅涌的声音使他的心房毛毛草草，既激动又舒服。雨中的香椿树下，站着戴斗笠披蓑衣的农民，神情模糊地面对着前方的稻田，田埂上走来的姑娘高挽着裤脚，露出两截白润润的小腿。正当他看得出神，脚下一滑，踩进了一小洼雨水之中，泥水泛着气泡咕嘟嘟地蒸腾着热气，走过的姑娘冲他回眸一笑。

混乱的雨声就是在这个时候响起的，没有雷声，没有闪电，没有任何征兆，雨点扑打在窗纸上，窗纸簌簌地震响出破碎的声音。袁敬亚乘机抽回手，罗云坐起，她最先感到了恐慌："不是雨，外面根本没下雨。"

袁敬亚也看见了漏进的几丝月光。罗云点燃灯火，两个人惊讶地发现，一种小甲虫大小的蛾子从窗纸的破洞源源不断地爬进来。

一场虫灾就在这天夜里来到了榆树镇。罗云披上衣服走出大门，大街上人声嘈杂，人们被这突如其来的灾变弄蒙了，他们披着衣服，绝望地看着天空。纷乱的蛾子一次次遮蔽了月光，它们身上抖落的粉尘腥腥的，雾一样涌进人们干燥翕动的鼻孔和张大的嘴巴。一群孩子衣衫不整地跑着，很显然，虽然没有睡醒，但他们激动着，凑在一起大声怪叫，打口哨，为这种蛾子是不是小蝴蝶争论不休。他们的脚下耸着弄死的几小堆蛾子，那是一种小指甲盖大小的虫子，有着灰白色的翅膀，不知是它们的叫声，还是翅膀的扇动，空气中弥漫着含混的嗡嗡声。成串的蛾子串在一片片抖动的树叶上，伏在枝干上。最初人们没有发现蛾子在啃噬树叶，等到他们听到嗡嗡声变成咔嚓咔嚓声，眼前的榆树的树叶，三分之一已经斑驳破碎消失了。

罗云神情慌乱地走回院子，院子里的那棵老树落满了蛾子。她几乎是跑着奔回了自己的卧房。灯光在床上跳动着，床上没有袁敬亚，她的心立刻凉了下来。她穿过黑暗的外屋，走去西屋，门上的气眼透过的风使烛火摇曳不定，走到门口，她站了一会儿。门虚掩着，她轻轻地走进去。

出现在罗云眼前的情景使她呆在那里，雷殛一样地瞪大了绝望的眼睛。她走进屋子的时候，方才躺在她身边的小男人正干着一件令她难以置信的事——他在自渎。袁敬亚闭着眼睛，努力地体会着自己，欲望从他坚硬的地方流出，漫过青白的手掌，从手指间流泻出去，他因此扭曲了面孔。罗云的出现令袁敬亚狼狈不堪，他来不及提上短裤，胡乱地拉过一件衣服遮掩住尴尬的地方。

好一会儿，罗云叫了一声，她喃喃地说："你，你宁可这样！"

"你宁肯这样也不要我，天啊，我看到了什么！"罗云扔掉了蜡烛。蜡烛折了，摔到了地上溅起散乱的火星，然后灭掉了。袁敬亚的心怦怦跳着，看着地上的火星散发着蓝烟归于寂灭。罗云错乱的脚步声敲打在他的胸膛上，沮丧之中，耻辱把他淹没了。袁敬亚伸手探探方才令自己激动的地方，那儿已萎顿下去，如蜷在树叶上的一只晒蔫的蚕。

王守仁，这个日后会在榆树镇的历史上值得书上一笔的人物，当时刚满十九岁，很有些忧郁气质的小伙子身材很矮，眼睛大得几乎要挤占鼻子的位置，左手掌上比常人多一条手掌纹，横在手心的上方。在和花子胡同一百二十三号发生联系之前，他一直是一个默默无闻的角色。

半年前，镇公安局才多了这样一个瘦小的年轻人，每天穿着肥大的制服，裤裆一甩一甩地走在树荫下面。他总是紧贴着路边，低着头匆匆而过。落叶在他很轻的脚步下连沙沙声也没有。街上有人吵嚷，他身上一颤，头也不抬。有人喊他，他抬起头，露出神经质的惊恐神色。他秉承了父亲饱学先生喜爱读书的嗜好，却把饱学先生堆到他面前的经史子集扔在一边，他倒迷上了一本发黄的医书。在他十五岁那年，他把几种草药和上泥巴同燕子粪一起糊在看家黑狗的伤腿上，正处于发情期的黑狗不过争风吃醋时被同类咬破了点皮，被他医治的结果是狗腿两天之后就烂出脓血窟窿，黑狗抓挠石板路的声音和嗷嗷的叫声吓得路人变了脸色。黑狗当然死掉了，王守仁的医学生涯也宣告结束。因此，当他穿上公安制服走回家门的时候，饱学先生摘下夹鼻眼镜，擦去粘着的眼屎，不相信地问："你能当警察？当小偷都得吓破胆，当警察，这不瞎胡闹吗？"

在饱学先生的眼睛里，这个警察儿子瞎胡闹的事情干得太多了，他三岁时过继给五十里外柳镇上的堂伯父，六岁的时候却自己走了回来，再也没有办法送他回去。这使饱学先生瞠目结舌，在亲戚面前大丢了面子。而这次胡闹得太过火了，他竟迷上了可能比他大二十岁又离过婚的罗云。饱学先生怀疑在去年那次虫灾中，他儿子的脑子里钻进了蛾子。

"那个娘儿们哪好？挺大的屁股，麻子脸。"饱学先生再顾不得斯文，"我打八辈子光棍也不会要她。"

正被爱情煎熬得双眼充血的小伙子愤怒地瞪大了眼睛："我的事不用你管，好坏我一人担着。想要她的是我，不是你。"

"四六不懂的东西！"饱学先生摔了古书。给了儿子一个耳光。

儿子头也没抬，他脑子里想的是怎样敲开那两扇黑漆大门，他没工夫和教训他的人纠缠，他的指节攥得咔吧咔吧响。

饱学先生气坏了，语无伦次，搓着手叹息："妖精，妖精。说骚她没有骚样，丑得，啊，她多丑啊，这样一个人怎么就能把你弄得五迷三道？"

警察站起身，他再也坐不住了，他现在就去敲那两扇门。如果敲不开，他干脆翻墙跳进去。

"你给我站住。"饱学先生大喝一声，儿子转过一张痛苦的脸，饱学先生清晰地看见五个红指印印在儿子瘦削的黑脸上。他的声音发抖了，"你是被她胸襟上挂着的那些丁零当啷的东西弄花了心啊，儿子，那些军功章不过是一堆废铁。"

"不，那不是铁。"儿子坚定地说，"那是拿命换来的，你那个破砚台和奖章相比才像堆垃圾。"

饱学先生看着儿子额头沁出的汗珠，他确信不争气的杂种被欲火烧昏了头。他绝望地冲着儿子的背影喊道："她，她当过地主的童养媳，她，她是个离了婚的二开花。她配不上咱们。"

走到门口的小伙子站住了，他的双颊痉挛着，低低地说："你的嘴巴干净些。"他晃晃手里的拳头，"你再污辱她，当心我揍扁了你。"

饱学先生张大了嘴，好半天他才反应过来，混浊的泪水漫过他颤抖的嘴巴："孽种，看看我生了个什么样的孽种啊，我愧对先人啊！"他晃着白榆木疙瘩的手杖，向站在院子里看热闹的邻居喊道，"你们去告诉那个孽种，他要是非找那个娘儿们，我就上吊。"

"我要上吊了。"饱学先生郑重宣布，他翻箱倒柜，找出了几尺白绫。

饱学先生没有上成吊，还没把白绫子挽成套，他就被请去了街道委员会。他被告发了。饱学先生瘫倒在街道委员会的杨木椅子上，椅子上漆着紫黑棺材的颜色。辱骂革命同志，把军功章说成是废铁，再加上人们没有忘记，他曾在旧政府里干过，今天又来破坏自由恋爱，这些罪名可不轻。饱学先生顾不上伤心，额头冒出颗颗冷汗，流进稀疏的胡须里去。

102

王守仁急匆匆地走在大街上，他的身子像三十五年以后喝多了咖啡那样兴奋地颤抖着，他控制不住自己，不停地咳嗽。他也弄不清自己是从什么时候开始爱上了罗云。也许是那次在好事的女人们怂恿下敲开罗家大门，爱情就随着罗云推开的两扇门扑面而来了。

他记得当时正是雨后，街道上满是死掉的蛾子、虫子的尸体，斑驳的落叶和泥水糊住了黄胶鞋的鞋底。罗云推开了大门，她披着一件旧军衣，头发很乱，脸色苍白，她胸前两只丰满的乳房在她呼吸时一起一伏地颤着，看得小个子警察耳热心跳。

"来看看，没什么事就好。"王守仁怯懦着，心跳使他说不成完整的话，后来他一指身后那几个盯着这儿看的无聊的妇女，"是她们让我叫门的。她们说这扇门已经关了七天，没有一点动静。"

罗云闪开身，冷冷地看着责任心很强的妇女们，"真没有什么，"她说，"你要不要进来看看。"

王警察看见戴眼镜的外乡男人站在院子里的大树下，正胆怯地向外张望，他的手里拿着几张扑克牌。

过后，王守仁想起这一幕，他想一定是罗云凄凉的笑容打动了他，他怎么会被这样一种笑容打动呢？离开时，他听见罗云说："明天门就会打开，你们会看到院子里什么也没有，这院子里什么也没有了。"

现在他又看见那两扇厚重的榆木板门了，门楣上两棵小榆树在风中摇晃着，夏天那上面开放过几棵好看的对红。他的心跳加快了，忍不住想小便，忽然间，他愣住了，那两扇大门在他的前方吱呀吱呀地打开，一个人跨出了门槛。

衣服肮脏的袁敬亚走出罗宅，走进晚秋阴郁的天光里，大门在他的身后随即关严了，他立定看了一会儿，然后迈着学生的步子往前走了。

灭掉虫灾的是凛冽的冬天，秋风临走时扫落了挂在枝头的树叶，那些幸存的树叶一直在冰凉的雨水中飘摇。留在树枝杈上的只

103

剩下蛾子的尸体，身上的粉尘剥落，可恶的小虫子露出灰白的腹部，成串成串的尸体像被尿浸过的旧棉条，又像肮脏的黏糊糊的柳絮。冬天帮了大忙，在人们发愁的时候，虫灾就自动消灭了。只是第二年春天，镇子上几百棵白榆树再没有返青，枯焦的枝头干巴巴地在春风中摇晃。布谷鸟的叫声从烟雨蒙蒙的河畔传来，一个逃学的孩子手拿弹弓向树杈间蹲伏的麻雀射出一粒泥丸，那只麻雀却噗地散落开，那是一团去年秋天缠成一团的死蛾子。孩子发着呆，想着去年那场虫灾，他记不得什么了，只记得一天早晨，他看见新来的姓袁的男老师在学校的苹果树下对着滚成球的虫子浇了一泡长尿，一股很长很长的尿水，他想老师一定把他的膀胱尿空了。

一九五三年，榆树镇还只有一所小学，校址就在镇东姑子庙的原址。十年前，日本人占领了榆树镇，他们把总部设在了竹林庵。半年后，庵里的最后一个女尼妙善还俗了，嫁给了日本警备队的独眼伙夫，伙夫姓徐，原是城外渡口的艄工。他们成亲不久，一个风雨之夜，艄工带着他的新婚妻子逃离了镇子，从此不知去向。传说中的妙善白脸，双眉之间长着一颗黑痣，正像人们无法对着青砖细瓦的尼庵想象出南方摇曳青翠的竹林，他们同样猜不出她操的是何方口音。竹林庵在日本人离开以后，曾经一度做了外乡人临时落脚的地方，就在原来供奉观世音的佛龛前面，两个健壮的妇女难产死掉了，从此那里便破败下去，再无人修缮。两年前，镇政府正式办学，进行了简单的修缮，做了一批榆木桌椅，搬了进去，竹林庵正式改成了中心小学。

一九五三年冬天，袁敬亚成了中心小学七名教师中的一个。他提着罗云给他收拾好的被褥、脸盆，和自己从南方带来的牙具离开了花子胡同，住进了学校的宿舍。

这期间，罗云终于走出了家门，出人意料地选择了离家不远的一家街道小厂。罗云参加工作的要求使这家织线手套的小厂受宠若惊，厂长是一个老太太，忧心忡忡又极不情愿地准备让贤。罗云对此视而不见，办理完参加工作的手续，就带上几十副需要缝合的半成品离开了。此后，她只有交活和取活的时候才在厂里出现一次，后来，连这也要厂里派人取送，她干脆就不来上班了。

负责去罗家取活和送活的是一个来自乡下的姑娘，十七八岁的年纪，梳着两条长及腿弯的粗辫子，听人说话时总爱咬住下嘴唇，眯缝起眼睛。姑娘传回的信息，曾经一度成为针织厂的工人们饭后的谈资，他们最感兴趣的是有关罗云和她的小男人之间的情况。

"你最近看见小袁老师回罗家去了吗？"中午，一个妇女一边咔吱咔吱嚼着咸菜条，一边问大辫子姑娘。

大辫子姑娘正往她不平的脸上搽香脂，顾不上回答，没准是想吊吊她们的胃口，这帮长舌妇，和乡下的娘儿们一样没成色，她从心里瞧不起她们。

果然，一个家里有吃奶孩子的女工涨得难受，撩起衣服，捏出奶头，乳汁射出一条白线。"你上次说什么来着？"她提醒说，"老师叫罗云姐姐？"

"你不说我不帮你找对象，昨天还有人求我，是一个不错的小伙子，家里有缝纫机，你说现在有缝纫机的家庭有几个？缝纫机还是天津产的，海燕牌。"一个四十多岁的女工说，她边说边察看辫子姑娘的脸色，她的脸果然红了。

"羞死人了，"辫子姑娘说，"我可不像你们，整天对象对象的。"

"对，对，对，"她们笑起来，"有本事你夹紧了，别找男人，看不憋出火苗来！"

辫子姑娘的脸更红了，如果不说点什么，她们不定再讲出什么难听的话呢！

"干什么？你别卖关子了，他们到底在干什么？"

辫子姑娘脸上很惊讶的表情，把手里的一团乱线猛地一摔："他俩在玩一副扑克牌。"

女工们长出了一口气，有人不屑地撇撇嘴："敢情是玩牌，这有什么稀奇的？"

"你住嘴，听辫子往下讲，你说到他们玩扑克牌？"有人不满辫子姑娘说话的慢劲，催促她快些往下讲。

辫子姑娘哧哧地笑了起来，她好像仍沉浸在昨天的乐趣中。"玩着玩着，袁老师说丢了一张红桃 Q。"

"这有什么好笑？"她们说，"还有更重要的事吗？"

辫子姑娘认真想一想："罗云说了一句话，我没听清，你知道我已走到院子里了，她说的好像是要离婚。"

"离婚？"这可是一个重要信息，她们还要往下问。厂长走进车间，告诉辫子姑娘说有人找她。

来的是一个很猥琐的老头，站在车间门口干巴巴讨好地笑着，是辫子姑娘的叔叔，她现在暂住在叔叔家里。叔叔找她，她慌里慌张地出去了，撇下十几个人继续闲谈。方才挤奶的女工说："你们听说了吗？小袁老师最近闹了个笑话，罗云说要离婚没准和这事有关呢！"

见大家都被吸引过来，她很得意，继续说："就是前几天的事，今年开春开得早，现在才三月末，你们有没有感觉？棉衣早就穿不住了。小袁老师教四年级，公安局韩奇的大丫头，对，就是韩科长的闺女，得过小儿麻痹，走路跛脚，有十七了吧！在他班上。有一堂语文课，那女学生怎么也坐不住了，上着上着课请假要上厕所。她走出教室不远，袁老师就看见她坐的凳子上有一摊血。他赶忙追出去，问那女学生要不要上医院，女学生说不用上医院，他又问人家哪儿出的血。女学生当时就给问哭了，跑到校长那儿告他要流氓。可也是，这种事能随便问吗？不知道他是真不懂，还是装不明白，他可是结过婚的人了。"

"谁知道这个小袁老师有什么来历？他念过那么多的书，好好的城里不住，跑到这里来给一个快四十岁的女人倒插门。他总一副心事重重的样子，谁敢担保他没事？"

大家议论一回，辫子姑娘走回了车间，她的眼睛哭红了。女工们很关心地围拢来，热情地探问："你怎么回事？为什么哭？"

她们想，她干吗要哭？这可得好好问问。

正像人们传说的那样，春天一开始，袁敬亚就陷入了十分尴尬的境地。

每天下课，他几乎不在办公室里停留，他把备课、批改作业这些工作都带到宿舍去做。宿舍原是竹林庵的禅房，窗外有十几棵苹果树，可能是去年那场虫灾的缘故，春天来了，苹果树还没有返青，树根下的草绿了，淡淡了，近看，只是笼着薄薄的黄晕。

那场风波发生的第二天，校长白光和他谈过一次话。袁敬亚惊慌的神色使白校长深感诧异，袁敬亚语无论次，鼻尖冒出大颗大颗的汗珠。

白校长说："我相信你，可别人怎么想？他们会相信你吗？有的同志提出要搞你的外调。"

袁敬亚近乎哀求地说："校长，请你相信我，我真的是关心她。"

袁敬亚流出了眼泪："我不是流氓，我真的不是流氓，再说，再说我有老婆，我……"

"唉，"校长叹了口气，拍拍他的肩膀，"你还年轻啊。"校长站起身，安慰他："不管别人怎么说，你是个人才，我就认才，这点你放心，我不会允许任何人伤害你。"

校长临出门，对呆呆地流泪的袁敬亚说："对了，公安局的老韩要和你谈一次。你不用害怕，照实了说，出了事我给你兜着。"

直到傍晚，袁敬亚仍坐在窗前。苹果树在风中轻轻晃动，摇乱了昏黄的天光，太阳最后的金色光晕被摇成蜘蛛网，或者干脆是一张破渔网在上下颠簸，打捞着空气中悬浮流动的精灵，那些画墨炭子和黄喙的小麻雀畅快地鸣叫着。积雪刚刚消融，镇外的田野蒸气腾腾，青草、野菜、树木生长得热热闹闹。他耳边嗡嗡作响，就像蜜蜂的声音，有一会儿，他感到自己的魂魄游离了身体，重又置身于南方的雨巷之中。苫在墙头的金黄的稻草滴下晶亮的雨水，一小片积水汪在门边，油浸的发黄的红松木门轴吱呀呀转开，现出一个青砖细瓦的庭院。推开正房的后窗，一派烟波，芦苇随风摇荡；几艘货船的白帆迅速地落下，健壮的船工仄仄歪歪地扛着大包棉花和成箱的精美瓷器走上木板铺成的码头；长出了静静枝叶的码头撑柱倒映在水里，不时被水波荡开，像一条条黄鱼游戏水中。学校的钟声响了，刺耳的钟声震得他心中一阵狂跳。他又哭了，从南方的回忆中挣脱回来，耗尽了他这一会儿的心力。他疲惫地趴在桌子上，模糊中感到自己的魂魄从天空阳光的破洞里漏了下去，像一块不规则的石头迅速下坠，砸向深不可测的散发霉气的冥域，那里黑洞洞的。

之后的两天，袁敬亚不断地出入一个相同的梦境。他梦见一个年轻的女尼在窗外吃力地挥动锄头，平整着荆棘和杂草，阳光在竹林庵的匾额上倾泻着炽焰，女尼脸上流出细细的汗水，浸透了薄衫。这时阳光忽然暗淡下去，天气骤然转冷。女尼挥动的锄头铲在地上，只铲出一个白印，她冻得手足僵硬，嘴唇青紫，可她始终没有停手，也没有向屋里看他一眼。后来她在平整好的地里栽下了嫩嫩的竹子。竹子刚刚招摇了一小会儿，天气又依旧炽热或寒冷起来，竹子迅速折了。女尼背对着窗口，一动不动，但看得出她在流泪，她的双肩在抖动。坐了那么长时间，以至长出了如墨的黑发。

袁敬亚醒来时双手仍在不时抽搐，持续两天的高烧，使他头晕目眩，四肢无力。睁开眼，他看见校长坐在他的床边。

"你总算醒来了，"校长白光长出一口气，"你说了两天的胡话，把我们吓坏了。"

袁敬亚麻木地看着校长，他想自己一定在梦里把自己的担心和恐惧完全泄露了。

校长笑了笑，好像看穿了他的心思，轻轻地摇摇头，校长说："公安局的韩奇来过了，看你昏迷不醒，坐在这儿陪了你一会儿。"

袁敬亚绝望地问："我都说了些什么？"

校长白光看着可怜的小伙子，他想如果自己把听到的说出去，那他就完了。他想不清楚是否要告发这个可怜的青年，这个念头弄得他疲惫不堪，他敷衍说："你说话含含糊糊，没人听得清楚。"

"小伙子，你说的是胡话，知道吗？"

袁敬亚长出了一口气，重新躺倒，像刚刚从水里爬出来一样，他的全身湿漉漉的，衬衫能拧出水来。

这时，一个女学生提着一包糕点出现在门口，她没想到校长会在屋里。一愣，她怯生生地打招呼："校长，我来看看袁老师。"

"哦，哦，好，好，"校长忙站起身，"你来得正好，我还有点事，袁老师，韩静云同学来看你了。"

袁敬亚没有睁眼，他重又昏迷了。校长白光叹了口气，他知道袁敬亚一定醒着，不过又遇上新麻烦了。

一个星期以后，大病初愈的袁敬亚走进罗家大院，形销骨立的袁敬亚站在罗云面前，她差点没认出他来。没等她问候，袁敬亚急匆匆地说："大姐，咱们离婚吧！"

夏天，花子胡同一百二十三号院里长满了车前草和羊角秧，墙角的水蓬棵和节骨草也长疯了，石缝里的青苔几乎封严了路面。雨天，蟾蜍就蹲在窗台上聒噪，一种叫天老爷小舅子的叫蛙把水桶当成了家，优哉游哉地坐桶观天。天气就像苦了肥的豆角叶一样阴晦，有些腐烂的光景。有好几次，罗云都拿起锄头，她想院子应该好好清理一下了，但她站在阳光下就觉得腰酸背痛。她被时好时坏的肾炎磨得意志消沉，除了弄点吃的，她几乎什么也不干。一堆需要缝合的线手套落了一层灰，鼻涕虫在上面爬出了道道。有一天夜晚，那里面竟然传出了蟋蟀的嘶啼。

负责送活的姑娘有两个月没来了，三天前，一个结巴老头敲响了院门。在他不连贯的叙述中，罗云得知了一个不幸的消息，辫子姑娘再也不会来了，她投河自尽了。辫子姑娘在某一天夜里被她的叔叔糟蹋了。该死的豆腐匠送她鸭蛋圆的小镜子。送她廉价的胭脂，送她碎花的衬衫，最后把灾难也一股脑地送给了她，那个一听见别人说为她介绍对象就脸红，喜欢偷偷打量男人的乡下姑娘就这样给毁掉了。结巴老头准备唠叨下去，他忽然看到对面的罗云弯下腰干呕起来，罗云呕了好一阵，只吐出一口绿水。罗云说："你最近不用来了，我想向厂里请一段时间病假，好好休息休息。"

就在这天，罗云看见了徘徊在家门口的警察王守仁，她不知道他已在她的门外等候一个月了，她早把这个小个子警察给忘掉了。看见小警察灼人的目光和窘态，罗云吃了一惊。王守仁心跳加速，冲动的血液弄抖了双腿，他迎着罗云走去。

罗云看见小个子警察莫名其妙地激动着，她关心地问："你病了吗？"

王守仁立刻热泪盈眶，他相信她早就注意到他了，并且也知道他爱她，她终于打开门问候他了。他颤抖着回答："我没病，我……"

罗云冲他笑了笑。他没有得到抒发感情的机会，罗云将大门关严了。王守仁听着渐渐弱下去的脚步声，手心和脚心涌起寒气，牙齿痛苦地不由自主地磕打着。

一旦想清了小个子警察的用意，罗云的大门关得更严了。自从和袁敬亚分手之后，婚姻生活就如消散的烟一样离她远去了，压抑的欲望有时在夜里也会从某一个缥缈而遥远的地方走来，光顾她的床榻，却无法把她带到那令人快乐的地方去。有一天夜里，她似乎听到了来自自己体内涨潮的声音，欢乐和血液一起向两腿之间奔流而来。这时她的眼前出现了袁敬亚惊恐羞愧的表情（袁敬亚的手握着那儿，他宁肯那样也不要她！）。回忆同抖动窗纸的风声、虫蛀的房梁飘洒的粉末一起弄糟了她的心情。她烦闷地推开窗户，如水的月光和清凉的南风使她的泪水糊了双颊。第二天早晨，她感觉腰酸背痛，肾炎在她裸身而睡的这个晚上进入了她的身体。病痛使她再提不起任何兴趣。况且小警察和袁敬亚一样，在她眼里，差不多还是孩子，一个袁敬亚已经够她受了。

111

风过白榆

小警察固执地坚持着，他因此养成了散步的习惯。除了公务，下了班他就走去花子胡同。秋天，他曾经在罗云的门前守了一整夜。早晨，罗云看见了蹲在门口的小伙子，他的衣服被夜露打湿了，脸色憔悴，熬红的眼睛闪着期待的光芒。罗云破例把他请进了院子，她用了一个小时试图打消小伙子不切实际的念头。王守仁定定地看着自己的心上人。他头一次这么近距离地看她呢。看了两眼他就羞红脸低下头。

"你不要再干傻事了，"罗云怜悯地看着小警察，"这件事不值得你费这么大力气。再说我也不想嫁人了。"

王守仁哀怨地抬起头，他说："不要跟我说这些，我难受死了，我只要你答应我，别的话我什么也不想听。"

最后，罗云变了脸色，恼怒地说："你不要再来纠缠我，我不需要警察天天看着我。"

小伙子涨红了脸，汗水流淌下来，他惶恐地站直。很快他又镇定下来。他说："你不要以为这样就可以把我打发掉，我只要你答应我。"

罗云几乎被他弄疯了，她问道："我哪儿好？值得你这么干？你让我答应你什么？"

小伙子立刻手足无措，他想关键时刻到了，可他找不到什么动听的话来倾诉自己的感情。他什么也说不出，只是低着脑袋坐在那里。

"孩子，你有十八岁吗？"

"什么，你叫我孩子？没到十八岁又怎么样？告诉你，我十九了。"小伙子坚定地说，"不管你怎样，我会在门前站下去，直到你答应为止。"

罗云想，只好用最后一个办法来了结这件事了，她对小警察说："来吧，跟我到里屋去。"

王守仁愣了一愣，跟她进了屋。进了屋，罗云让他坐在床头，她对这个十九岁的小警察说："你听好了，你不就想得到我吗？我今天让你要我一次，以后你不要再来打扰我。"说完，她动手脱衣服，她解开内衣的扣子，露出饱满的两只乳房。

小伙子明白过来，他瞪大了眼睛，喉咙蠕动着，激动地战栗。他愤怒地说了一句："你污辱我，我没想这样，我只要你答应我。"

小警察跌跌撞撞地向门外跑去，边跑边说："我只要你答应我。"

罗云猜想小警察再也不会来找她了，一连几天她都想着这件事，眼前总是出现小伙子的窘态，她有些怅然若失。几天后的一个傍晚，王守仁又出现在她的大门口，罗云首先是惊喜，随后她才烦恼起来。小警察看她向自己走来，立刻低下头，红着脸走开了。街上，傍晚的炊烟弥成薄雾，粮食的香味使秋天非常和煦温暖。罗云站在门口望着，王守仁又站住，回头看看，然后快步走开了。街两边的白榆树唰唰地响起来，罗云被随风而至的寂寞淹没了。

看起来那个小警察并不想退缩，冬季下雪的天气，他也会自觉不自觉地走进花子胡同。头场雪的早晨，罗云推开大门，发现大门口头一天夜里的雪已被铲除了。罗云决定离开镇子一段时间，以便让莫名其妙地痴着情的小伙子有足够的时间冷却下来。

立冬的早晨，王守仁又来到罗云的门前，他看见大门口冰冷地挂着一把永固牌大锁。大锁锁住了阴晦的院落，也锁住了昏蒙的天气。一连数日，榆树镇大雪纷纷扬扬。

镇博物馆在一九五六年春天落成了，但是落成典礼不得不一拖

113

再拖。

馆藏文物的缺乏使镇政府的领导们大伤脑筋。还好，中心小学在修建厕所时挖出了原竹林庵的几箱佛经典籍，才解了尴尬。最后他们决定把全镇的户籍卡片也搬了进去。等这一切准备就绪，买来的喜庆鞭炮在阴雨天气的潮湿中发霉了，火药的臭味熏昏了看收发室的老头。博物馆的工程质量也没经受住考验，出现了许多漏洞，没有平整的院落几乎成了泽国，青蛙爬上了展览室的台阶，书写标语的粉墙墙皮脱落了，字迹变得模糊不清。还出现了一件怪异的事，馆长办公室的房梁上长出了一根树枝，竟生出了青绿的树叶，一位工作人员抬着梯子上去修剪，梯子的横格断了，工作人员摔坏了左腿。这期间，榆树镇发生了一件和博物馆落成典礼同样热闹的事。一天中午，几个在街头和尿泥放纸船的孩子看见驼背弓腰的饱学先生出现在花子胡同。

饱学先生手里提着一条木凳，三尺白绫，直奔罗家大院。饱学先生的莽撞行为很快传开了，孩子们扔掉挡雨的向日葵叶子，和大人们一起跟着饱学先生走去。大人们交头接耳表情严肃，他们说："老饱学找罗云算账去了。"

"他拿绳子干什么，要去上吊吗？"

"没错，王长溪为了他儿子要和罗云拼命了。"

刚退奶牙，说话含糊不清的小孩子表情极度兴奋，他们高兴得像过年，他们互相招呼着："上药（吊）了，上药（吊）了。老长屎（溪）要上药（吊）了。"

人们看见饱学先生把凳子放好，笨拙地站上去，在罗云的大门上方挽好了绫子。然后他叩响了门环。

午睡的罗云被一阵紧似一阵的叩门声惊醒了，她趿拉着一双凉鞋走出来开门。她想一定是厂里取活的老头来了，结巴老头有点耳聋，总怕别人听不清他的话，干什么都粗声大嗓。

罗云打开大门，她残存的睡意一扫而空。门外大人孩子有几十个，前面站着一个留山羊胡子的老头。

"姑奶奶，我给你下跪了。"饱学先生跪在泥水里。

罗云惊愕地倚住门框。

饱学先生说："你饶了我儿子吧！你行行好，他不懂事。"

"你儿子是谁？我不认识你儿子。你不要在这儿胡闹，没事我要关门了。"

饱学先生说："姑奶奶，我给你磕头了。你要不答应，我就在这门口吊死。"

"要我答应什么？"罗云有点明白了。

人群中有人说："他是王守仁的爹。"

一旦弄明白原委，罗云立刻冷笑起来，屈辱使她咬紧了下嘴唇，满面绯红，继而变得发白，发青了。她说："现在我告诉你，是他自己要来，我从没给他开过门。正好你来了，你那个儿子有娘养没娘教，你让他别来缠我，我没工夫搭理一个毛孩子。没事我要关门了。"

饱学先生没想到自己听到的是这样一番话，敢情没有人家的事，他倒有些下不来台了，他尴尬地站起，身后哄笑起来。他回头说："有什么好笑？这有什么好笑？"

罗云关门的一瞬，抬头看见了挂在门楣上的白绫子。她重又把门推开，一个念头同时涌上心头，她要惩罚这个敢来污辱她的老东西。

罗云指指挂着的白绫子，饱学先生不敢相信自己的耳朵，罗云说："回去告诉你那个宝贝儿子，他爹爹来求我，我答应他了。"说完，罗云重重地把门关严。

饱学先生满身泥水，狼狈地站在那儿，这一会儿他真想上吊了。

当罗云敞开大门的时候，王守仁却好像失踪了。半夜，罗云听到了敲门声，推开窗户，她发现自己听到的不过是天边的雷声，闪电艰难地撕开一道亮缝，倏忽弥合，夜依旧沉沉。再过一会儿，风从镇外大河的方向吹来，树叶喧响。这声音很快被雨声淹没了。

天明，罗云打着伞，蹚过街上哗哗响的雨水走去镇公安局。镇公安局正忙碌着，他们捆扎着各种文件，废弃物堆满了过道。"我们准备搬家了。"打字员说。他告诉罗云，小王警察几天前离开镇子，被局里派往南方去执行任务了。

"他什么时候回来？"

"这我可说不好，正好我们韩科长来了，你问他吧。"

"你就是罗云吧？"科长韩奇伸出了手，"你可是咱们榆树镇的英雄啊！你找王守仁？"科长韩奇的神情庄重起来，咳一咳："这几天我正想去看你，登门谢罪。我们的工作做得不够，不过，王守仁是一个好同志，对英雄很崇敬，前几天我们开会帮助了他，他态度很好，他保证以后不会去打扰你了。"

科长韩奇又说了很多，罗云只听见了一句，她的心凉到了极点，"他保证以后不会去打扰你了。"

"你不舒服吗？"科长韩奇发现了罗云表情的变化，关心地问。

"没什么，真的没什么，天太凉了，我的肾炎犯了。"

罗云神色惊惶地走出门，她忘了带上自己的伞，自顾走进雨里。

"罗云同志的伞忘了，你追上去送给她。"科长韩奇招呼打字员。

看着窗前倒挂的雨帘，和雨水中静穆得有些凉意的街道，科长韩奇点燃一支烟，他想王守仁已经走在南方的街道上了。他去过那座城市，沿街种着法国梧桐，春天，街头开放着白色的栀子花。这会儿，正是花谢时节，栀子花纷纷飘落，就像眼前的雨点。那个城市里，残香凝聚，久久不散。

一周前，王守仁被科长韩奇找到办公室。

被爱情折磨得形销骨立的王守仁站在科长的对面，韩奇闷闷地吸咽，直到王守仁眼中露出惊恐的神色，他才说话。

"知道我找你干什么吗？"

"不知道。"

"那好，你再想想。"韩奇把头转向别处，又沉着地吸烟。

好半天，小伙子怯生生地问："是为我去花子胡同的事吗？"

科长韩奇狠狠地摁灭了烟："你还知道啊？"他站起身，"告诉我，你的思想动机是什么？"

王守仁满脸通红，他盯着领导一言不发。

"好吧，"科长韩奇说，"我警告你，你再不准去骚扰罗家。"顿一顿，他又说："不论从公从私，我都应该这样说。你父亲找过我了，你的事我不能不管。你能保证不去花子胡同吗？"

"不能。"王守仁握紧了拳头，眼中溢满泪水，"我的事，我自己做主，你这是干涉婚姻自由。"

"你敢顶嘴？"这大出科长韩奇的意料，"你说你这是哪门子婚姻？"

"她会答应我的。"王守仁心虚地说，"她不答应，我就还去。"

战场上拼过刺刀的科长韩奇气坏了，他不能允许这个小毛孩子顶撞他，他不自觉地掏出手枪扔在桌子上："我说不准就不准，我看你敢不听我的话。"

王守仁的大脑昏昏沉沉，他顾不得了，为什么他们都要阻拦自己？他抬手把手枪拂落在地："这吓不住我。"

"你敢摔我的枪？"韩奇惊愕地看看他。

铁器砸在地上的声音却登时使王守仁呆住了，他想这下完了。他一下子就变得六神无主，他想解释几句，他想说我不是故意的，可他嘴唇颤抖说不出话。最后，他低下头，横下一条心，任他怎么样吧！

没想到，科长韩奇突然笑了，兴奋地拍拍他的肩膀："行，小伙子，还行。"

"行什么？"他仍在发抖。

科长韩奇却谈起了别的话题："你见过我们家的韩静云吧，她对你的印象很好。以后，你们多在一起谈谈。"

王守仁怔在那里，他没弄懂科长韩奇的意思，科长坐回原处："来吧，咱们谈正事。局里派你到南方执行一项重要任务，去搞一下中心小学袁敬亚老师的外调。"

接下来，科长韩奇讲了任务的重要性和对王守仁的看重。他说："等你回来就做我的秘书吧，有这么高文化的咱们局里没有第二个。你好好干，用不了几年，你就可以接我的班了。"

几十年后，王守仁坐在镇长办公室里回想起这一幕，仍然激动不已，他相信自己天生就是当官的料，否则，那么多人都没能阻挡住他走去花子胡同，而一个空头的许诺竟会把他从一年多的痴迷中一下子惊醒。在那之前，他从没有考虑过自己的前途，他被"爱情"蒙蔽双眼了。

一个月后，王守仁从南方归来。他把从南方买回来的一条围巾送给了韩静云。他看着不知被谁弄大了肚子的韩静云露出了讨好的笑容。

夏天将尽的时候，罗云喜欢上了红旗饭店的猪杂碎汤，那一段时间，人们传言说她准备嫁给饭店做汤的大师傅徐文廷了。因为镇子上只有徐文廷敢和她放肆地开玩笑。徐文廷亲自为她端来汤，一边映着那个年代少有的大肚子给她扇扇子，一边半真半假地求婚。

罗云在汤里放了太多的辣椒面，鼻尖沁出了汗珠，她用筷子把徐文廷伸过来的手狠狠地抽了一下，笑着说："你能比得上你做的汤吗？"

徐文廷甩手咧嘴喊道："不信你就试试，准比汤有滋味多了，肯定好受得你直叫唤。"

"回家听你妈去叫唤吧。"罗云说，"该死的，再给我来点味精。"

他们打情骂俏的亲昵关系没有维持多久，就因为徐文廷的过分放肆弄砸了。有人说，他们不过是因为一句话。

"因为什么话？什么话让她那么受不了？"

"徐大肚子说他根红苗壮，逃亡的地主崽子都能和她结婚，为什么工人阶级不行？"

徐文廷半夜去敲罗云的大门被骂出来不几天，他就因扒邻居小两口的窗户被逮捕了。他每天去偷看那对小夫妇做爱，有一天弄倒了窗前的瓶子，被怒不可遏的邻居当场擒住。

有窥阴癖的徐文廷挂着流氓犯的牌子沿街游斗的这天，袁敬亚被两个警察铐着，步行前往火车站。他路过红旗饭店，正看见坐在窗边的罗云。罗云喝着拌了辣椒的杂碎汤，鼻尖冒着津津的汗珠。

袁敬亚头发蓬乱，左边的眼镜片碎了，右边的镜片中间裂开一

风过白榆

道纹。他的衣扣掉了，露出瘦骨嶙峋的胸脯。袁敬亚站下，他和警察商量着什么，警察不耐烦地摆手。其中面善的一个点过头后，走进了饭店。他边走边说："真是的。一副破扑克牌谁稀罕要。"

他走到罗云的桌前，把扑克牌扔到桌子上："这是那个人给你的，他说就不和你道别了。"

罗云向窗外看去，正好王守仁和一个怀孕的女青年走过袁敬亚的身边。

韩静云一手撑着后腰，一手抚摸凸起的腹部："险些被你这个阶级敌人骗了。"她一口唾沫啐在袁敬亚的脸上。身边站着的王守仁为妻子的恶劣行为弄得很尴尬，他说："快走吧，这有什么好看的。"

袁敬亚麻木地抬起戴手铐的手擦掉脸上的唾沫，他仍看着饭店里的罗云。他想他对不起里面坐着的人，他一开始就骗了她。他的跋扈的豪绅父亲被新政府枪毙了，他却企图通过这个女人的特殊身份逃脱将来的厄运，但是他没有做到。他无法维持这桩婚姻，只好和她离婚，但他早就料到了，总有暴露身份的这一天。这一天终于来了。

罗云看着袁敬亚的背影拐过街角消失了，她拿起了扑克牌，走出饭店。来到户外的阳光下，她忽然头晕目眩。

她一步步挨回花子胡同，远远地看见一百二十三号的门口蹲着两个人，他们的身边放着个破木箱和两个包袱。

罗成仁和徐立群在这个阳光很好的天气里再次来到了榆树镇，徐立群沉浸在进城和开了眼界的兴奋中。

"你看见了吗？大姐，你说那个家伙多恶心啊，啧啧，让我说该毙了他，看人家两口子睡觉。"

罗云趔趄着，徐立群迎上去扶住她。罗云大汗淋漓，面无血色，她虚脱了。

这时，街上刮起一股旋风，转眼刮到罗云身边，旋风把她手里的扑克牌夺走了。旋风风柱越来越高，那些扑克牌枯叶一样地随风随土而去。

风过白榆

第八章

罗成仁离开榆树镇最初的几天，徐立群感到她的生活猛地空虚了，就像一小块半干的海绵被一双粗糙大手狠狠地攥了一下。罗成仁经常蹲坐的后墙根结了厚厚的白霜，一天早晨，罗小花在那儿竟发现了一只冻硬了的夏天的蟾蜍。它是怎么跑到这来的？小丫头吓得大叫起来。白天，徐立群在风中飘走于工厂和家门之间，她走得尽量快些，免得想起那么多不快，使自己适应家里没有男人的新生活。虽然罗成仁在她的眼睛里早已不算个男人了，但他毕竟是个活物生活在她和孩子们中间，在家里她尽可以骂他解气，出了门可以借口丈夫获得一些同情和帮助。现在呢？现在最难熬的还是漫长的冬夜。过去的冬天，每当傍晚，罗小梅总是和妹妹们排成一排，在被窝上滚来滚去，想用这种办法把被窝压热乎，她们搔另一个痒来逗趣。有一次她和罗成仁正在院子里干活，三个孩子忽然间大叫起来，她们一起看一本连环画，画上的一个人忽然从一页跳到了另一页，把三个孩子吓坏了，其实那本小人书只不过是印重了，多装订了一页。现在两个大孩子变得沉默寡言，心事重重。天一黑，她们就默默地钻进被窝，至多打个寒战，哈一口热气。

要不是那只瞎眼鹅一天晚上神奇地出现在卧室，徐立群不定会空虚到哪一天。那天半夜，瞎眼鹅令人吃惊地啄开了结实的门闩，嘎嘎叫着，径直走进了屋子。罗成仁走后，徐立群就将这只讨厌的鹅扔进了疯子待过的储藏室。伤心过度，她差不多把它忘了，它还活着，这真是奇迹。

徐立群点着灯，她气坏了。她抓起枕头就向瞎鹅扔过去。瞎鹅灵巧地躲开，戗着沾满粪便尘土的羽毛一晃一晃地走去墙角，然后蹲在那里。徐立群愣住了，那是罗成仁蹲过的地方。短暂的惊讶过后，徐立群愤怒之极，这个畜生以这种方式折磨她令她难以忍受。

"该死的，你死在那儿吧！"徐立群这样骂道。

她在三个孩子的注视下跳下床，站到地上的一瞬，她意识到自己正是这样叫骂罗成仁的。徐立群几步走近墙角，瞎鹅懂事似的仰脖叫了两声，徐立群毫不手软地抓住它的脖子将它提了起来。她就要把它摔下去了，匆忙中一瞥，在鹅趴过的地方，竟有一只热乎乎的鹅蛋。

"蛋！"

"鹅蛋！"

"真是一只鹅蛋！"

太难以置信了，在冬季，这只瞎鹅饿了几天，倒下了一只很大的蛋。徐立群和三个女孩都惊得咋舌，徐立群放开鹅，捧起了那只青皮鹅蛋，把它在女儿中间传看。她忘记了不快，高兴地说："真填活人啊！冬天，这鹅还会下蛋。"

过一会儿，徐立群又笑了，对女儿说："本来我想把它摔死，又想太可惜了，把它卖了能买几斤盐。可它下了蛋，真想不到，它会

123

下蛋。"

最后她断言："没准它明天还会下呢！"

第二天晚上，瞎眼鹅又大叫的时候，罗小花抢先跳下床，抱起了大鹅。她失望地把它放下了，草窝里只有新鲜的一摊粪便。

一连三天晚上，都是如此。徐立群半拉眼珠也看不上瞎鹅了，娘几个更忍受不了它半夜大叫的折磨。

徐立群指着瞎鹅骂道："你死在那儿吧，让你叫，明天我就卖了你。"

没想到，早晨那只瞎鹅自己离开草窝，窝里又有一只青皮鹅蛋。

这种新奇的发现给徐立群带来了短暂的乐趣，她下班的第一件事就是咒骂那只瞎鹅。烧火做饭的间隙，她也要去诅咒它一番，然后大声喊着要把它卖掉。这样，晚上她肯定会在大鹅的屁股后面拿出一只鹅蛋，但是那蛋越来越小，蛋壳变得越来越软，沾着血迹和粪便。徐立群担心这样大鹅会死掉，但她还是忍不住骂它，因为一天不骂，它就一天没有蛋，而任几个小孩子怎么骂，对鹅都不起作用。

这天中午，徐立群疲惫地回到家中，破例没有诅咒那只倒霉的瞎鹅。一进屋她就倒在炕上，用被蒙住头，写作业的罗小梅听到了母亲徐立群压抑的哭声。凭直觉，她知道又有不幸发生了。

果然，眼睛红肿的徐立群傍晚爬了起来，她对孩子们说："那个该死的跑丢了。"她又抽咽着说，"罗成仁没到精神病院，他们把他给丢了。"

徐立群伤心地抓乱了头发，很快她又坐到镜子前面，慢慢地把头发剪短，梳好两条短辫。徐立群对吓呆的忘记哭泣的罗小梅说："你看吧，我饶不了他们。"

然后，她走出了房门。走到门口，她又站住把头发抓乱。

不一会儿，雾一样凝着炊烟的干冷的街道上，传来了徐立群的哭声："可怜的人哪，你在哪儿啊？你们赔我丈夫。"

事情是这样，罗成仁和护送他的两个小伙子坐了三个半小时的长途客车，到达柳镇，他们要在傍晚才能换乘火车，再开始一天一夜的旅行。

客车里很冷，他们到达柳镇的时候，已是双脚麻木，唐焕义和陈章搓着手，护住棉衣里的钱夹，四只眼睛死死地盯住罗成仁，怕他趁乱跑掉了。两个人换班拴上另一头扯着罗成仁手腕的行李绳，寒冷弄糟了两个青年人的心情，他们站在候车室里皱紧了眉头。

柳镇是这个地区重要的交通枢纽，每天有十几次火车穿越这里。每当火车像一个咳喘的老人开进站台，候车室肮脏的玻璃窗就剧烈地抖动，发出将要破碎的声音。开始的两次，罗成仁惶恐地抱住头，盯着窗户，后来他确信玻璃不会破碎，他便从中得到了乐趣。他就为这个笑出了声。两个青年人奇怪地盯着他看。

"他在笑。"

"他好像一点也不冷，咱们遭罪，疯子倒挺自在。"

"遭罪不是你自找的吗？一开始主任可没让你来，你想去大城市给对象买东西嘛！"

"反正我觉得不能让他太舒服了。"不一会儿，陈章看见唐焕义回到候车室，他手里拿着一个雪团，蹲到罗成仁跟前，"老罗，你是不是饿了，吃个包子吧，热乎着呢！"

陈章也很兴奋，但他觉得这样有点不好："小唐，你别这么干。"

罗成仁信任地接过雪团，露出模糊的笑容，然后大嚼起来。

因为这件事，坐在火车上，陈章和唐焕义还在闹矛盾。"你不也笑了？"唐焕义说，"要不你别笑，笑了你就别说我。"

"我笑了又怎么样？你可是拿了人家徐大嫂的干粮。"

"咱们别争了，"唐焕义说，"咱俩应该商量一下，不能总这样拴着咱们，我的手腕都快肿了。"

陈章也觉得不是个事："那你说怎么办呢？"

"要不这样，咱们去车厢两头站一会儿，看他动不动，要不动咱俩就可以放心地睡觉。"

他们在车厢的连接处站了二十分钟，车厢里忽然传来了吵闹声。他们赶紧奔回座位，果然是罗成仁出了问题，他正在那里慌乱地东张西望，流出了眼泪，几个人围住他，安慰着他。

两个小伙子遭到了周围人的指责，说他们不该把一个精神病人单独扔下，自己跑出去吸烟。女列车员一个一个地把他俩叫去值班室批评了一顿，给他们讲了好几个精神病人出危险的事例，听得两个小伙子为刚才的冒险沁出了冷汗。但他俩毕竟很愉快，罗成仁的表现使他们确信他不会突然跑掉，他们一直担心出麻烦的旅途变得顺畅多了。

尽管如此，两个人还是不敢放心大胆地睡觉。车窗外黑黢黢的山和树木不断地掠过，新鲜感在咣当咣当的夜行中渐渐消失，两个小伙子感到非常烦躁。罗成仁却在有节奏的轰隆声中倚在靠背上沉沉睡去，流着涎水，毫不知愁。

"你对象不错呀，屁股挺大，说老实话，你们干没干过？"一番闲扯之后，陈章找到了一个很刺激的话题。

"没有，真没有。"唐焕义脸红了。

陈章不相信地打量他："你没说实话，你没干脸红什么？我敢说你是撒谎。"

唐焕义说："我们刚认识一年。"

"一年时间不短了，我家邻居大张认识一个姑娘刚三天，就在一起睡了。是不是人家不和你干？"

"咱们说点正事，我看这疯子和咱俩一样没出过远门，咱们用不着那么担心。"

"你别转移话题，要是你真没干，回去我可撬行了。"

"你撬吧，就怕她一见着你就犯堵。"

一个月后，唐焕义想起了火车上这番对话，他发现陈章说这番话确有预谋，但为时已晚，他设想中的新生活已把他抛弃了。

第二天下午，他们到达了新城。目的地距新城只有十几里路，他们长出了一口气。走过新城的过街天桥，可以看见桥下黑乎乎的火车道，扳道工腰里插着小旗，哈着白气，桥栏杆上还有三十年前那场战争的枪眼。

新城的冬天干燥寒冷，天气阴晦，大街上行人还是不少。毕竟开了眼界，两个青年人心情舒畅，他们准备先将罗成仁送进医院，然后好好玩几天。两天的相处，他俩甚至产生了错觉，罗成仁除了神情抑郁，不爱说话，感觉不出他有什么不对劲，看上去根本用不着挑最身强力壮的小伙子护送。他们打听到去郊区的公共汽车站，便带着罗成仁直奔那里。

长途客车站正在一家商场的门口，唐焕义早已按捺不住，提议先逛半小时商店。陈章很不满他的举动，偏不同意，却让唐焕义陪罗成仁等他一会儿，他自己去商场里买点饼干出来，好在车上吃。唐焕义争不过，让他去了。

等了一会儿，唐焕义烦躁起来，商店的门口人来人往，只是不见陈章的踪影，这时他没注意看比他更烦躁不安的罗成仁。

罗成仁仰脸朝天，沁出了冷汗，太阳正在穿透新城上空的薄云，就要露出脸了。

这时唐焕义看见一个女青年手里拿着一件红线衣从商店里走出来，他再也忍不住了，他的未婚妻让他买的正是这种样式的衣服。他想，试验了好几次罗成仁也没添麻烦，而他只要有五分钟的空就可以把衣服买完了。

"你站在这儿等我，不准动，听明白了吗？"唐焕义嘱咐完向商店里快步走去。走到门口，他好像听见罗成仁喊了一句什么，他以为是罗成仁自己害怕，于是回头摆摆手，"你站在那儿别动，我马上出来。"

罗成仁喊的是："要下火了。"

他还是没有躲开那个该死的太阳，榆树镇的火在这个陌生的地方燃烧起来了，他双手抱头，疯跑起来。新城的中心街道上，人们看见一个瘦弱苍白的男人灵巧地躲开汽车，他的身体纸片一样在风中飞着，他的鞋跑掉了，他也来不及捡，含糊地喊着，猫腰向前飞奔，飞奔。

在他的身后，橘红色的阳光正在迅速铺展开去，满街的阳光水一样欢快地流淌、流淌……

为了寻找罗成仁，唐焕义和陈章几乎走遍了新城的大街小巷。十几天的工夫，两个人的脚趾冻伤了，唐焕义患上了流感，每天涕泪横流，他好几天站在罗成仁走失的商场门口东张西望，他的奇怪举动引起了当地公安机关的注意，把他请进商店的保卫科盘查了一番。有一天他天真地想，也许罗成仁自己乘车去医院了，陈章虽然以为这不可能，但他还是一早乘车奔了去。傍晚，他神情沮丧地回到住处，罗成仁当然没在那里，他的钱包却在汽车上被小偷扒了去，他不得不步行返回新城。

最后，他们彻底绝望了。他们决定返回榆树镇，他们想，罗成仁也许自己回榆树镇了。

一听说罗成仁走失的消息，徐立群就感到自己的生活充实起来，像一只新充了气的皮球，又能在草地上弹来跳去了。她一改平日的拖沓、唠叨、偷奸取巧的形象，变得干练、果断而且饱含深情。首先，她对自己三个孩子热情起来，她让她们脱下脏罩衫，放在盆里端到大门口去洗，凉水冰红了她的双手，她边洗边流着泪水。她拒绝了唐焕义送来的点心："你不要费心了，我们吃不下这么好的东西。要真是可怜三个孩子，你就出去找找她们爸爸。"

她不接受唐焕义的道歉，等他忐忑不安地走开，她买来十几颗水果糖扔给女儿们，补偿她们的失望。最小的女孩把糖球掉在地上，小女孩惊恐地等待妈妈打她的屁股，可这一次，徐立群只是怜爱地看看她，自己吮去了脏土，然后嘴对嘴把糖送还女儿。

在公共汽车站，围着灰头巾的徐立群抱着罗小敏，拉着罗小花站在宣传栏下面，宣传板上贴着一张寻人启事，她一遍一遍地对驻足的人们讲说罗成仁的体貌特征："南来的北往的，你们看见过这样一个人吗？那是孩子可怜的爸呀，他的棉鞋后跟坏了，我怎么就没舍得钱给他换身新棉衣啊！他没准早就成死倒儿了。"徐立群失声痛哭。

下午，她又出现在火车站，她的做法和上午相同。

傍晚，下班的工人们看见一个女人形容憔悴，领着三个女孩站

风过白榆

在街口，女孩在寒风中冻皴了小脸，冻肿的手像黑硬的馒头。

很快，全镇的人都知道了，专政路徐立群的丈夫在被送往精神病院的路上走失了，同情令人们心酸："那三个小丫头冻成那样，眼巴巴地等着爸爸回来。可那个疯子在哪儿呢？"

善良的榆树镇人走上了街头，人们以纯朴的方式表达了莫大的同情。

出乎人们的意料，贪小便宜出了名的徐立群把送来的食物和衣物全部谢绝了，她指着不远处的树后站着的一个人继续抽咽："他看我的笑话呢！让他护送病人，他扔下病人去给对象买衣服。现在他还看我的笑话。"

唐焕义看见徐立群指他，他慌忙掉头走了。他知道，这时候徐立群获得多少同情，他就遭受多少谴责。他感到自己的道歉行为非常愚蠢，徐立群把点心匣子扔还他的一瞬，他不寒而栗，徐立群别有用心是明摆着的，可没有人说破她的虚假。唐焕义想，大不了是扣发工资，丢了一个人，一个精神病人，难道还会抓起他问罪吗？他仍然天真地以为，只要自己诚恳地道歉，事情总会平息下去。

唐焕义决定去同陈章商量一下，也许两个人应该主动赔偿一笔钱。他找到了陈家，陈章的母亲是一个颧骨高且红的老太太，赔着小心告诉他陈章去乡下舅舅家了，"陈章没对象呢，你可不要把他牵扯进去。"

老太太的话虽然不顺耳，唐焕义仍然没往心里去，他只埋怨陈章在这个节骨眼走了，没跟他打招呼。

很快唐焕义就发现情况越来越不妙，护送罗成仁的两个人，在传说中变成一个了，陈章似乎被人们忽略了。出差回来，粮库主任找他谈话，同样没有提到陈章，他提醒主任："送罗成仁的是两个人。"

"现在不是推卸责任的时候。"主任冷冷地说，"你只回答是不是你去买衣服失了职。出了事情还瞒着组织，这是严重的政治思想问题。"

徐立群下决心把这次寻夫行动进行下去，直至达到目的为止。她对自己这样做得到的结果很有把握，她所担忧的是这个时候罗成仁忽然出现在专政路。这种恐惧使她食欲大减，坐卧不安，整个人憔悴下去。

徐立群好几天没有心情诅咒那只瞎鹅了，奇怪的是它半夜不再叫唤，头蜷到肮脏的翅膀下面，病恹恹地趴在墙角。

这天晚上，徐立群从街上回来，看见瞎鹅正在屋里踱步，冬天的鹅粪味侵蚀了虫蛀的米柜，棚顶的蜘蛛被浓烈的酸味熏坏了触觉，拉着一条悬丝垂下来，在窗洞透进的风中摇摇晃晃。徐立群踢开瞎鹅，胡乱地给孩子做了点吃的。

第二天早晨，她发现那只瞎鹅死掉了，就死在罗成仁蹲过的墙角。

下午，徐立群站在火车站简陋的月台上，看着在寒风中摇曳的枯瘦的白榆树，被信号灯惊飞的麻雀掠过煤尘熏黑的候车室的瓦屋顶，她猛然想到了瞎鹅和罗成仁之间模糊的关联，哀伤从得知丈夫走失的第五天才真正袭上了心头。她只顾哭，前前后后那么多伤心的事也只能哭，哭还不能完事，但只能哭。她哭得昏天黑地，哭得月台上候车的旅客流出了眼泪，同情像烂泥塘的气泡一样沸腾。来慰问和劝说她的粮库主任也被哭蒙了，面对人们的指责，苦着脸不知所措。

徐立群笨拙的做法到底奏了效，榆树镇不可能对她置之不理，镇政府更没有理由把这样一家人置于社会温暖之外。为了表示榆树镇是一个充满温情的地方，镇政府答应了徐立群的无理要求，不但照发罗成仁的整月工资，而且要把三个女孩抚养到十八岁。

徐立群病倒了，这些天毕竟耗费了太多的心神。没想到，五金厂的领导们登门慰问来了，他们给她带来了一张报纸。

徐立群看见自己的形象印在报纸上，镇党委书记韩奇握着她的手，她哀伤地哭着，满脸泪水。工厂的领导表情沉痛地道歉，检讨自己的工作没有做好，职工的生活没有安排好，全厂都要向镇党委书记学习，关心职工，热爱职工。徐立群怎么也想不起来什么时候被人家拍了照片，在领导殷切的慰问中，她知道镇党委书记韩奇因为关心她上报纸了，受表扬了。

来慰问的人一走，徐立群就用那张报纸给孩子擦了屁股。

她想自己应该好好睡一觉，轻松轻松。

两个小时以后，在家门口，杀气腾腾的唐焕义出现在徐立群的面前，当时她刚好在打一个哈欠。

停职反省期间，唐焕义迷上了一本名叫《战地新歌》的歌本，连躺在被窝里也不扔下。他唱哑了嗓子，但只哑了一天就奇迹般地正常了，而且更加嘹亮。唐焕义迷恋上了自己的歌声，梦想有朝一日成为一名歌唱家。他为自己的念头激动得夜不能寐，他披上大衣走出家门。

护城河里的脏水清冷地流着，寒冷的霜芒尽力延伸，企图盖住流水。凉月在蓝靛一样的天空中孤零零地无依无靠，几点寒星像闪亮的冰晶。

覆盖白雪的野地铺展开去，黑黢黢的尽头有不真实的灯光。

唐焕义站在护城河的河堤上一首首地唱起来，他模拟二重唱，模仿女高音。鼻子哼出来的前奏忽然夹杂了几声凄厉的小孩子的哭声，他屏住呼吸，三四只在冬天也不肯安分的发情的猫无声地向镇子里跑去了。

一个在附近的工厂打更的老头仄仄歪歪地走上河堤，手电光在溢着清寒的月光下显得那么多余。那是一个披着羊皮袄的老人，他静静地听唐焕义唱了一首又一首。

这会儿，唐焕义唱的是《春光万里红旗扬》：

"春光万里红旗扬，红花遍地香。雪山升起红太阳，金光照四方。一块块条田绿油油，牛羊成群肥又壮。"唱着唱着唐焕义停了下来，"落词了。"他嘟囔，可怎么也想不起来落了哪句，他就保持着挥手的姿势想着。

老人咳了几声，老人说："小伙子，我听你唱了好一会儿了。"他接着絮叨起来，"有什么事想开点，我年轻时也爱唱歌，唱的什么现在可记不起来了。那时的歌没有你们现在多，有时来段二人转，有时来段《空城计》。男愁唱，女愁浪，你一定有什么难事吧？"

站在自己身边的肯定是一个孤独的老人，唐焕义被老人沙哑的声音感动了，泪水夺眶而出。

白天，唐焕义又来到河堤上，他从木器厂一直走到三间瓦房，三间瓦房是一个经常出车祸的地方。冬天的阳光播洒在河套的树丛之间，他奇怪自己为什么以前没有注意到城外还有这样一片白榆树。唐焕义的歌声惊飞了树丛里所有的乌鸦和喜鹊，他的歌声吸引了横穿河套进城的农民，他们驻足屏息，向发出声音的地方张望。

一个老奶奶带着扎蝴蝶结的孙女和唐焕义擦肩而过。小姑娘问道："奶奶，那个叔叔挨批斗了吗？他在哭呢！"

老人回头看看冻红了脸的小伙子，责备孙女说："别瞎说，那个

风过白榆

叔叔是在唱歌，没准他想当歌唱家呢！"

为了这样一句使人害臊的话，唐焕义的脸激动得喝醉酒似的红了。

唐焕义的母亲对儿子想当歌唱家的梦想给予了最大的鼓励。他的母亲是镇小学的语文老师，语文老师往日一听见歌声就胃疼难忍，现在她却不肯让儿子有闲暇苦恼，"焕义，给妈唱支歌。"她摆出一副对儿子成为歌唱家深信不疑的模样。其实语文老师对歌曲的感觉已由胃疼发展成呕吐了，为了可怜的儿子她宁愿忍受折磨。

然而，唐焕义的歌声必须停止了。这天晚饭后，语文老师没有控制住自己，儿子没唱完她就当着他的面呕吐了，她呕得很厉害，看见儿子翻柜子找治呕吐的药，她只是着急，却说不出话来。唐焕义呆在那里，语文老师觉得自己的心在下坠，仿佛一使劲，跳动的心脏就会滑出自己的身体。

唐焕义在柜子底下翻出了那件从新城给未婚妻买回来的红线衣，他回到榆树镇的第一件事就是把衣服送到了未婚妻家中，黄小英送给他一本《战地新歌》作为回报。可这件衣服怎么会压在家里的柜子里？

"我明白了，怪不得她哥哥说她去乡下了，她在躲我。"

"妈妈，你为什么瞒着我？"唐焕义痛苦地看着母亲。

语文老师的泪水夺眶而出："儿子，听妈妈的话，不要去找她了。"

唐焕义不停地摇头，他扔下衣服，拿起了那本《战地新歌》。

"我还唱歌呢！"他说。

"好儿子，你没事吧？你别吓唬妈。"

"没事，妈，真的没事。"唐焕义拍拍语文老师冰冷的手，他闭上眼睛，断续而绵长地打了个哈欠。

"我想睡一会儿，我快要困死了。"

唐焕义的报复行动推迟了两天才进行。唐焕义爱情的最后绝望导致了榆树镇建国以来的第一起毁容案。

那以后的几年，口袋里放一小瓶"坏水"一度成了浮躁的年轻人的时尚。他们动不动就拿出小瓶一晃，喊一声："我毁了你。"

当年的唐焕义可不是这样，他悄悄地跟踪了黄小英两天，等候在自来水厂门前的树林里，躲在黄小英必经之路的修鞋师傅的棚子里。

黄小英从乡下回来没有去会他，唐焕义确信没有希望了。躺在暖烘烘的有点炭味的屋子里，唐焕义设计着种种报复的方法，第二天早晨头疼欲裂。唐焕义不知道这是一氧化碳中毒的现象，他把这作为自己难以忍受的佐证。

星期四的中午，自来水厂的女工黄小英哭着走出大门，她和车间主任吵架了。不知为什么，一上午她去了五次厕所，莫名其妙地烦躁紧张。

车间主任是一个患了肺结核的妇女，瘦得像把细管钳。

"你一上午去四次了，有完没完。"黄小英第五次去厕所的时候，车间主任不满地叫住了她。

"全车间的人就你特殊，前几天不来上班在家泡病号，有人在公园看见你了，你根本没病。到班上你又这样。"

"我咋样？你管天管地，还管人拉屎放屁？"一上午的烦躁终于找到了出气的地方，黄小英摘下手套扔在工作台上。

"黄小英，你说话注意点，说脏话不嫌害臊，你可是没结婚的姑娘。"

"碍着结婚什么事？有人结婚不也是闲着。"

全车间的人都停下活围过来，几个小伙子听见两个女的骂脏话不怀好意地笑了。

车间主任患了肺结核，正在和丈夫打离婚，黄小英一句话，触到了她的痛处。她哆嗦着嘴唇，眼泪在眼圈里打转。

黄小英先她哭了起来，好像是自己受到了伤害，哭着跑出了车间。

她的眼泪唤起了等候她的唐焕义满腔的柔情，他松开了攥着硫酸瓶子的手。

如果不是陈章这个时候突然出现了，事情将是另一个样。但是陈章出现了，并且在离唐焕义十米的白榆树后面递给了黄小英一条手帕。

打死唐焕义他也不会想到会出现眼前这一幕，陈章这么快就和黄小英搞到了一起。唐焕义的大脑一片空白。陈章松开黄小英的手，他猛然发现了十米远的唐焕义。几乎想也没想，他扔下黄小英就跑开了。

与此同时，唐焕义拧开瓶盖，把瓶子向黄小英的脸扔了过去。他的手颤抖得无法自制，再迟疑一下，他就下不去手了。

那个可怜的姑娘还没明白是怎么回事，下颏和脖子便被"坏水"烧伤了，液体顺着脖颈溅了一点下去，灼伤了她的乳房。她惨叫一声蹲下身去。

唐焕义慢慢地走出榆树林，等他清醒过来，发现自己来到了专政路口。他拐进街边的日杂商店，忍着头疼，费力地思量自己再干点什么。等他看见柜台里的不锈钢菜刀，他蓦地清楚了。他接下来要干的事——是杀人。

对！杀人！杀人！——杀——人——

他的头嗡嗡作响，血液像涨潮一样冲撞着血管，太阳穴突突地狂跳。

"我要杀人啦！"唐焕义的双眼立时像兔子一样红，他把菜刀藏进怀里，头重脚轻地往前走去。

唐焕义在专政路与两个少年发生的一场斗殴，给他的杀人行动涂抹了一点喜剧色彩，使整个事件变得滑稽而且心酸。

事情的起因是他无意中撞了一个少年的肩膀。

两个少年手插在裤兜里正在闲逛，他们迎着唐焕义走来。看上去，他们正谈着什么高兴事，矮个少年张着嘴，听着同伴的讲述，不时钦佩地看一眼，高个少年炫耀到高兴处，捂耳朵的当儿，不忘亲热地搂搂矮个少年的肩头。

唐焕义一脚高一脚低地走着，擦肩而过时，矮个少年被他撞了个趔趄。

少年夸张地叫了一声："你瞎眼了？"

唐焕义头也不回，继续往前走，他正在盘算先杀谁，陈章或是徐立群。

"是个醉鬼，真奇怪，今年冬天满街都是醉鬼。"矮个少年皱着眉嘟囔说。

高个少年看着唐焕义瘦削的臀部左右晃动，他生出一个恶毒的念头："武强，你敢不敢捅他屁股一下？"

不错，这想法很有吸引力。武强看着自己的小拳头，胆怯地摇摇头，但他又不肯放弃取乐的机会，他狡黠地说："我敢说你也不敢。"

刘彦红冲武强眨眨眼睛，他转回身跟上去，武强跟在他后头，兴奋得心怦怦跳。

刘彦红倒背着手，走到唐焕义身后，他突然出手捅了一下。然后快速回身，把武强闪到前面。

出乎意料，没感觉一样，前面的人仍然跌跌撞撞地往前走。

"真是个醉鬼。"刘彦红长出一口气，"现在轮到你了。"

这回武强放大了胆子，走到醉鬼身后，伸出手使劲捅了一下，为了显示勇气，他没跑，而是慢慢地大摇大摆转回身。

唐焕义猛地抓住了他的衣服领子。

唐焕义没想到回身一抓就抓住一个人，他想还是先杀陈章。罗成仁自己回榆树镇几乎是不可能的事，从新城回来的路上，他们说好了瞒住罗成仁走失的事。等以后再想办法开脱。没想到回到镇上，陈章第一件事就是出卖了他，把事情全推给了他一个人，连他想隐瞒的事也揭发出来，自己开脱得一干二净。

武强本能地挣了一下，他怎么可能把对方甩倒呢？事实上，唐焕义真的趔趄了两下摔倒了。

两个少年自信心陡长，刘彦红喊了一声："揍扁了他。"四只小拳头雨点般地砸下去。

罗小梅最先目睹了专政路上的这次斗殴，斗殴是常有的事，但两个少年打倒了一个大小伙子这样的事可是少有。距离下午上课有一段时间，罗小梅准备等他们打完，让开路再过去。她站在自家门口看着。

结果打斗的双方一点点向这里移来，罗小梅认出了两个少年，其中一个是雀斑男孩，另一个呢？"啊，他不是和陶小米离家出走了吗？"

两个少年占了上风，大人竟然这样不堪一击，明天他们可有炫耀的了。

唐焕义拽出菜刀的时候，雀斑男孩还在嗷嗷怪叫，给自己壮胆。

叫声戛然而止，他灵巧地跳开："他有刀，这狗日的有刀。"

刘彦红没有跳开，他看出这个人不是醉鬼，而是神经受了刺激，并且动刀也不是冲他们来的。他满不在乎地掸掉裤子上的土。

唐焕义的确不是冲他们亮刀，他看见了徐立群。

街上传来喊叫声，徐立群还做着梦，她梦见自己憋得难受，到处找不到厕所，她想就地方便，结果许多男人围住了她。醒来，她听见了街上的吵闹声。

唐焕义向她奔来，徐立群刚好打一个哈欠。打了一半，她意识到问题的严重性。她怎么也迈不动腿，只是半张着嘴，两腿间尿水汹涌而出。

街上的人都瞪大了眼睛，罗小梅捂住耳朵，死命地叫了一声，闭紧了眼睛。

仿佛受了惊吓，唐焕义意外地停下脚步，四周看看，街上围了许多人，几个胆大的小伙子正在试图接近他，想制止他行凶。

接下来的事弄蒙了所有的人，唐焕义在距离徐立群两步远的地方站住了，唱出了很动听的歌声。

"你撞碎过贼船，你折断过魔爪，你是那海防前线的一把钢刀，一把钢刀。人民革命警惕高，耳边听那天边的雷鸣，大海的呼号……"

唐焕义忽然放声高歌，手里菜刀成了道具，他像在舞台上演出那样矫情地挥着手，砍乱了冬日的阳光。

唐焕义在最关键的时候疯了，他目光呆滞，投入地唱起了歌。直到他被送往新城医院，他再也没有停止过歌唱。

唐焕义在行凶的最后关头疯了，闻讯赶来的警察夺下了唐焕义的菜刀，把他铐了起来。

惊恐过后，徐立群发出了让人毛骨悚然的哭声，几个邻居把她扶回院子。罗小梅向人群中扫了一眼，她没有看见她要找的人，那两个以为闯了大祸的少年早趁乱跑没了影。

雀斑男孩和"司令"的出现，唤起了罗小梅对好朋友陶小米的思念，事实上，她从没有忘记陶小米，只不过纷至沓来的生活，使她没有更好的心情去想，每当走进校门，每当远远地看见向阳湖上亭子里的栏杆，每当看见百货商店进进出出的人流，她总会想她和陶小米在一起的日子。那是她们俩的日子。但每次念头一闪，也只能一闪，思念就在她的记忆里寂灭了。因为陶小米已经离开她了。

现在不同了，刘彦红的突然出现，在罗小梅的心底掀起了波澜。

徐立群患了可怕的尿崩症，两条大腿夹不住尿水，隔一会儿就要方便一次，镇医院束手无策。在她发病的日子里，恰好榆树镇来了一批走街串巷的江湖游医。

那些提着手提包的江湖郎中秘密地行走在巷子里，眯缝着精明的眼睛寻找着主顾，他们先拿出一件内衣，或者小孩玩的拨浪鼓，或者好看的风筝。然后适时地向人们推销一种黑药面，这种神奇的药面包治和生殖器有关的所有疾病。这些江湖郎中的到来给徐立群带来了模糊的希望，他们花言巧语地说服她，用家中仅有的二十斤白面换了十几包药面。

徐立群忍着恶心喝下一包包腥膻的药面，让罗小梅拿着郎中开给她的各种祖传秘方去中药店抓草药。罗小梅向学校请了假。早晨药店一开门，她管保第一个走进去，递上一张黄草纸写成的药方，然后她提上一小包一小包草药匆匆忙忙地赶回家，给徐立群熬药，给妹妹们做饭。

雀斑男孩好多天没来专政路，或许来了她没有遇见。罗小梅想，他肯定知道有关陶小米的消息。

有一天她忽然想到，陶小米会不会回来了，这种想法使她激动得不能自制，从药店出来她没有直接回家，拐去了城南。她找到了陶小米的家，怯生生地敲响了门。开门的是一个老太太。

"这家不姓陶，姓陶的两个月前搬走了，鬼知道那户人家去哪儿了。那家的小丫头叫小米，跟你一般大，敢和人家私奔。男的回前妻那儿去了，女的本来就是拐出来的，现在又给撇了，八成又嫁人了吧！当初这一家就是凑合在一起的，男的带着五岁的丫头小米，女的带着个半岁的小小子，据说他们在一个车站遇见然后就一起私奔了，为了姘居他们搬了好多次家。这回不用躲躲藏藏了，散伙了。就是小小子不错，要不一家人没一个正桩。"老太太唠叨了一通，问罗小梅，"你是他家亲戚吗？"

罗小梅伤心地走开了。回到家，煎药时烫了手，惹得徐立群骂了一气："和你那个怪脾气的姑姑一样，让人半拉眼珠看不上。多亏了她不在家，让我静了半年心，要不再加上你，还不闹死了。往年她就出去一个秋天，这回入冬了也没回来，没准死在外面了，省得她总赶老娘搬家。"

徐立群的病情出现了好转，罗小梅往药店跑得更勤了，徐立群

凤过白榆

不知道是哪服药有了效果，她只好一服一服重新试验。

这天罗小梅从药店出来，街上飘起了雪花。这是一个少雪的冬天，雪使榆树镇的空气潮湿了，专政路的小孩子们欣喜地抓起没盖住地面的雪，团成雪球打雪仗。榆树镇好久没有这样温暖的天气了，小孩子们的热闹给专政路带来了生气，连路边的白榆树的树枝的摇晃声也温和了许多。罗小梅羡慕地看着跑得小脸通红的小孩子，她跺着脚，立在最容易受到攻击的地方，等待一个飞错了方向的雪团掷到自己身上，那样她就可以团一个雪团，随便掷向哪一个孩子。

这时，专政路上出现了一个车队，高音喇叭搅扰了新雪带来的短暂的和谐和热闹。游行队伍在罗小梅的眼前经过，十几个穿着黑棉袄的男人站在几辆解放牌卡车上，他们面色阴郁，挂着纸壳牌子，上面写着"流氓诈骗犯"。

镇公安局的女宣传员庄严地向全镇的人通报着战斗成果。站在车上被游斗的正是那些江湖郎中，他们是南方某省的农民。他们流窜诈骗，用碾碎的胎盘和胞衣治疗阳痿和妇女不孕。

"这是一个流氓诈骗团伙，破坏社会治安，他们刚刚流窜到榆树镇，就被我公安机关一举抓获。"

罗小梅看看手里的草药，莫名其妙地产生了快意，徐立群喝的竟是那种脏东西！罗小梅虽然知道自己不应该高兴，可她忍不住。"让她喝去吧，看她再骂我，我就告诉她：'妈，你知道你喝的黑药面是什么吗？'"

真正值得高兴的事紧接着来了，罗小梅走到家门口，镇上的邮递员刚好停下草绿色的自行车，冲她晃着一封信："一百二十三号的罗小梅签字。"

揉搓得很脏的信封上写着罗小梅熟悉的大字，罗小梅把草药扔到地上，哆哆嗦嗦地撕开信封，急不可耐地抽出了两张粗糙的红格稿纸。

陶小米的字迹极其潦草。

"小梅，想念的小梅，思念的小梅。"陶小米这样开头，罗小梅心情立刻平静了，泪水不自觉地溢出了眼眶。

"你知道我在那（哪）儿给你写信吗？你猜不到的，你怎么能猜到我会离你这么远呢！我和他分手了，他没出息，害怕了。"

然后，笔锋一转，陶小米说起了另外一件事："想不到吧？我在这儿看见你姑姑了，没错，肯定是他（她）。他（她）怎么会在这儿呢？我去医院检查时在走狼（廊）里看见了他（她）。他（她）的腿 shuai（摔）坏了，大夫说她是一个捡破烂的。现在你知道他（她）每年秋天出去干什么，怎么会有那么多钱了吧？他（她）捡破烂，跑这么远捡破烂，攒下钱用来到红旗饭店喝杂碎汤。"

接下来更让罗小梅惊讶了，陶小米怎么说得出口呢？

"我怕我怀云（孕）了，就去检查，他妈的什么事也没有，白检查了。还告诉你，我不后悔，我们把什么都干了！你 dong（懂）吗？**什么！**"

罗小梅脸红了，鼻尖冒出了细密的汗珠，下面几行写着永不变心和思念的句子，罗小梅跳过那几行大字，寻找发信的地址。

信结尾了，陶小米根本没留下地址。

罗小梅抖抖信封，结果令她沮丧，信封里只有这两页纸。

罗小梅慌张地拾起地上的草药，草药被雪浸湿了。她硬着头皮走进屋子，她知道等待她的肯定是徐立群的一顿臭骂。

这会儿，徐立群没工夫骂她，徐立群在和客人说话。罗小梅看见妈妈的脸很怪地红着。

罗小梅进了屋，客人局促地站了起来。罗小梅认出他是专政路口住着的陆朝臣。

"回来啦，丫头。"陆朝臣亲热地打着招呼。

"咱家的鹅就是老陆送的。老陆，坐你的。老陆又养了一只鹅，问咱家要不要。"

罗小梅乘机把湿漉漉的纸撕开，将草药倒进药壶里。

"你出去玩吧，药下午再煎。"徐立群温和地说。

罗小梅看了陆朝臣一眼，胖老头笑眯眯的，拘谨地把两手放在胯骨那儿。走到院子里，罗小梅听见屋子里传来一声响，好像是凳子倒了的声音。她没有回去，她的心很乱，她想出去走走。

雪已经停了，好像比刚才冷了。罗小梅漫无目的地往前走，街边玩耍的小孩子恶作剧，躲在白榆树后面，见人从树下过，猛地一摇树干，树上的浮雪落下来，落在行人的脖子上，灌进衣服里，引起大人恐吓的叱骂。

没有人注意一个女孩忧郁孤独地行走，连最讨厌的男孩也不理她。她就那样走着，雪在脚下咯吱咯吱响。

罗小梅一直走到镇医院前面的人工湖，湖的四周胡乱地堆着冬天的垃圾，湖面被雪盖住了。这里的空气清新了许多，罗小梅没去那个水泥亭子，她远远地看着亭子四周的栏杆，回忆着瓜子皮在湖水里荡漾的情形。

回家的路上，罗小梅听到了唐焕义的歌声。唐焕义由他母亲扶着走去公共汽车站，唐焕义脸色苍白，毫无血色，不停地歌唱毁坏了他的身体，但他的脸上仍然洋溢着亢奋。唐焕义没有把罗成仁送到新城的精神病院，现在他自己却要被送往那里了。

罗小梅想起了罗成仁，他在汽车里表现得那样无助和怯懦，泪水溢出了眼眶，她抬起冰凉的小手拭去冰冷的泪水。

罗小梅转过身，她的身后站着一个瘦削的青年，也在目送着远去的唐焕义。陈章没认出罗小梅，罗小梅认出了他就是送父亲去医院的另一个叔叔，当时他轻佻地坐在车上，打着口哨。

陈章站了一小会儿，低头走开了。罗小梅清晰地看见了他的泪水。四年后，陈章在南方的一所大学里因失恋投湖自杀，消息在榆树镇传开的时候，罗小梅怎么也想不起他的模样了，她记得的只有一个模糊的形象。一个小伙子轻佻地坐在客车的座位上，嘟着嘴打口哨。从此以后她再也没遇见过他。她只在某个夏天看见过黄小英，她围着一条土黄色围巾，挺着难看的脖子。她提着包袱上了一辆长途贩运木材的卡车，她的身边坐着一个满脸胡子的中年人，显得喜气洋洋。

陈章和黄小英的关系永远成了一个谜，唐焕义出事后，人们没见过他们在一起，黄小英在医院住院，陈章也没去看她。或许那只是唐焕义的幻觉。

现在罗小梅还不愿回到阴晦的家里去，她在木器厂磨蹭了一会儿，那里有一些小孩子在打雪仗，他们恶毒地把雪球故意掷偏了。看看散落在脚边的雪球，看看亢奋的小孩子们，他们怎么这么小啊！她的目光奇怪地产生了怜爱，这是绝不应该在她这个年龄产生的长辈的心情。

罗小梅走回家，推开门的一瞬，她重又听见了歌声。粗粝沙哑的歌声毁坏了遥远的、模模糊糊的、却是希冀的闪光。歌声阻隔了她对于明天的向往。

罗小梅没有回头，她沉重地推开笨重的木门。

风过白榆

一个声音在她的耳边不停地回响：

"我们把什么都干了！"

"什么都干了！"

"都干了！"

第二部

第九章

"这是好兆头，丫头，别放下，我再仔细看看。没错，看看你手里拿起了什么？"

"瓶子，装荤油的瓶子呀！"

"你没叫它猪油，你管它叫荤油，这还用说吗？"

"姑姑，就为了这个你笑我？"

"这屋子里还有别人吗？你看吧，她们迟早要出事的，我早就看到那一步了，哼，总有那么一天，不信你就走着瞧吧！"

"我还是不明白，我拿荤油瓶子是什么好兆头。"

"这可是年三十晚上啊，你拿荤油瓶子，你要动婚（荤）了！"

罗小梅脸红了，把瓶子放在锅台上，看着姑姑罗云一本正经的模样，她不好意思地说："姑姑，别瞎扯了，照顾好你自己的伤腿吧！"

"你不用不好意思，这又不是丢人事，徐立群那样才叫真不要脸呢！不看你们几个，我早赶她走了。我拿一把笤帚，像撵狗一样地撵她，我会对她说：出去骚吧，你脏了我的眼了。这是我的房子。"

罗小梅不自在起来："你就不能说点好听的话吗？她碍着你什么了，你这么咒她？"

"说这话你真不知道害臊。要在十年前，她早就给挂上两只破鞋牵到街上去了，真那样，她就得自己说'看一看哪，你们不要学我。我是一个破鞋匠！'我看你这当闺女的脸往哪儿搁。你找对象的时候，人家就会说，'我知道她，她妈是个破鞋匠嘛！'看看，破鞋匠，多难听。"

"那你不说点好听的。"

"好听的留到过年说呢！"

"这不就是过年吗？"

她们笑了起来。街上的鞭炮声由稀疏变得密集，中间夹着孩子们的呼唤，彩明珠一串串升上天空，红红绿绿地闪亮。吱吱的啸声，是一种叫钻天猴的炮仗发出的，啸声过后是一声爆响。

她们边说话边走进里屋，地中间的饭桌上摆着两盖帘饺子。罗小梅收拾好面盆，换了件乳白色罩衫。走到镜子跟前，用手拢着头发。

镜子里出现了一个头发发黄的姑娘，好看的鼻子青春一样翘着，翕动着生气。她的眼窝不好看，有点凶；小时候很明显的雀斑浅了，嘴角微微下沉；稍往后一些，可以看见扁平的胸部。她努努嘴，不满意地离开，准备去涂点口红。侧身工夫，她从镜子里看到罗云一边盯着她的后脑勺，一边拆着挂在床头的一挂鞭炮，往口袋里装。罗小梅转回身。

"我什么也没干。"罗云慌乱地缩回手，尴尬的时候，她没忘记讨好侄女，"丫头，你越长越俊了，就像我们师卫生队的严护士。"

罗小梅不忍心再责备她，她很惊奇，被好奇心吸引了，这是第一次听罗云讲她参军时的事呢！"姑姑，严护士是谁？她长得真俊？"
她有意提起这个话头。

"俊，她在师卫生队就算俊的了，再俊一点的，都去文工团了。
那些受伤的小伙子都愿意让她包扎，打针。第一次看见男的把她吓
哭了，一个湖南人大腿根受伤了。领导把她好顿批评，一来二去她
和那个小伙子对上象了，小伙子伤还没好，她就劝他上前线。小伙
子哭着走了，结果上去第二天就炸死了。"

"后来呢？"罗小梅没想到会是这么一个故事。

"没有后来了。"罗云情绪坏起来。显然回忆伤了她的心。她不
安地捻碎了口袋里的鞭炮。

空气里飘荡起一股硫黄的味道。

"你从来没跟我说过当兵的事，镇上的人说你的军功章是捡
来的。"

罗云没有申辩，她说："随他们怎么说，我早就不戴它们了，
七九年红旗饭店一扒，我就不戴了。听蝼蝼蛄叫，就不用种黄豆
了。你什么也不用听，愿意听好的可没有那么多秧歌那么多戏，要
讲派人嘛，你听吧！张口就来。这就是咱们住的镇子，就这样过
吧，八二年我没想八三年的事，这不，一九八三年也来了。"

罗云侧耳听听，神色慌张地说："她们回来了，我听见脚步声
了。我得回自己屋去了。"

罗小梅听听，窗外鞭炮声此起彼伏，她没听见院子里有脚步
声。她打趣说："姑姑，不用跑那么快，你还没给我讲你的伤腿是怎
么回事呢，我的好朋友在一个地方的医院看见过你。"

罗云拖着伤腿笨拙地跨过门槛，一股凉风送回她的话："你说九
年前吗？哪天我再讲给你听。"

门上春联没有贴好，风一扯便碎了，哗哗啦啦地响。罗小梅对着镜子慢慢地涂着口红。

这时，院子里真的传来脚步声，两个妹妹为电视里的一句歌词争论不休，走到门口，罗小敏大声问道："大姐，饺子包好了吗？"

罗小梅拿起一叠烧纸，她想，快到"发纸"的时间了。一想到回来过年的死人闻到烟味便会挤进屋子，她鼻尖冒出了细汗。还好，屋子里换了一百瓦的灯泡，没有照不亮的墙角。

随后，徐立群吐着瓜子皮进了屋，一进门，她就说："丫头，准备点零钱，一会儿送财神的就到了。"

话音未落，一个黑袄黑裤的高个子老头出现在院子里，他扎着一条红腰带，穿着笨重的棉鞋，保持着快跑的姿势，挥着一张彩纸，纸上拓着水印木刻的粗陋的财神像。

"财神爷到家，越过越发。"

午夜的鞭炮声连成一片了。

一九七四年的春天，罗云回到专政路的时候，没有出现罗小梅想象中的情形——一瘸一拐地拄着木棍，或者一条腿绑着石膏，罗小梅怀疑陶小米是不是认错了人，把谎信告诉了她。看上去罗云只是一条胳膊在火车上擦伤了，涂着红药水，嘴唇上还有紫药水的痕迹。她背着一个拉练队伍中的女兵那样的行李，疲惫地走进了红旗饭店。

这时候红旗饭店的主食刚刚由玉米面变成白面，猪杂碎汤仍然是主要的特色。来饭店就餐的大多是外地人，悄悄地做投机生意的买卖人，为羽绒加工厂收鹅毛的小贩，面包厂从河北聘来的技师，他们面前都搁着一碗热气腾腾、香味四溢的汤，两张白面卷饼，一小碟香肠拼盘，再加上二两散装白酒，这足以使榆树镇人艳羡不已。镇上的人很少来开荤，他们习惯于在家里打牙祭，把每月定量供应的猪肉票换成一堆骨头。屠宰场的工人们工作极其认真，拿到副食店出售的骨头剔得很干净，即使这样，镇上的人也要让孩子喝口汤解解馋。家里谁的生日或者来了极尊贵的客人，他们偶尔也会光顾一下，走进饭店时他们总是穿得整整齐齐。除了几家大众化的食堂，红旗饭店是唯一讲究的地方。结果就惯坏了这饭店的服务员，客人露出一点穷酸样，进饭店的门，就会从服务员的脸上看出端倪，不是带答不理，就是给你白眼，要不你就等吧。"怎么还没好？""着急了吗？着急回家吃去，你急，我还急呢，没耐心就别下馆子。"

"我找你们领导，你这是什么态度，你不要看人下菜碟。"

"就下了，谁愿意侍候你咋的，愿找谁找谁，你找去呀！用不用我去给你叫？"

饭店的年轻人都是这两年刚从乡下回来的知青，憋了一肚子火没处泄，什么都无所谓。再者说："一看就不像个有本事的人，你看那副德行，就态度不好了，又能把我咋的？"

风尘仆仆的罗云偏巧赶上一个心情不好的姑娘。落座开始，姑娘就和一个外地人怄气，外地人到底被她气走了，她面色绯红地坐在罗云对面的凳子上。

罗云敲敲桌子："服务员，我要一碗汤，一碟……"

"敲什么敲，我又不是聋子，这样的主怎么都让我遇上了。"姑娘摔掉手里的抹布，站起身，冲后台喊道，"一碗汤。"

"丫头，"罗云定定地看着姑娘翕动的鼻翼，那两边各有一个冒了头的粉刺，她真想替她挤一挤。她说，"你说我是哪样的主？我来这儿吃饭，不是吃气，你不能态度好一点吗？"

"你喊谁丫头，这是你叫的吗？你来教训我，教训我的人没出生呢！"

"好吧，丫头，"罗云解开背包，伸手掏了一下，"我就治治你，看你还嘴硬。"

罗云拍在桌子上的是一枚奖章。姑娘轻蔑地笑笑："我当是什么玩意儿！不定在哪儿捡的呢！"

罗云就那样掏下去，等她拿出第六枚军功章的时候，姑娘的脸色已经惨白，粉刺下面冒出了汗珠："对不起，我不知道你是……"

"丫头，你不知道的事多着呢！"罗云的面前已摆了七八枚奖章。

听见饭店里争吵，街上许多人围了过来，玻璃窗外挤满了人，饭店的主任慌忙跑了出来。

罗云把一枚铜牌别在衣服上，冷冷地问："你是这儿的领导？在这儿吃饭得出示军功章吗？"

罗云走出红旗饭店，雨前湿冷的雾气正从镇外涌进镇子，潮湿团郁着专政路。她走得很慢，额头沁出汗水，她挂满胸襟的奖章叮叮当当地响着，她艰难地挺着胸脯走向家门。罗云笨拙的模样吸引了几个在路边赌瓦片的孩子，更准确地说是紫红光泽的奖章吸引了他们。一个大一点的孩子跑过来，殷勤地说："用我帮忙吗？"

罗云咬紫了的嘴唇和强忍疼痛歪斜的嘴角吓了男孩一跳，他本想接过行李就向她提出要求，用枚漂亮的电镀的主席像章和罗云交换奖章。现在看到罗云的样子，他撒腿跑掉了。

推开一百二十三号的大门，春天的雨水随即疯洒起来。罗小梅端着脸盆从屋里出来，她看见姑姑跌坐在门槛上，行李散在一旁。

罗云痛苦地叫道："丫头，帮我一把。"

春季阴晦的天气里，罗云痛苦不堪。她的左腿从脚踝处向上溃烂，直到膝盖下一拳头的地方。显然她的左腿做过手术。但除了她自己说出来，没有人知道她怎样受的伤，干什么受了伤。

这段时间，她和侄女罗小梅相处得很好，罗小梅又开始在药店和家之间奔走了。罗云把止痛片和熬好的草药拌在一起敷在伤处。她的屋子里散发出很难闻的药味。腿伤让她顾不上过问罗成仁走失的事了。

相反，徐立群却每天向女儿探听罗云的态度，她很守时地上下班，忙里忙外，对罗云的畏惧使她双颊消瘦。有时她想，又不是自己害了罗成仁，她干吗要害怕呢？可是不行，她不得不承认，她在罗云面前总是短着一口气。尤其当罗小梅告诉她，"姑姑说要找你算账"以后，她几乎吃不下饭了。

"她真这么说的吗？"

"你寻思我在撒谎吗？她一边敷药一边说，还咬牙呢！"罗小梅撒谎的时候，幸灾乐祸地看着妈妈皱起眉头。她总觉得对于爸爸，妈妈应该承担责任，至于承担什么责任，她可没想好。

终于有一天，罗云说："丫头，去把你妈叫来，我要问问你爸爸的事。"徐立群惶恐不安地走进罗云的屋子，她想罗云一定看出她的破绽了。早晨，罗云推开窗子泼水，她看见陆朝臣正好站在大门口和徐立群说话，他给她送来一块的确良布料。

见徐立群走进屋子，罗云对侄女说："丫头，你出去玩吧，我和你妈有话说。"

罗小梅不情愿地迈出门槛，徐立群面色苍白，一时间，罗小梅怜悯起母亲了。她不该撒谎骗她，她对母亲的愤恨远不及她想象中的程度。

罗小梅没有走开，她想不出姑姑会把妈妈怎么样。她的心咚咚跳。黑云从南边移来，专政路又要下雨了。她想起去年专政路一个奇怪的雨天，路北大雨飘泼，路南却连一个雨点没落。屋里的两个人说话的声音时高时低，她听不清她们说什么，但她们确实在争吵。

罗小梅害怕地想，她们打起来了。她想进屋去看看，可又不敢。

后来，屋子里传出一声惨叫，然后，徐立群走了出来。她脸上的表情和进屋时判若两人，挡车工晃着丰满的屁股说："想欺负我，没门儿。"

罗小梅走进姑姑的房间，只见罗云紧咬牙关，抱着自己的伤腿，额头滚下豆大的汗珠，"泼妇，你妈是个泼妇。"罗云涕泪横流。不用说，方才的较量中，徐立群胜了。她的方法很简单，照着罗云的伤腿狠狠地捶了一下。就这么一下，罗云彻底失了锐气，她和徐立群的关系从此翻了个个儿。

腊喳雀提前一个月飞进了镇子，这是种尖喙的比鸽子大不了多少的灰雀。它们落在白榆树上，躲避着顽劣的孩子的弹弓和麻皮套索，伺机啄食花盘仍然黄艳的向日葵。三通河的水溢出了河道，镇政府汛期防洪的通知贴在镇子里最显眼的地方。白榆树枝叶繁茂，专政路的空间狭窄了许多，女人们吓唬孩子不要去大河洗澡的叱骂，听起来就像满闻一口牛倒嚼的呼吸。夏天来了。

夏天来了，罗小梅的爱情还没有来临。她所在的制瓦厂在镇子边上，每天面对的石灰浆和铁制的瓦模让人引不起一点浪漫的想象。灰色的工作服，落了灰的帽子，上了锈的铁架，女工和男工的区别只是她们的嘴上多捂了一只憋气的口罩。制瓦厂的工作是体力活，罗小梅最羡慕的是厂里的会计，厂里的青年人只有他一个人干着轻闲体面的工作。会计是一个拄拐的残疾人，戴一副白边的近视镜，白净的脸上皱纹很深。春天有段时间，小伙子似乎对罗小梅很感兴趣。统计工作量时总是有意地给罗小梅多报一些，献一点小殷勤。有一次罗小梅去办公室找水喝，只有会计一个人在屋，他竟紧张得碰倒了拐杖。又有一次，到了开饭的时间，罗小梅找不到自己的饭盒了。她纳闷的时候，小会计红着脸说："我给你捎回来了。"罗小梅想也没想就说："你这个人真是的，越忙越添乱。"她一转身走到树荫里去了，撇下小会计一个人站在太阳地发呆。半个月以后，小会计给大家每人发了几颗水果糖，他结婚了，娶了一个想进城的农村姑娘。这时，罗小梅才注意小会计的表情。晚上她躺在床上，略有些烦躁。她不烦别的，烦的是第一个喜欢自己的男人是个残疾。她想起了除夕晚上她动过的荤油瓶子，那个瓶子第二天一早就被妹妹罗小花碰到地上打碎了。

和罗小梅正相反，十七岁的中学生罗小花长得十分清秀。晚上，躺在姐姐身边的罗小花睡热了蹬开被，伸出白皙圆润的双腿，罗小梅就着灯光看着自己瘦得能看见青色血管的胳膊常常自惭形秽。罗小花有一个很不好的习惯，她不愿意洗脚，她的袜子总是散发着热烘烘的异味，但这并不妨碍男孩子们喜欢她。爱情是一个奇妙的东西，如果爱情落到了姑娘们洗不洗脚的实处，那还有什么意思呢？

罗小花所在的一中是所普通中学，学校再提高教学质量也不会有几个学生能升学。学校的秩序混乱，谈恋爱成风。罗小花同班的

157

一个男孩子就因暗恋她几乎自杀。他喝醉了酒，挥拳头砸碎了教室的玻璃，玻璃碴扎进了手腕，据说在医院里他喊叫罗小花的名字，大家才知道是怎么回事。不过罗小花对她身边的男孩不感兴趣，她迷上了电视，迷上了美国西部片里硬汉型的影视明星，她更喜欢模仿那些衣着随便粗犷豪放的男主角。

专政路的居民首次看见电视是一九七六年。一九七六年是个灾年，九月份数日阴雨，人们踩着泥水一批批走进镇政府院子里的灵堂，从电视里观看遥远的北京举行的吊唁仪式。伟人毛泽东主席身盖党旗，躺在鲜花翠柏之中，沉重的哀乐和黑色人群的哭声给人们的心灵留下了创伤的印记。同时，第一次出现在他们面前的黑白电视也给专政路留下了深刻印象，以前人们只知道电影。据说一台电视机需要八百元钱，这令人们咋舌，八百元人民币在当年是一个天文数字。灵堂拆除后，那台借来的电视机被送走了，却留下了希望。许多人都想："什么时候能有一台电视机呢！"

一九八二年，陆朝臣拥有了一台十四英寸的黑白电视，当时，专政路的电视机不超过五台。如今专政路大多数人家都有了彩电，今天的孩子们无法想象一个人会因为有台电视机而改变了生活处境这样的事。对于当年的陆朝臣就是这样。

一九八二年冬天的某一个傍晚，陆朝臣站在自家的门口殷勤地招呼过往的孩子们："来看电视吧！"他说，"节目好极了。"

他的声音不时被街拐角处爆苞米花的声音打断。爆苞米花的汉子生意不错，他身边摇风轮的女儿差不多要算个美人，十七八岁的年纪，长得俊秀，又结结实实。她吸引了小伙子的注意力，他们先拿苞米来爆，然后就借故和她搭讪。父亲只顾忙碌，对小伙子们的殷勤他并不讨厌，倒颇有几分自得。小伙子们也知道这汉子不是个

158

省油的灯，他瞄着他们呢！他们稍有一点出格的事，他会立即做出反应。

陆朝臣看出了门道，他有了主意。径直走去街口，"兄弟，"他招呼准备熄火收摊的汉子说，"这么晚还不歇着？"

"啊！"汉子直起腰，陆朝臣和善的脸博得了他的好感，"这就收摊了，老哥，这附近有旅店吗？"

"镇子里就一家国营旅社，在新华书店对过，你们往前走五百米就看见了。"

"住一宿多少钱？挺贵吧？"

陆朝臣知道汉子会这么问，他回答说："贵倒不贵，一宿六块钱吧！"他观察汉子的表情，果然面露难色。

"这样吧，"陆朝臣慷慨地说，"我姓陆，就住附近，你们要没地方落脚，就去我家住吧。"

汉子露出了笑脸，假意推辞说："那多不好。"

"没什么不好的，我们家就我一个人，晚上你们可以看看电视，今晚的节目好着呢！"

"妮子，咱给你陆伯爆一锅，然后收摊。"姑娘爽快地应了一声。

陆朝臣看看既想找机会搭讪，又没胆量的几个半大小子，他招呼说："帮个忙，把这些粮食先搬到我家去，一会儿就在我那儿看电视。"

陆朝臣借爆苞米花的小姑娘博得了几个小伙子的好感。他们略一迟疑便同意了。再说陆朝臣在他们父辈的印象中的可怕历史，早成了他们想探究的传奇，他们没和他接触，一半是总有那么一点恐惧，另一半便是习惯了。他们习惯了陆朝臣的豆芽筐摆在市场的一角，习惯了他有点怯懦又有点讨好的笑容，他就那样拎着秤杆，笑

159

眯眯地说几句不得不答的极简短的话；要不他就一言不发，坐在筐后面看报纸，他订了好几份报。陆朝臣回到镇子里快到十年了，一直做着豆芽生意。他去附近的农村用便宜价格买来黄豆和绿豆，放在一个囤子里让它们生芽，然后，捞到柳条筐里到市场上出售。就是这件不起眼的生意，让他成了最早买得起电视的人了。

几个年轻人在陆朝臣的两间草屋里受到了超乎寻常的欢迎，他们过年一样地像模像样地喝茶水，嚼着姑娘爆的苞米花。边看电视边打趣对方已赢得姑娘的注意。后来他们打起了扑克，说好了谁输了谁买苹果。正当输家急得冒汗的时候，陆朝臣拎了一网兜梨回来了。

小伙子们扔下牌，不过意地说："老陆，你看老陆，真是的！"

小伙子们想，这个老陆原来是个活络人。在自己家里，父母、亲戚，没一个把他们当大人看，说他们吃闲饭。待业又不是我们的错。老陆就不，看得起咱们呢！

"以后咱就把这儿当成点吧，常来聚聚，你说行吗，老陆？"

"行，行，你们要不嫌弃，我给你们每人配把钥匙，我不在家你们也可以来。"

第二天一早，爆苞米花的父女俩离开了镇子。他们前脚走，紧跟着就有人来了，是昨天晚上小伙子中的一个，擦着熬红了的眼睛，揩去眼屎。远远地就喊："老陆，我帮你装豆芽吧！"

陆朝臣的两间草屋一度成了专政路最热闹的场所，待人和气，出手大方的陆朝臣赢得了更多人的好感，有人来给他提亲了，陆朝臣总是笑着摇头，临走时不忘给人家装一方便袋上好的绿豆芽。

陆家的热闹终于过了头，腊月十四，陆朝臣的锅台被挤着看电视的孩子踩塌了。又过了一会儿，院子里飞起一只二踢脚，头响响在放的人手里，二响没听见，落在房顶上变成了火苗。好容易灭了火，两个互相看不顺眼的小子打了起来，碰碎了窗玻璃。

随着镇中心百货商店的电视机销售量的增加，陆朝臣的屋子人开始少了，常来的还是那些待业青年，来了也不看电视，更多的时间是赌扑克牌。有一天，他们中的一个半夜出去解手，顺便抱回只母鸡。这个头一开，便不可收了，小伙子们常常半夜骑上车子走出镇子，回来时带回偷来的鸡、兔子，香香地炖上，喝着老陆买来的酒。

老陆还是那么谦和，和他们一起吃喝，喝着喝着，他们就有些感动，举起酒杯，说："老陆这儿真是个好地方。"

又说："老陆明天你别卖豆芽了，我们保证你有吃有喝。"

陆朝臣还是卖他的豆芽，遇见面熟的妇女来买他的货，他总多抓上一把。专政路的居民想起当初老陆请客的事，不免脸红了。觉得对不住他，见了他先打招呼。陆朝臣受宠若惊忙不迭地答应，赶紧跑去食杂店买点糖果，出来塞到大人旁边的孩子的小手里。大人不在身边，他也给小孩子们买点什么。懂事的小女孩收到陆伯伯给的东西总要比男孩子多一点，这令她们十分自豪。常在陆伯伯身边玩的女孩发现陆伯伯有病，他的双手颤抖，给她们吃的总会撒进她们的衣服里。"伯伯不好，又撒东西了，让伯伯给你弄弄。"陆伯伯忙不迭地说，人多的时候，陆伯伯轻轻地给她们搂搂衣服。要是没有别人，一双汗湿的手便会伸进她们衣服里。陆伯伯的手很绵软，她们不会感到不适，被陆伯伯碰到痒处，她们就会笑出声来。

小女孩天真的笑声在专政路的一隅回响，闷热的雷声回应着这笑声，浸了浊水的阴云从遥远的天边移来，直逼榆树镇的上空。夏天的雨季到了。

161

风过白榆

河水上涨，制瓦厂不得不停止生产，工厂的办公室做了抗洪抢险指挥部，男职工被镇政府统一编入护堤小组。女工被指定在家中待命，做一些后勤工作，实际上等于给她们放了假。

汛期刚刚开始，水势便十分骇人，险情不断。有线广播一日数次通报水情，榆树镇人心惶惶。镇中学离拦河坝有二里之遥，但地势低洼，雨水倒灌，两天工夫，操场上水没脚踝。没用学校通知，学生们就自动停课了。

专政路弥漫着一股下水道的气味，求欢的猫在雨天哀叫使人十分烦躁。田鸡油漂浮在水坑里，人家的屋子又出现蟾蜍了。专政路一百二十三号的院子里长出了狗屎一样的青苔，罗云的卧房弥漫着草药的味道。罗云每天闷在屋子里，连解手都在室内，然后从后窗泼出去。她恐惧院子里的苔藓，害怕自己走出去会踩上那滑溜溜的东西。不踩不行吗？不行，她以为自己只要一出门口，苔藓就会自动移到她的脚底下，摔她个仰八叉，连想一想，她都腿疼。

她的担心很快被验证为并非是多余的。中午，她看见罗小敏穿着一双大人的雨靴，戴着一顶旧草帽，晃着两条小胖腿出现在院子里，她吧唧吧唧地踩水，蹲下身捉青苔上伏着的三叫驴，三叫驴是类似蝈蝈一样的昆虫，肚子比蝈蝈小，叫声粗糙。小丫头摆弄着那只被雨水打蒙了的昆虫的翅膀，用嘴吹了吹。这时，一道闪电忽然划过南天，雷声紧接着来了，地动山摇的一声响。罗小敏骇得张大了嘴巴，然后哇地哭了，她扔掉手里的虫子，转身往屋里跑，没转回身，她就摔倒了，嘴巴触到地面，泥水糊住了她的后半声哭叫。徐立群叫骂着走到院子里，抬手打了女孩几巴掌："不让你出来你偏出来，你找死啊？"

罗云觉得徐立群真丑，她随手关上了窗户。

罗小敏高烧不退,经诊断,她患了严重的肺炎,需要住院治疗。徐立群烦躁地回家取了一些衣物和看护用品,她抱怨几个丫头没用。

"这个心我操够了,"徐立群说,"说不定哪天我就嫁个汉子,把你们扔下自己过。"罗小花正对着镜子涂眼影,她想弄得迷离一点。徐立群伤心地说,"你妹妹住进医院里,你还有心思臭美,去柜子里给我把那条新毛巾找出来。"

"你有完没完,嫁汉子嫁汉子,从小我就听你说。"罗小花气呼呼地扔开两毛钱一支的眼线笔,边翻柜子边嘟囔:"人家肯不肯要你还两说呢!这两年人家怎么不理你了?就是受不了你的脾气。"

徐立群吃惊地看着二女儿:"你说什么?你再给我说一遍,你说的人家是谁?"

罗小花有点害怕了,小声分辩:"我又没说什么。"

在厨房淘米的罗小梅走进屋,把罗小花拉开:"去替我烧火,妈,我替你去医院吧。"

徐立群没应声,她在想别的事,她想陆朝臣真的有半年时间没找她了,他不能说把她甩了就甩了,她得报复他,让他赔偿经济损失。

徐立群白天黑夜地守在医院里,顾不上做家务,好在罗小梅任劳任怨,让她放下半颗心。罗小梅不肯让妹妹干活,罗小花就有了更多的难以打发的时间,住在院子里的姑姑也令她厌烦透顶。姑姑的脑子一定是有毛病了,她化妆的时候,罗云总是突然出现在她的身后,阴郁地说:"要出事了。"

又说:"大水真应该把这个镇子淹了,冲得一点不剩,今天广播又没叫,该死的水,是不是消了?"

163

风过白榆

广播站恢复了正常播音，说明水有了消退的迹象。罗小花来到街上，刚从堤上下来的一队民工倒提着铁锹，挽着裤脚，疲倦地从她身边走过。有个大胡子的小伙子故意落在后面装作系鞋带，他只是为了向路边站着的姑娘眨眨眼睛。阳光下，马路蒸腾着水汽，年轻人的衣襟系在前面，露着红裤带，他的裆部也很明显地隆着，罗小花脸红了。年轻人注意到她的变化，打个口哨，快活地走了，追上他的同伴说了什么，有几个人一齐回头笑了起来。罗小花感到了委屈，她心里毛草草的，她想追上去骂他们不要脸。但直到他们走去五金厂后面的巷子，她才向前走去。

白榆树筛下斑驳的光亮，专政路恢复了往日的平静，水灾显得十分遥远。罗小花在电影院门前买了一包五香瓜子。她记起十几年前一个炎热的下午，她走过闷热的街道，到电影院门前看热闹。电影院的售票口挤满了人，他们在争购电影票。电影的片名叫《卖花姑娘》。售票口的玻璃被挤碎了，有几个人竟踩着下面的人的头和肩膀往前冲。后来就发生了流血事件，罗小梅拉着她往回跑，藏在卖冰棍的老太太身后。过了一会儿，一个满脸是血的男学生跑来，买了支冰棍，就蹲在地上吃起来。卖冰棍的老太太关心地劝他去医院，他满不在乎地说："反正我买到票了，十二排十号，绝对是个好座号……"

"真有意思，好座号。"罗小花吐出一个发苦的毛嗑儿。电影院的广告牌上写着行粉笔字："因抗洪抢险，放映工作暂停。"罗小花失望地往回走，阳光太热，卡车碾过柏油路面，发出喳喳的响声。

罗小花想回家去睡一觉，太阳晒得她昏头昏脑。她懒怠地往回走。这时听见后面有人喊她，回头，只见陆朝臣提着一包熟食和两瓶白酒走来。

"去我家看电视吧，"老陆说，"今天下午有个美国西部片。"

六月份的一个星期六，那天在专政路居民的记忆中是一年里最热也是最长的一天。太阳迟迟不肯下山，人们想起了一九六八年博物馆门前的白榆树上挂着的红太阳——一盏鼓一样的红纸灯笼。纸糊的红太阳照耀了四个夜晚，才因守卫在树下的红卫兵打瞌睡，风吹倒了蜡烛烧掉了。

警报彻底解除了，最后一批护堤的工人撤回镇里，铁锹和其他的工具划过街道，聒噪声特别刺耳。田小脚很长时间没有露面了，这个晚上她沙哑的声音又响了起来，她在呼唤她的小脑袋孙子。半年前，又一个小脑袋死掉了，田小脚只剩下一个孙子了。她的声音和街上的喧闹声混杂在一起，时强时弱，像用旧了的高压锅释放的热气。

罗云坐在院子里的白榆树下，看着满天飞舞的蜻蜓，摇着蒲扇驱赶着等不及夜晚来临的蚊子。罗小梅坐在姑姑的对面，细心地择着上午买回来的一捆水萝卜缨子和两扎涝了水发黄的生菜，她想再买点泥鳅就好了，涨水使市场上鱼价降低了三分之一。

"护堤的人不该回来，到不了天亮又要下雨了。"罗云忧心忡忡地说，"你听到雷声了吗？"

罗小梅抬起胳膊赶开落在盆沿上的苍蝇，她感觉一阵恶心。

"你会听到的。"罗云肯定地说，"我腿又痒了，我的腿一痒就要下雨，好几年了，从来没有错过。"这天晚上，罗云忽然关心起罗小花："那个丫头怎么还没回来？"

罗小梅烧好饭，做了一小锅土豆汤，装好饭盒去了一趟医院。罗小敏的病好多了，徐立群还在和罗小花生气，好几天也不肯回家："我懒得看见她，算我白养了你们。"

从医院回来，还没见罗小花的影。罗小梅自己吃完饭，便和衣躺在床上，一会儿，竟睡着了。

晚上十点钟，罗小梅被一阵雷声惊醒了，她慌乱地拉亮灯，看见罗小花正坐在饭桌边发呆。

罗小梅向窗外看了看，天空扯起了闪电，白榆树瞬间枝叶摇动起来。她打了个哈欠，捶捶后背，回想方才的梦境，她的脸红了。她生怕妹妹发现自己的不自然，回头看了一眼，她吃惊地看见罗小花站在地当中慢慢地脱衣服。罗小花竟站在地中间脱衣服。

罗小花每脱下一件都板板正正地叠好。她用了好长时间脱掉了本来很少的外衣。她扬起胳膊，脱掉了套头的短背心，侧着身子，几乎看不出她的乳房，她没有发育好呢。最后她一下子脱掉了内裤，揉成一团扔到了床底下，好像这屋子里就她一个人。罗小花根本就没看姐姐一眼，罗小梅的脸羞得更红了。除了在浴池，她从没看过妹妹这样赤身裸体。现在罗小花把所有的衣服都脱掉了。上床以前，她撸下了扎头的皮筋套。

"闭灯吧。"罗小花说，"你那么愣着干什么？我觉得这样睡更好。"她冲姐姐笑了笑。

看见妹妹的笑脸，罗小梅长出了一口气："你把我吓死了，我还以为出了什么事。"

半夜，睡得很不踏实的罗小梅觉得妹妹在推她，她睁开眼，不祥的预感闪电一样划过，她恐惧得喊不出声音。她坐起来才摸到了灯绳，然后她看见了妹妹青紫的脸。

罗小花满面泪痕，声音微弱颤抖："姐，他们不是人！"

浓烈的药味就在这时弥漫开来，气味从地当中空药瓶子里发出，像一朵慢慢绽开的罂粟的花蕾，舒展，舒展，长开了。罗小梅立刻明白发生了什么。她的大脑一片空白，怎么也找不到裤子，其实裤子就拿在手里。找到了，双腿发软，又穿不上。罗小梅顾不上给昏迷的罗小花穿内衣了，只给她胡乱地套上外衣，奇怪的是她竟能抱动比自己矮不了多少的妹妹。罗小梅抱着妹妹跑出房门，必须把妹妹送进医院。院子里好像铺了一层棉花，那样暄软，她每一脚踩下都陷进去很深，院子里的石板路变成了稀泥塘。她以为自己流泪了，跑到大门口，发觉其实是雨。一场暴雨就在这个时候来到了榆树镇。罗小梅摔倒了，摔得晕头转向，罗小花的头压在她的胸口，她想妹妹一定摔死了，她使劲地摇晃。回头看看，她摔倒的地方离家门不到五十米。可她再也抱不起妹妹了，她把妹妹的头枕在大腿上，探出身子挡着雨。这时，她绝望地放声大哭，她不知道自己的哭声能传多远，可她不会呼吸了，除了号哭，她什么也不会了。

凌晨两点，五金厂二十几个工人在倒班宿舍里被唤醒了，三通河的洪峰随着大雨汹涌而来，河堤进入最危险的时刻。他们睡眼惺忪地穿上雨衣，提上铁锹冒雨赶赴镇外的护城河堤。跑到专政路，他们听到了毛骨悚然的哭叫声，跑在前面的小伙子最先发现了马路当中哭天抢地的姑娘。姑娘死死地拽住他的裤脚："快，快，要死了。"

小伙子去抱病人的时候，却怎么也抱不起来，罗小梅仍死死地搂住妹妹的腰不肯撒手。

后面赶上来的人好容易把她的手掰开，罗小梅眼看着妹妹被一个人背着跑走了，她全身瘫软，坐在水洼里，连站起来的力气都没有。

第二天上午，镇公安局的警察来到医院，他们验看了罗小花的尸体。无论他们提出什么问题，徐立群的回答只有一样，她坚持罗小花被送进医院还活了两个小时，可急诊室的两个医生却在调情，没采取任何救助措施。

"我要告他们，人不是可以随便死的，说不治就不给治。"她哭着说，"见死不救叫什么医院哪！"警察们当然不会相信她的话，更可能的情形是，罗小花没到医院就死了。他们关心的是罗小花的死因。她为什么自杀？

案情并不复杂，法医认定，罗小花死前曾被轮奸。

风过白榆

第十章

专政路更换了新的路标，改名工农路了，但人们仍习惯地称它专政路，可习惯毕竟是习惯，习惯的一部分总会因为不适应而被改掉。镇政府采取了措施，结果落款有专政路字样的信件被原封不动地退还给了寄信人，邮局不再受理这样的信件。这项措施实行了一段时间，街道委员会又对门牌号重新调整了一次，大部分门牌号都变化了。漆成红色的门牌亮闪闪地挂在居民的门楣上方，接着出现在榆树镇的公函和居民信件的信封上。

人们还是平静地接受了这种变化。在一个地方住得久了，熟稔了周围的每一寸地方，一天忽然有人告诉你，你住的地方更换了新地名，也许你还会感到有点新鲜呢，说到底，地名的变化充其量只会带来一点小麻烦。就像当初的花子胡同改为专政路，过一段时间，你就觉得，它就应该叫作专政路一样。

现在任何事都不会引起罗小梅的注意了，罗小花的案子一破她就病倒了，她听见院子里的白榆树簌簌的声音便抖成一团。除了发抖她再感觉不到别的，她差不多麻木了。洪水使制瓦厂遭受了重大损失，几百吨水泥板结了。工厂停发了工人的工资，挪用这笔钱购买原料，工人们情绪很大，准备串联起来上访。主事的人找罗小梅签名，罗小梅面色晦暗，无精打采。她的神情表明了她的态度，生活已没有什么事能提起她的兴趣。

榆树镇一场大规模的灭鼠运动是上个星期二开始的。镇自来水厂附近的一户人家的自来水管堵塞了，丈夫拧开快要锈死的水龙头，发现堵塞水管的竟是一只死鼠，他怕妻子知道了恶心，没吭声就把它扔掉了。而另一家的妻子却没这家的女人幸运，她的丈夫不在家，她只好自己动手。当看见堵塞水管的是只死鼠，她当场晕了过去。你能想象吗？你喝过的水竟泡过一只死老鼠，即使是个头很小的一只。这事一想就让人恶心。也是这天，自来水厂的技术员发现水塔流出的水很混浊，他登上高高的水塔。水塔里有上千只大小不一的死鼠。技术员环视全镇，镇子里所有的榆树都在唰啦啦地晃动，水波浪一样。技术员头晕目眩，他喊道："妈呀，耗子们爬到水塔里自杀了。"

没有比这种事更能让人产生恐慌了，谁能保证这仅仅是偶然现象？出了事故，政府能做出的最快反应是迅速成立一个调查处理小组。调查组是成立了，调查工作却毫无进展。自来水厂拿不出一个让人信服的解释。老鼠会经供水系统分流到用户的水龙头那儿去，这怎么可能呢？还是防疫部门及时为镇政府解了围，通过各种途径下发鼠药，灭绝隐患是最好的办法了。自来水厂一天二十四小时派人守在水塔和净化水车间值班，以防中毒的老鼠铤而走险。

这天下午，罗小梅听见姑姑在院子里的大树下和人吵嚷，起初她还以为姑姑自己梦呓，罗云经常乘着乘着凉就喊几句莫名其妙的梦话。等她听清楚姑姑是在清醒地说话，她推开了窗户。

凤过白榆

院子里站着一男一女两个年轻人，罗云在和他们说话。"我跟你们说过了，我们家没地方再放这粉色骗人玩意儿了，你们来晚了，我们家够用了。要是好使，反动派早被毒死了，我怎么一只也没看见？"罗云说，"你们走吧！"

"什么粉色玩意儿？是说老鼠药吗？我们不是发耗子药的，我们找罗小梅。"男青年着急地说，他个子不高，嗓音和他的身体一样单细。

罗小梅和陶小米几乎同时认出了对方。陶小米在这个时候出现在她面前，这多让人意外啊。她回来看望自己了，可她却几乎把这个好朋友、好伙伴、好姐姐，还有好什么来着？给忘记了。罗小梅从窗户翻了出来。

"小梅，给你姑姑说说，我们不是发耗子药的，我手里要有，早就自己吃了。"陶小米笑眯眯地说，她的表情比罗小梅平静得多。罗小梅反倒有点不好意思了。

罗云仍斜睨着陶小米，她已知道来的人是侄女的好朋友，可她的气还是顺不下来，见侄女看她，她嘟囔说："耗子药就是不好使，我没看见一只死老鼠。"她的话音未落，从白榆树后面猝然奔出一只老鼠，在大家的眼皮底下歪倒，抽搐几下，死在了长出霉苔的石板路上。

进了屋，陶小米一屁股坐在床头上，蹬脱了两只鞋，躺倒伸了个懒腰。她笑着说："你姑姑可真凶啊，她把我们当成反动派了。"

罗小梅倚着门，双颊通红，拼命地打量她的好朋友。许多话堵在嗓子眼："你变矮了，我以为你起码有一米六五以上的个了。你变胖了，屁股也变大了，看上去不像个姑娘了，你听了不会生气吧！你的脸只有眼睛还和以前一样，不过眼角已经有皱纹了。你怎么穿

风过白榆

得这么随便！你的皮鞋鞋跟坏了，你的日子过得不顺吗？你真的是陶小米吗？我怎么越瞅越不像！几年的时间真的会变化这么大吗？"

这时，陶小米说话了，她仍笑眯眯的，她说："我也觉得你不是罗小梅，好朋友来了，你总得让人坐下说话吧。"

肯定是了，没错，怎么会错呢？罗小梅眼圈立刻红了。刚才想说的话都给咽了回去，她像她们从没分开那样对阿尔巴尼陶小米说："你知道，我妹妹刚死……"

陶小米收敛了笑容，同情地说："这我知道，他已经告诉我了。"

陶小米身旁的小伙子解释说："镇子里都知道，我也是前些天听说的，我真没想到那天坐在雨里哭的人是你。"

罗小梅瞪大眼睛，小伙子继续说："我要知道是你，我就会在医院陪着你了。"

罗小梅认出他了，他是当年的雀斑男孩，这么说，那天夜里送罗小花去医院的人就是他了。

她认出来了，可不就是他吗？"我的大名叫武强。"小伙子说。

生活真是奇妙，有一天身边的好朋友走得一个不剩，忽然间他们同一天回来了。罗小梅被这种变化弄蒙了，她忘记了悲伤，忘记了感激，她惊讶地问武强："你一直住在镇子里吗？我怎么一直没看见过你？"

172

武强说："去年我看见你两次，我猜你早把我给忘了，就没敢和你打招呼。"

陶小米说："我回来第一天就在街上碰见他了，我问你是武强吗？还真是。"

"你什么时候回来的？怎么一直没有你信？"

"我早就不会写字了，"陶小米说，"再说也用不着写信，我这不是说回来就回来了吗？"

"可你回来得让人没有准备。"

"还要有什么准备？买点瓜子嗑嗑吧。"

罗小梅转身往外走，陶小米叫住她："你的心眼怎么还那么实啊？我早买好了。"陶小米从口袋里抓出一把瓜子放在桌上。陶小米嗑瓜子的速度简直惊人，两片嘴唇不动，瓜子皮就纷纷吐出去，像用手扬开的一般。

陶小米边嗑瓜子边冲罗小梅做鬼脸，罗小梅忍不住笑了。她想起那次陶小米也是这样嗑着瓜子，嗑的瓜子皮都吐在手里，她们在木器厂门口碰到了一个脏兮兮的小男孩，陶小米一边冲她做鬼脸，一边走到那孩子身边，把瓜子皮一下扬到男孩子的乱草样的头发上。"下雪喽！"她喊道。男孩竟傻乎乎地抬起头看，当空是秋天的太阳。发现上当，他拾起块石头追了上来。你猜当时陶小米说了句什么？陶小米说："你刚才放的屁真臭。"男孩的脸变得通红，辩解说："我没放。"

"放了，真臭，臭死了。"

"我没放。"男孩忘了要报复的事。他只是一味辩解，"我就是没放。"

陶小米拉上罗小梅跑开了，跑出不远她俩停下来，躲在胡同口，男孩子正在抖落头上的瓜子皮。她俩再也忍不住，笑得岔了气，笑得根本停不下来。

罗小梅笑了，她感到自己似乎有好多年没有笑过了。一碰对方的眼神，陶小米立刻知道了罗小梅想起了什么，她拉住罗小梅的手，两个人笑作一团。笑得旁边坐着的武强也跟着笑起来。

收住笑，气氛好了许多，罗小梅问道："你这些年到哪儿去了？"

陶小米岔开她的话头，说："我以后会告诉你的，我要在镇子里住一段时间，咱们有的是时间唠这事。"

陶小米东拉西扯了一会儿，打听了一些镇子里的事，就站起身要告辞了。她在朝阳旅店包了一个房间，"有空到我房间去吧！"她说，"我还是住那儿舒服些，我可不敢住在你家，你姑姑不把我成美国鬼子才怪了。"

罗小梅一直把他们送到街口，才恋恋不舍地往回走。走进家门，扫着地上的瓜子皮，她忽然失落起来。她总觉得这次会面太简单了些，在她的想象中，久别重逢总要比这热情得多吧。但毕竟陶小米来看她了，她终于有一个人说说知心话了。

"要不我叫你大嫂吧！"小男孩这样说。

他们迅速对视一下，她勇敢地笑了。他很感动，重重地拍拍小男孩的肩头。

小男孩感到了友谊，眼睛有点湿润："你们会给我写信吗？"

她摇摇头，她早想好了，她不想让任何人知道他们的去向。

"那他们问我呢？"

"你自己不说就没人说你知道这事。"

"那，那好吧！"小男孩回头看，检票口仍然没有人，他们来早了。镇子里的轧钢厂的声音很清冷，模模糊糊的。

伸向远方的钢轨覆着盐面一样的霜芒，月台上湿漉漉的，路边的白榆树尿噤一样地抖，抖落下许多死叶，寒冷黏在树叶的叶脉上，好像蒙了一层水雾，树叶沉了，摇两摇，噗嗒一声垂直落地。站前广场上，捂着口罩的清洁工闷头扫着大街，扫帚头唰啦啦地划过清冷的路灯光。用嘴里呼出的热气暖手时，清洁工向月台上望望，她有点羡慕那三个少年，他们这么点的年纪就坐火车出远门了。她向这面看着，如果再靠近一些，她一定能看到两个大一点的孩子露出了慌张的神色，她怎么可能猜到那个高个的少年和女孩是准备离家出走呢！

三个人又沉默了一会儿，高个少年虚虚地拉起了女孩的小拇指。小男孩的心情很复杂，抽抽鼻子，揉揉眼角的眼屎，小男孩脸上长着许多雀斑。

检票口的人渐渐多起来，从他们的对话得知，火车就要来了。于是三个人离别的情绪浓了起来。"我不能保护你了，以后你得自己保护自己了，要是谁敢欺负你，等我回来再收拾他。"高个少年拍着小男孩的肩头说。

小男孩立刻看出陶小米的脸色变了，陶小米说："你还想着回来吗？这地方你还没待够吗？"

高个少年转回头，踢开一个石子，石子撞在钢轨上，清脆地响了两声。他有点心虚了。真的，就永远离开这儿了吗？他这会儿想起父亲也许不是那样没有一点温情，也许他这会儿正看着地上的酒瓶子后悔呢，后悔把他这个儿子赶出了家门。母亲会不会痛不欲生呢？总比看见门槛夹死一只鸡雏伤心吧！他没有更多的时间犹豫了，火车来了。

汽笛过后，一列黑乎乎的火车远远地驶来，车站上候车的人不自觉地聚成一堆一堆，做好了挤车的准备。分别的最后时刻到了，小男孩觉得自己应该表示点什么，高个少年已经护着女孩向车厢的门口冲了过去。女孩临上车回头冲小男孩摆了摆手。"还是女生心细些。"小男孩很大人地想。

风过白榆

女孩期待的像模像样的告别没有出现，他们非常草率地上了车。车下的小男孩虽然仍盯着火车，火车开动时，他并没有挥着手随火车向前跑动，他在狠狠地擤鼻涕。深秋落霜的清晨把他冻坏了。

高个少年倚在过道里，在十米开外的地方盯着女孩。车厢里很拥挤，他好容易把她安顿在车厢连接处的水池旁边的木箱上。他们约好了在火车上离得远些，免得被镇子里出差的人发现。上车前，他对她说："镇子里没几个人不认识我，我不是吹牛，火车里肯定有认识我的人。"

"那是你太能打架了，以前我看见你都害怕。"

"现在还怕吗？"

"有点，真的还有点怕你。"

他发现她有个口头禅，她总爱说"真的""真的"。他重复了一遍，两个人笑了。

车厢里明亮起来，坐了一宿夜车的人纷纷挤到水池处洗脸。难闻的肥皂味儿败坏了她的情绪。

她埋怨地向他望一望。他正盯着从行李架上取提包的一个中年人，中年人下站下车，他想占住那个座位。忽然，她就觉得他很陌生，莫名地生出了孤独，连第一次出远门的新奇和忐忑都压不住的孤独。她皱起了眉头。

中午的时候，他来到了她的身边，在她的身边站住，他把座位让给她之后就走开了。隔一会儿，他就从她身边走一趟。她心事重重，对面坐着一对中年夫妇，妻子无意中注意到有个男孩子一上午总是去厕所，她在丈夫的耳边说了句什么。中年男人皱了皱眉头，然后从桌子上拿起一个苹果："吃个苹果吧。"他发现女孩慌张起来。

他赶忙笑笑说，"怕什么？不问你要钱。"

这时，他恰好过来，或者他早就明白了那对夫妻的企图。冲她摇了摇头。

她于是没有应声，中年男人冲妻子瞪了瞪眼，怨她多管闲事。妻子捡个没趣，又去找旁边的老头攀谈了。这样，她没有说一句话，上午就过去了。

下午，他们还是忍不住坐到了一起，现在他们能做到的只是不说话。他的心里想着愈来愈远的镇子，想着家人和学校发现他们出走了会做出什么反应，他猜想父母一定着急了，妈妈肯定会抱起他的枕头，喊着他的名字放声大哭，想着想着，他竟被这种想法感动了，鼻子有些发酸。她却在盘算今后的生活，她也许真是要依赖身边的这个人了，她模模糊糊地想他们将来还会有个孩子。简直不可思议，但她的确是这么想的，想着以后一回想就酸涩得发笑的问题。

两个面包做了午餐，对面的中年夫妇好像察觉了什么，总是找机会问他们话。提一些诸如"你们这是走亲戚吗？""你们好像是学生，你们要去哪儿？"一类的问题。

这使他们感到了危险。他们决定在下一站下车。

他们来到一个陌生的城市，一个离榆树镇两百里开外的大的榆树镇，之所以产生这种印象，是因为这座城市里除了没有白榆树，街道比榆树镇长一些，再有点不同，那就是更杂乱，显得更没规矩。

站前广场上停着一些公共汽车，提示着有许多条路供他们选择。

"咱们去哪儿？"少年问身后的女孩。

"你说呢？"她有点欣喜地问。城市里虽然杂乱些，比火车上

风过白榆

可安全多了，她几乎认定那对夫妇窥破了他俩的出走，捏了一把汗。

"咱们歇一会儿吧，你渴吗？要不我去给你买个冰棍？"

"算了，省点钱吧。"

一提到钱，两个人再不说话了，默默地坐在异地的阳光里。也许真的没有准备好，他想，两个人身上的钱总共不到十五元钱。今早一见面，她用一个手绢包好塞到他手里："就这些，没法弄到更多了。"

街上人来人往，几个背着书包的小学生从他们前面走过，好像故意让他生气似的，轻松地笑着。他不满地皱起眉头，他感到她正碰自己的胳膊肘。

"我还是去给你买个冰棍吧。"他站起来，拍拍屁股上的土。

"算了吧，"她犹豫了一下，"是不是你想吃？"她敏感而体贴地问。

"你是说我要给自己买？我给自己买冰棍吃？"他瞪大眼睛，第一次跟她嚷了起来。

她委屈地张着嘴，眼泪在眼圈里打转。"算了。"他大度地摆摆手，"我带你去逛商店吧。"

他们在车站附近的商店里转了一圈，很随便地打听了一些电动玩具的价格，在化妆品的柜台前，他给她买了一个鸭蛋圆的小镜子，她刚才的不快和惶惑就都烟消云散了。

直到商店下班，他们才随最后一批顾客走出商店的大门。站前广场的路灯亮了，昏黄的路灯在慢慢临近的黄昏中渐渐明亮起来。少年和女孩在广场上转了一圈，除了水果摊子这边多了一个卖素馅馄饨的小吃摊，广场上并没有出现更多的新鲜玩意儿。天凉了，路灯影里的蛾子显得毫无生气，偶尔会有一只翅膀失去弹性的蜻蜓胡乱撞几头。他们倚着路灯的水泥柱子站住了，互相看看，难题是明摆着的，怎么过夜呢？

"咱们不能进候车室，别人一眼就能把咱们认出来。"

"那咱们去哪儿？外面太凉了，我怕冰着你。"少年皱着眉头说。

女孩很感动，心里热乎乎的，想了一想，女孩说："要不咱们去住店吧。"

少年看看她，她的脸色立刻白了，怯怯地说："我不是没想钱的事，先对付两天，没准咱们会找到个什么活干。"

"钱是小事，你以为我是怕钱不够用吗？"少年郑重地说，"我是怕旅店不让咱们住在一起。真的。"

女孩拉住了少年右手的小拇指，她幸福得脸红了，发热。

街道上的人稀了，城市里弥漫起淡淡的烟味，和白天未散尽的汽车的废气混合在一起。少年踢开一个石子，看看天。城市里没有多少高层建筑，西天拖着紫黑色尾巴的晚霞。

"天还早着呢，咱们随便走走，一会儿会有好办法的。"

"可这地方……"

"有我呢，你怕什么？"说完少年觉得底气有些不足，他加重语气，又说，"真的，你怕什么？"

女孩就不怕了，和他沿着一条街走了下去。他们保持着一米远的距离，用眼睛的余光瞅着对方，有时也大胆地扭头对视一下，目光却迅即闪开。向四周看，卡车、自行车和赶路的人匆匆而过，由于风凉，散步的人很少。并没有人留意他们。很快，他们来到了一座公园。公园门口有两盏灯，里面黑黢黢的。女孩犹豫了一下，少年在后面推她一把，女孩子再不迟疑，抢先走了进去。

女孩的眼睛一时没适应远离灯光的黑暗，一只手按住了她的肩

风过白榆

膊，她张开嘴叫出声来。那只手立刻缩了回去，女孩把后半声咽了，她知道叫错了。

少年跳开，在四五步开外的地方看着女孩。女孩听见他低低的气恼的声音："你叫鬼呀！"

女孩走过去拉拉少年的手指，少年的气恼却不那么容易平息，甩开她，向前走去。女孩环视一下，赶忙跟上。她想，他对她发了两次火了。

可能是适应了公园里的光线，眼前清晰起来。少年在一条铺着报纸的长凳前站下。她怯生生地凑上去，少年的脸朝向另外的方向，她碰碰他的肩头，他闪开了，像是厌恶又像是发狠地说："你去叫吧，大声点。"

她就呆住，瑟瑟地在夜风中发起抖，冰凉的泪水流下来，晶亮地挂在腮边。少年决心让自己的心硬起来，其实他是烦躁，烦躁极了。

女孩见少年不理她，便收住泪，她想，事情到了这步她还能怎样呢？

"你还生气呀？"她又去触碰他的肩头。

少年反倒不好意思了，这才扭过头："算了，算了，"他握住她湿漉漉的小手，一种奇怪的感觉瞬间流遍全身，脸红了，但他可不是轻易就会认错的。"你得听我的。"他故意生硬地说。

180

女孩点点头，心里想，大人就是这个样子过日子的。她觉得自己又向大人迈近了一步。

"你也坐吧！"少年挪挪。

坐下，两个人真的觉出天凉了，公园里的秋叶沙沙飘落，笤帚梅花浸着冷露的香气浮荡着一弯凉月，凉到他们的心里去。

女孩有些害怕了，想起了许多鬼怪的故事，就发抖。她哪里知道，她的同伴一样的手脚发凉，只是因为她在身边才没有逃到公园外面的路灯下面去。

公园里真的就有古怪的声音传了过来。

那声音就在附近。

两个人毛骨悚然，头发倒竖起来。

声音更清晰了，分明是一个女人被扼住了喉咙。毫无疑问，公园里正发生着一起谋杀案。

来不及辨清那声音的位置，少年已拉起女孩的手，拉着她跳上了石子甬路。

那奇怪的声音竟消失了。

他们只好停下来，不敢乱跑了，他们必须搞清楚危险的方位。

他们弄清楚了，女孩眼尖，声音就来自左前方十几米远的树丛。

他们快步离开了那里，两个人都相信对方听见了自己的心跳。

等停下来，他们意外地发现，他们竟然跑到了公园的深处。

"歇会儿吧！"少年声音干涩地说。

女孩睃巡着四周，她的目光习惯性地停在左前方，那里突地飞起一只蝙蝠。

"歇会儿吧！"少年的声音更加干涩地说。他搂了两小堆树叶，示意女孩坐在他的身边。

那只蝙蝠飞来飞去。

公园里其他的声音很萧瑟，女孩抬头，月光斑驳，他们竟也坐在树丛里呢！她想站起来，身体却不自觉向同伴那面靠了一下。

靠出了一句话，少年的声音怪怪地问："你看见了吗？"

"看见什么？"女孩明知故问，她的心跳得厉害。跳得都害羞了。

风过白榆

"就是，就是你刚才看见的呀！"

"什么呀？"如果是白天，女孩的脸一定涂了红一样，那她的脸往哪儿藏呢？

一只手颤抖着伸到了女孩的胸前，碰一碰："就是，就是这个！"

女孩心跳得几乎窒息，声音小得几乎自己也听不见，但男孩听见了，而且被震得一懔。女孩说："你愿意摸就摸呗！"

"真的。"女孩说。

这次，少年的手没有离开女孩扁平的胸脯。

有了这一步，下面自然是少年的手伸进了女孩的衣服里。

他们都彼此摸到了对方，但他们无法像刚才看见的那两个人一样做。

因为，因为他们不会。

真奇怪，他们不会！

后来，女孩不自觉地发出了一串含混的声音。

那只蝙蝠又飞了来，吓了他们一跳，一害怕，热情便消退了。尤其是男孩，觉得两个人在一起不过如此，索然无味。他竟不自觉地怀恋起在街上掷瓦片的游戏了，但他又觉得自己干成了这样一件事应该满足。

这种复杂的心情使他忽略了女孩的幸福感，很快她也冷了，裹紧了衣服。

这时，公园里忽然传来一声尖叫，那确实是一声女人的尖叫。

然后，公园里便沉寂了。然后，然后两个孩子瞪着恐怖的眼睛，好容易才离开了公园。

第二天，他们一个白天都在公园的门口转悠，公园里的人仍进进出出，没见到任何异常。

这难道不奇怪吗？

然而，这件事毕竟留下了阴影，男孩几乎不说话，一天神不守舍，情绪十分烦躁。

傍晚，他们又发生了一次激烈的争吵。

"我不愿意后面总有个尾巴，有个跟屁虫我心烦，我想去拉屎，你走开。"男孩终于对女孩发了火。

女孩怯生生地站住，十分惊愕，眼泪在眼圈里打转。这更坚定了男孩的看法，丫头们除了哭什么也不会。

"好了，好了，你不是跟屁虫，你不要抹鼻涕了。"男孩仍烦躁，口气却软了许多。

女孩眼睛里的泪水已经不见了，她只是轻蔑地略带嘲讽地看着他。

男孩怔了一怔，心虚地凑上来："我带你去看电影吧。"

"你不是要去拉屎吗？去拉吧！"

男孩尴尬地在屁股上摸了一把，看看厕所的方向，那里，出了厕所仍扣裤扣的男人和没进厕所就开始解裤带的女人进进出出。他迟迟疑疑地走了几步。"算了。"他甩一下胳膊，回过头，"你要不愿意我就不去了。"

"我没不愿意，你去吧！"

男孩往前走了两步，这回他干脆走回来，脸因气愤和尴尬变得通红。

女孩没给他发脾气的机会，转身走去火车站的售票口。

再回来，女孩手里多了一样东西，是一张车票。

她把车票坚决地摁在他的手心里。

男孩本来还想装出生气的样子，但女孩的目光清楚地告诉他，

183

她把他看透了。

男孩打了一声呼哨，不响，自己也觉得喑哑刺耳，他沮丧地低下头，说话的声音几乎听不见："那你呢？"

女孩冲他笑笑，闪着泪花的微笑，摇摇头。

"那我也不走了。"男孩真正成了一个小孩子，他自己很懊恼，可是没办法。

他们就在站前广场吃了两碗馄饨，男孩的双手汗津津的。女孩拄着下巴看他吃完，将自己剩下的半碗推给他。男孩这时才发现自己已对女孩有了某种依恋。但这种依恋注定是靠不住的，不远处的一场斗殴很快把他吸引了。

他兴致勃勃地看，脚步不觉慢慢地移向前面，直至加入了看热闹的人群。

他回到馄饨摊前，女孩早不在那儿了。

"小伙子，你姐姐告诉你别误了火车。"卖馄饨的老太太将碗凉水倒进汤锅，腾起一团水汽。

他不会再见到她了，男孩绝望地想，现在他只有一条路可走，坐车回去。

火车来了，男孩无奈地上了车。

车开走了，女孩仍没有露面。

其实女孩的目光自始至终没离开过一起出走的伙伴，她躲在一边，看着他焦急地乱撞，看着他双手抱头蹲坐在水泥地上。她想，如果他留下来，她就原谅他。

可是，男孩走了。

女孩的泪水挂在腮边。后来她抽泣出声，看她的样子不像是出走，完全就是一个迷路的孩子。她最后的一次努力也失败了，就在昨天下午，她还以为生活有了希望呢！她把脸贴在栏杆上，哭了那么久。一片树叶总会坠落，关键是她的这一片落得太早了呀！她该怎么办呢？她惊惶起来，她抬不起头了，嘴唇给覆霜的生铁栏杆粘住了，她哈了两口气，猛地一挣，嘴唇上的血汹涌而出，看着栏杆上的血迹，她没有感到撕裂的疼痛。她安静了，心凉成了一只秤砣，她满嘴鲜血，眼睛里的一切却在黯然失色。

现在她真迷路了，和十年前不同的是，她真的迷了路。

从罗小梅家出来，陶小米没用武强送她，一个人走去了城南。

当年的白卡片区终日弥漫着让人头疼的炊烟，狭窄的胡同里被堆着的木柈和煤饼子占去了一半。另一半每户人家的门口都有一个泔水坑。夏天，胡同里有些地方便和了稀泥，摆着几块砖头和石头，人们在上面一跳一跳地走，难免会踩空，踏进稀泥里去，泥水糊了鞋面。人们一边咒骂一边走路。好心肠的老太太听见骂声，提上煤铲和半筐子煤灰，撩开挡脸的尿布，将灰倾倒在泥路上，没燃尽的火炭嗞的一声，冒起一串水泡泡。

很显然，这里的居住环境改善了，胡同里没有了木柈和煤饼，包着黄旧塑料的煤气管道难看地通过了这里。一年前，镇子又向外拓了，这里居住的大部分菜农欣喜地加入了挎篮子买菜的行列，他们笨拙而又炫耀地穿上了劳动布制服，一路上谈着"俺们厂子"的事，很内行地和进城卖菜的农民讨价还价。看上去，他们一副新贵的模样，不管天不管地，说起年成时也怜悯大度。"你们不易呀！"他们对卖菜的农民说，"不过放心好了，天老爷饿不死瞎家雀啊。"这样说着，眼睛仍机警，他们立刻喊了起来："你的秤太低了，当心秤砣掉下来砸了脚，你的菜一早晨浇过水，要不能这么水灵？你别当我们城里人不懂，多给一两秤，要不我买别人的去了。"

陶小米穿过一个开张不久的农贸市场就迷了路，开始她以为是买卖声的嘈杂扰乱了她的思绪，辨认了一会儿才发现并不是那样。她的视野中除了早先矗立在利民小卖店门口的一根水泥柱子而外，再没有任何熟悉的标记，这个居民区改建了。

陶小米提不起兴趣打听，她对自己居然走到这里来感到奇怪。多年的漂泊早把她的一点点怀旧情绪蚀掉了，走到这里来完全是下意识的行为。

她沿着来路往回走，有一会儿她想起了那个待在铁门栅栏后面的"弟弟"，他总含着自己的大拇指流鼻涕，鼻子抽得突噜突噜响。她想再见面会认出他吗？

还有罗小梅，她的变化虽然不大，头发仍是黄焦焦的，胸脯扁平，没发育的样子，但是生活分明留给了她太多的痕迹，看她那副疲惫和没有水色的胳膊就知道了。生活这个字眼猝然跳到嘴边，有点咸涩黏滑的味道，就像抓一条黄鳝的感觉。去它的什么生活吧！陶小米想。

不觉竟走进了一个院子，她几乎习惯性地走入了一户人家。

"家里有人吗？"陶小米问了一声。

"有人在家吗？"陶小米又问了一声。

见没人答应，她便像收拾自家衣物一样，将挂在院子里铁丝上的一件土黄色毛衣摘了下来，搭在胳膊上，出门顺手拿上了放在门口凳子上的一把钳子。

没有人拦她，她大大方方地上了街。

陶小米走去了城西，那里有一家朝鲜族人开的正宗冷面馆，那里卖的冷面面汤甜酸，十分滑爽可口。更何况，冷面馆的老板等着她赴约呢。

一场秋风，天就凉了。上了年纪的老人一早一晚套上了黑色的挽腰棉裤，连耍漂的年轻人也不得不穿上套头衫，他们在套头衫的领口做了文章，缝了拉毛领子，蓬松松的。增加了衣物给约会的年轻人带来了一点麻烦，有了衣服的阻碍，小伙子们再不能趁姑娘低头时从领口偷看她们的乳房，他们只好采取下一步的行动，就是想方设法企图将手伸进她们的衣服里去。

秋天开始的时候，专政路（我们还是叫它专政路吧）开始流行一句话："什么也不耽误啊！"

把这句话传给人们的是徐立群，人们在护城河堤上总能看见徐立群，她披着一身的露水，呆呆地站在一块石头边，这个可怜的女人自从二女儿自杀便每天一句话也不说，人们不知道她什么时候从家里出来，太阳升上树梢她走回镇子，再露面就到了第二天。无法猜测她在护城河堤上想了些什么，反正她待在那儿。最初还有人上堤去劝她。话刚说了两句，被她阴冷的眼珠一转，那个人便想不出下句话了。

然而，这天早晨，冷面馆的老板娘在门口遇见了她，徐立群主动上前和她说了话。"你知道吗？我还以为是塑料布呢！"她这样开头。

于是，冷面馆的老板娘请她进店里去讲。

徐立群讲的是早晨的事。她说她正在护城河堤上想事情，天还没亮，忽然看见不远处的树林子边上有一块白花花的东西在动，"我还以为是塑料布呢！没有风塑料布怎么会动呢？我走过去，想捡了回家钉窗户，冬天要来了，有塑料布压风，省得糊窗缝了。结果走到跟前一抓，你猜是什么？你猜吧，你肯定猜不到，"她顿一顿，大吃一惊地说，"是一个男人的屁股。"

老板娘笑了起来，嗽口水喷了一地："你可真会开玩笑，一个男人的屁股，真笑死人了，他是死人吗？这么冷的天，他露屁股干什么，这天可不能洗澡。"

徐立群一本正经地说："我定睛一看，下面有一个姑娘，他们办事呢，这么冷的天，他们一早晨到树林子里去办事。"最后，她说，"什么也不耽误啊！"

"什么也不耽误啊！"老板娘重复了一句，她笑得岔了气，一只手捂着肚子，一只手撑住乱颤的肥屁股，她向屋里喊，"老钱，你出来听听啊，徐立群捡了块塑料布。"

老钱没有出来，他一大早就出去跑步了。老板娘边和面边想着徐立群的话，想想就笑，她想男人回来一定给他讲讲。趁她笑的工夫，徐立群从冷面店的货架上拿了两盒火柴和一斤盐走了，看上去她又有了过日子的心思了。

这句话就这样通过老板娘的嘴传开了。人们互相打趣，"什么也不耽误啊！"起初人们说这句话的时候还不无恶意地笑话徐立群。"老王，你给她用用吧，要不徐立群的那条缝就要长死了。"那个说："我可不行，身上黑着呢，还是你像块塑料，你白呀！"

故事有了新发展，很快有好事的人在徐立群说的地方也发现了"白塑料"，不过他可没有徐立群能摸上一把的好运气，那两个人听见声音便提上裤子跑进树林深处去了。

有了这样一件新鲜事，镇子里热闹了好几天。而专政路却早有了新的兴奋点，兴奋的原因还是因为徐立群，她撕掉了公安局的封条住进了陆朝臣的院子。

乍一听说陆朝臣是榆树镇系列流氓案的主犯，专政路的居民都大吃了一惊。这怎么可能呢，卖豆芽的老陆，怎么可能呢？

事实是不但可能，而且陆朝臣给榆树镇带来的打击是毁灭性的。和他一起被抓的年轻人有十几个，有两个还是兄妹。在陆朝臣的教唆下，他们集体淫乱，偷盗，赌博，无所不为。罗小花不过是受他们害的其中一个。陆朝臣将她带回家去，小伙子们请她一起玩扑克，玩着玩着就改变了玩的方式。不过这回陆朝臣看错了人，罗小花是一个轻浮的正在怀春的女孩，但她并没到随便和他们沉瀣在一处的地步，结果案发。在调查中发现，陆朝臣和四五名妇女保持着不正常的性关系，徐立群还不算这些人之列，她只不过和他有过那么两三回。被陆朝臣猥亵的幼女竟有二十多人，陆朝臣以不同的方法诱骗和玩弄了她们。

陆朝臣给榆树镇带来的伤害太大了，因此，他的名字很快就被大家忘记了，提他的名字无疑会揭开没长好的伤口的血痂，使人疼痛流血。人们宁愿把这个名字彻底忘掉，宁愿是一场噩梦。宁愿相信这一切根本没有发生过。连和陆朝臣一起抓进公安局的青年的亲属也自欺欺人地说，他们家的孩子出去串门了。他们连走路也要绕开陆朝臣的大门，因为贴在门上的封条触目惊心。

现在好了，封条被人撕掉了。一天下午，徐立群提着一把钝了的斧头砸落陆家房门的锁头，搬着一床被褥住了进去。

徐立群哭着为自己的行动做了解释："我女儿不能白死，我养了她十七年哪，一把屎一把尿地拉扯大，被姓陆的害了。我那孩子多懂事啊，她昨晚托梦告诉我说，妈，姓陆的房子你去住了吧，算陆朝臣赔偿我一条命的代价。"

在火车站摆水果摊的花生五嫂和其他几个上了岁数的女人认真

地听了她的哭诉，扯起袖头陪她掉了会儿眼泪，她便关上门进去了。

专政路的人们认为徐立群的做法合情合理，居民委员会没有干涉和向公安局上报。这处房子空了那么多年都没人动过什么念头，徐立群这样一个可怜的女人住一住又有什么关系呢？

徐立群住进去的第二天，这处房子里响起了棒槌声，棒槌梆噔梆噔地砸在砧板上。几年前，每逢现在这种换季浆洗衣物的季节，棒槌声是最寻常的声音，这几年许多人家都买了洗衣机，棒槌声便稀落了。徐立群时疏时密的棒槌开始还唤起了人们许多回忆。这种声音夜深人静时仍不停止却使人们渐渐着恼起来，每一下都像砸在男人的枕头上，女人的心上。"这个可怜的人哪有那么多东西来洗？"人们不满地嘟囔。

一直到秋菜上市，才有人揭开了这个谜。徐立群捶砸的是陆朝臣不多的衣物，同时她的尿崩症旧病复发，她在陆朝臣的衣物上便溺，然后将它们放到砧板上去砸，只要棒槌一停下，她就不得不上厕所，难言的隐痛使她必须砸下去。

渐渐地，人们适应了那声音，棒槌声停了，唠闲嗑和下象棋的老人会停下来，愣一下，叹气。晚上甚至有男人和女人停止了亲热，对那种机械运动忽然产生厌倦，觉得荒唐可笑，当然这只是短短的一瞬间的心理变化，那棒槌声又响了。

徐立群差不多砸烂了陆朝臣所有的衣物，她放弃了努力，把红油木棒槌塞进灶坑烧了，她剩下的事便是上厕所和发呆。每天有大半天的时间待在厕所里，使她的肌肉松弛的两腿恢复了弹性，由于浮肿而发亮起来。她便试图把注意力从那里移到天空和逝去的时光。有一天，她无意中发现在厕所顶上挂着一顶蓝布单帽，她把帽子摘了下来，带进屋里扔在砧板上，她怎么也找不到棒槌，想了很

190

长时间才记起已经被自己烧掉了，她回头的时候，猛然发现帽子自己移动了一尺，移到了砧板的边上，她出去找了块砖头压住帽檐，不错眼珠地盯着，后来她确信那下面压住了一个活物。她想掀开一条缝看看压住的到底是什么东西，可眼睛怎么也睁不开了，她打了哈欠，睡了过去。

半夜的时候，帽子那儿忽然传来一个人的声音，的的确确有人说话，说话的是一个孩子。

"妈妈，妈妈，你醒醒。"那个声音叫道。

徐立群恐惧地拉起被头把自己蒙住，大汗淋漓。好一会儿，她伸出头去透气，结果又听到了那个声音："妈妈，妈妈，你不要怕，你不要怕，妈妈。"

"你，你是谁？你和谁说话，你别吓唬我，我可没招惹你。"徐立群恐惧到了极点。

"我和你说话呀，亲爱的妈妈，你还怕自己的儿子吗？"

"我没有儿子，你认错人了，你去别处找你的妈妈吧！"

"唉，"那个声音叹了一下，"你再想想，你真的没有过儿子？"

徐立群猛然想起自己确实是有过一个儿子的，莫非……她吓得惊叫起来："不，不，他早死了。"

"我就是他呀！我就是你死去的儿子呀！当妈的哪有怕儿子怕成这样的呢？妈妈，你不想和我谈谈，说会儿话吗？"声音听起来惹人怜爱，飘浮在半空中，散发着淡淡的霉味，仿佛刮来一阵风就会给吹了逝去。

"你真是我的儿子？那你住在哪儿呢？"

"你会知道我住在哪儿的，不过，咱们现在就应该谈谈。我得向你道歉，妈妈，我骗了你，让你遭了这么多年罪，但我总得去投一次胎啊，我是在无意中伤害了你。"

"无意之中？你是说无意之中？"徐立群愤愤不平地说，"既然你说是我的儿子，那我就要问问你，什么叫无意之中？为了坐你这个丧良心的家伙，我和那个没良心的酒鬼整天在床上折腾，一个月要用半个月的工资给他买好吃的补身子，而我只能吃酸菜。有了你以后，我吃了差不多半缸的酸菜，舌头都吃出了血。为了要你，我东躲西藏，最后还是躺在手术台上。医生们对我动钳子，不要脸的孩子趴在窗户上数我的阴毛，对着那儿傻笑，就像他妈妈没长那东西一样。更让人难以忍受的是罗成仁那个王八蛋为了这疯了，现在也不知是死是活，只把我们娘儿们孤零零地抛下。这就是你的无意之中？"徐立群忘记了害怕，她哭起来，孩子那样委屈地哭起来。

一声长长的叹息："妈妈，你该上厕所了。"话音刚落，尿意立刻袭来，徐立群想到竟有几个小时没上厕所，便对这句提醒恨得咬牙，她解开裤子，蹲在墙角，在哗哗的尿声中继续咒骂"儿子"："你个没良心的东西，你想折磨我吗？你折腾我折腾得还不够吗？"

没有人回应她，徐立群醒来的时候，发现自己蹲坐在泥地上，尿湿的裤子湿漉漉地淌着水。上午毛茸茸的阳光抚摸着窗棂，她把便器拉到炕沿边，坐在地上，面对着砧板发呆。然而，不断袭来的尿意，尿水冲破羁绊冲击充做便器的白铝饭盒的哗响声，都不能证明她刚才不是在做梦。可砧板上，帽子仍不时地动一下，那个声音就是从帽子里面发出的，这还能有假吗？后来，她气愤起来，下决心将那个声音找出来，好证明她没有产生幻听。

那个声音消失了。任徐立群怎样诅咒、哀求、威胁也没有回应。但她相信他没走，而且就在砧板上的帽盔里扣着。

空荡荡的屋子充实起来了，那个声音填充了所有的空间，播下了期待的种子，像牵牛花的藤蔓爬上幔帐杆，爬上了房梁，爬上有线广播的黑线，旧不啦唧的年画也挂着毛茸茸的叶片，没有多少香味的花朵花粉飞扬，呛人的鼻子，空气的流动声就像蜜蜂的嗡鸣，搅得徐立群的脑袋轰轰直响，眼冒金星。

她用一根木棒将大门顶好，生怕罗小梅或者其他的什么人闯进来将藏在屋子里的"儿子"惊走，她还想听"他"解释，质问"他"为什么要害她。

中午，天阴下来，罗小梅敲响了陆家的院门，徐立群知道这个丫头又来烦她了，这个黄毛丫头使尽了各种办法，劝说、引诱她回到一百二十三号的旧房子去，根本不理解她的苦心——既然女儿不能再活转来，那至少也要捞一把弥补一点损失。她估算了一下，陆朝臣的房子少说可以卖到上千元钱，难道让这笔钱白白地从她的手里溜掉吗？见她不肯开门，罗小梅在门口小声地啜泣了一会儿，提着饭盒无可奈何地走了。徐立群继续等待着那个声音的出现，她相信那声音是真的，不，那肯定是真的，就是真的。徐立群的全部注意力都集中在谛听上，她相信只要想听，她一定还会听到的。但她听到的只是街头的汽车喇叭声和人们抢买秋菜的吵闹声，送菜的车轧轧地碾过柏油路面，引起屋地轻微的震动。有一会儿街上传来了歌声，放学的孩子们高声宣传护林防火。徐立群渐渐失去了耐心。她想，"他"在和她捉迷藏呢，那她就骗骗"他"，于是她假装睡去。这时，她听见有人喊她"妈妈"。那个声音果然在她迷迷糊糊时又出现了。

"你不要瞪那么大的眼睛，气愤愤的。"徐立群想这真是一个傻孩子，我眼睛这会儿明明闭着呢，可"他"一开口，徐立群就没有机会插嘴了，"我没想离开你，一个伙伴出了事，我得去慰问慰问。我的这个伙伴投生投错了地方，一对五十多岁的夫妻生了他，弄得他没机会逃回我们中间，老两口整天不错眼睛地盯着他。他在那家过了半年才找到机会，乘他妈妈取水壶的工夫自己跳进了开水锅。我们几个在一棵白榆树底下庆祝他回到我们中间，结果我们的谈话被他爸爸听了去，把尸体架在火上烧，烧得他的头顶冒青烟。这样的事我也遇到了好多回，你没把我生下来，如果生下来，你就能看见我的屁股上有三道青印，我骗人让给烙铁烙的。我真的不愿意到你们这个世上来，我宁愿和伙伴们没有衣服穿，正月十五的时候去乱葬岗烧灯火取暖，那样也比生出来强些。人世的生活让我想起了和我们在一起的老渔夫，他几百年前曾中过状元，当过一世的清官，人们现在还在纪念他。哪知道他现在干着什么呢？他用一只漏网在冥河里捕鱼，他不停歇地干着这活，以赎几百年前的罪孽。他捞不上几条鱼，却替那些漏网的鱼抱屈，弄得他自己忘记了为什么要捕鱼，他只是不停歇地重复着打捞的动作。"那个声音顿一顿，继续说："妈妈，你现在还为没有生出我抱屈吗？你为什么偏要生下我呢？**不生不是更好吗？**"

他的话被打断了，徐立群恼怒地骂起来："没良心的东西，我不知道你说的是什么意思，也不想弄明白，我就知道活着，活着就得有想头，有想头才能活下去。我不用你来教训我，我听不懂你说的是什么意思，我恨不得现在就烙你一次。"

"唉，你该上厕所了！"该死的，徐立群感到尿水顺着大腿流下来了。这回，徐立群听到了尿水冲击白铝饭盒的哗响，难道真是自己在做白日梦吗？她越来越弄不懂自己是睡着还是醒着。

徐立群万分委屈，她恨不得一棒槌将扣在帽子下面的"儿子"

风过白榆

砸死，如果这个无形的"儿子"也能砸死的话，她肯定已经动手了。她想象棒槌落下去，噗地飞起一股烟尘——从灰堆里捧出烧熟的豆子，倒换着手，轻轻地吹开草灰，弄黑了嘴巴，弄眯了眼，像小时候玩过的一样——徐立群想着自己多舛的命运，深感委屈，但无处撒气。她是幸运存活的早产儿，她的母亲上厕所，就把她生在粪池里，亏得及时拽上来，要不然她连哭也哭不出一声就死掉了。一个念头撞进了脑袋，她想，是不是那时就死掉了，现在只不过是一场梦而已。那罗小花的死和罗成仁的疯也是梦吗？她看着门把手上挂着的用做门弓子的自行车内胎发呆，力图使自己思维清晰起来。但是不行，头隐隐作痛，周围的一切变得更加虚幻，极不真实。乱作一团，真正地乱作一团。

她想着陆朝臣的长相，却记起了罗成仁。她记得那次罗成仁从外面回来，看见她穿着花棉袄在水缸边淘米，他便和她说话，其实那时她正躺在炕上发着高烧，那罗成仁看见的"她"又是谁呢？接下来灾难从天而降，一囤子土豆压折了棚杆砸了下来，刚好落在她的头顶不远的一只碗上。她大难不死，正傻呵呵地呆着，罗成仁竟递给她一条黄瓜。

此时她的鼻子和十五年前一样的酸楚，想想吧，一条黄瓜！回忆多么不可信啊，现在就可信吗？现在她蹲坐在陆朝臣的房子里胡思乱想，想着"往事"，"往事"都是不真实的，那么"将来"更不可把握啊！

"就那么回事吧！"那个声音又响了起来，不同的是这次变得有些沙哑、空洞，虚虚的如一团挑在竹签上的棉花糖。徐立群屏住呼吸听"他"讲话，两手提着裤带，生怕"他"说"你该上厕所了"，如果"他"不说，她还能忍住，"他"一说，她就系不住裤带了。但

风过白榆

那个声音停住了，仿佛又已消失。沉默了一会儿，那个声音提醒徐立群："你去开门吧，有人敲门呢！"

徐立群侧耳听听，果然传来叩门声。

下午，榆树镇的街道上仍结着一层肮脏的薄冰，不断地有骑自行车的人摔倒，柴油车牛一样地喘息，黑雾般的尾气将路面上的冰烫出一片片脏水。胡同口有孩子踩着竹板一窜一窜地滑走，过早地拽出爬犁的男孩巴望着下雪，不满地看着瓦房檐头垂下的冰柱和不均匀的黑雪。嘈杂的声音随着徐立群打开门一股脑地涌了进来，骤然射进来的阳光晃得她睁不开眼睛。

"大婶，你买银元吗？"门口站着一个脸色冻紫了的姑娘。

"货真价实的银元。"姑娘边说边拿出两块银元递到徐立群的眼皮底下。她穿着一件土黄色的肥大的毛衣，毛衣遮着屁股，显得腿有些短，看上去屁股就很大。她的黑色弹力裤好长时间没有洗过了，沾了许多尘土。姑娘抱起拳头在嘴边哈气，跺着脚取暖。

"好心的大婶，不要银元没关系，你能让我进去暖和一会儿吗？"

姑娘说话时脚步已迈进门里，徐立群只好侧开身子放她进来。

姑娘径自向屋子里走去，反将徐立群甩在后面。进了屋，徐立群仍唠叨不休，她的身体挡着砧板，神色惶恐，这引起了姑娘的好奇。可现在她要干的是另外一件事。屋子里没有外人这正合她的心意，她下决心要将包里的几块银元卖给这个老太太。

姑娘这样开了口："大婶，一看就知道你是一个好心人，你看看我包里的银元吧！"她说，"我是安徽人，你知道前些天开工的银行大楼吗？我是给那个施工队做饭的。"她看见徐立群莫名其妙地摇头表示不解，便压低声音，接着说："问题就出在这儿，我的一个同伴挖出了一坛子银元，这要叫我们的头儿知道了可不得了，我俩一分钱也得不着了，那个色鬼整天打我们的主意，总想着把我撂倒，强奸我。我们想走，又没有路费，我就想把银元贱卖了，然后回家，你看你买几块吧。"她说着话眼泪竟真的在眼圈里打了转。她观察着老太太的表情，老太太果然面露同情之色。

其实姑娘编的瞎话徐立群一句也没有听清，她谛听的是"他"的声音："别上她的当，她是骗子，她想骗你呢！"下面的话因被卖银元的姑娘插话没听清，徐立群恼怒地竖起手指嘘了一声，她转过头问道："她要骗我什么？"

"唉，"那个声音说，"你该上厕所了。"

浓浓的尿臊味弥漫开，姑娘看见了汹涌的尿水流到徐立群的脚面上，溅起水花，然后像蛇一样蜿蜒而去，直冲低处的一个老鼠洞。徐立群面红耳赤，羞愧难当。她越着急尿水越不肯停歇，她的嘴唇发紫，身上的水分似乎都要排泄掉了。对面的姑娘却露出了笑容，她看出这是一个患了精神抑郁、颠三倒四小便失禁的老人，她改变了主意，她不想卖她银元了。

她悠闲地，像在自己家里一样哼起了小曲，拉开地当中立柜的门，里面有一台落了灰尘的电视机，她顺手从炕上取下一条毯子，在地桌上铺好，然后把电视机放在上面包好。徐立群惊愕地看着姑娘，她的尿水仍没有停止，渐渐地，她忘记了羞愧，她觉得这一切不对劲。这个姑娘要干吗？她使劲地提气，夹紧双腿，但仍然动弹不得。

姑娘冲她笑笑，向她打了个响指："我去给你修修，就送到二百货后面靠近浴池的那个修理部，你别忘了去取。"

徐立群懵懂地点头，她的四周腾着一团混浊的热气，尿水将屋地冲出一道细细的沟，流向厨房。

屋子里实在没有什么东西可拿了，姑娘提起包裹向外走。她走到门口回头看了一眼，奇怪的是徐立群根本没有看她，而是盯着砧板上的一顶帽子，盯着一顶有点眼熟的帽子。姑娘的好奇心占了上风，她折回来，就在徐立群的眼皮底下将帽子翻了过来。

帽子底下倏地蹿出一只鸡蛋大小的灰色老鼠，由于饥饿，老鼠跳下砧板时跌了一跤，趔趄着奔去鼠洞，鼠洞刚刚流注过徐立群的尿水，它折回去从门槛下面的猫道里钻了出去。

徐立群双手抱头看着那只老鼠钻出去，蓦地，她爆发出一声持久的刺耳的叫喊：

"啊……"

叫声不断地提着高度，已经跨出门槛的姑娘吓得脸色苍白，慌忙奔回来捂她的嘴，徐立群咬了她一口，然后将声音提得更高。姑娘吓坏了，扭头就走，没想到徐立群竟抓住她的衣袖，她挣了几挣，挡车工积聚了全身的力气，又叫了一声。姑娘彻底绝望了。

院门口传来急促的敲门声，惶恐之中，姑娘抓起了窗台上的一只花盆，花盆里枯死的一枝灯笼花带着多半盆硬土，泥盆砸在徐立群的额头，姑娘看见一丝鲜血在鬓角处渗出来，蚯蚓一样爬下她的腮边。那株死去的灯笼花枝挂在老人的鬓边，花朵猝然鲜红地开放了。

第十一章

一九八三年春天，平地刮起了一场大风。风从护城河畔的菜地刮起，将菜农的塑料大棚连根拔掉，刮碎的塑料挂上白榆树的树梢。围着围巾的妇女一边扶弄着被风吹得一塌糊涂的豆角架和黄瓜秧一边哭泣，泪水把她们黑红爆皮的脸蛋和手背打湿了。大风越过护城河堤，从城南的豁口涌进镇子，扫荡了原来的白卡片区，带着尖利的哨声，席卷着尘土冲上了镇中心大街，刮断了灯光球场临时搭起的席棚外面的旗杆。

街上所有的人都不得不背转身躲避风头，可恶的风将姑娘们的薄呢裙子的前摆从后面掀起来，露出了带花的针织内衣，羞得她们无地自容。看见乘机偷窥的小伙子瞪着迷红了的眼睛，她们虚虚地压住裙脚，嘴边不自觉地流露出说不清楚的笑意。

行刑的车队就在这场大风中匆匆行过，驶过三间瓦房的岔路口，开往城外大桥下面的滩地，那里辟出一片滩涂做了刑场。

罗小梅没去刑场，没有参加灯光球场召开的宣判大会，她当着街道办事处工作人员的面撕掉了大会通知，撕得那些人十分尴尬，他们认定她不是麻木不仁就是悲伤过度。这次宣布枪决的有杀害徐立群的凶手，还有导致罗小花自杀的元凶，这样一个报仇雪恨的机会，她怎么可能不参加呢？最后他们一致认定，她肯定是伤心过度了，劝慰她几句之后，他们离开了。他们理解地说："不去也好，那太挤了，那么大个广场，要容纳几万人，太挤了。再说也看不清楚。"他们没忘记提醒她：大会之后照例要在镇子里游街，只要她想，她还可以看见伏法的凶手。罗小梅一脸漠然，罗小敏拉着她的手抽咽，她没掉半滴眼泪。

直到游街的刑车拐过浴池的门口，从专政路开向了另一条街，罗小梅走进了罗云的屋子，她扶着门框站了好一会儿，然后扑进了罗云的怀里，悲泣着说："连她们的名字也没说，他们到底没说她们的名字。"罗云泪流满面，搂住浑身发抖的侄女，拍着她的肩头："就是他们不说，人们也知道她们是谁，她们叫什么不重要，关键是，关键是她们死了，她们再也活不了了。"她的泪水打湿了侄女的脖颈。

罗小梅抬起头："他们只叫她们徐××，罗××，她们没有名字吗？她们死了，难道连名字也死了吗？"她这才放声大哭，哭得几乎晕死过去。

罗小梅神情恍惚地走出家门。她穿过镇医院门前的人工湖上的水泥桥，走过百货商店的门口，绕过木器厂围着锈迹斑斑的铁栅，然后绕道穿过城南"白卡片区"的市场，从那里走上了护城河堤，找一块干爽点的地方坐了下来。

春天的河水泛着灰色的涟漪，河对岸的地里有孩子提着铁锹挖小根蒜和荠荠菜，河畔的白榆树染上了深深的紫红色，每个小米粒大的红点都会长成一片绿叶，除非树干在春天枯死掉。春天，这就是到来的春天吗？罗小梅泪眼模糊。她孤单单地抱紧肩膀，无助地哭泣。

这个世界上，不会再有人关心她了，安慰她"这不关我们的事"。因为"事情就落在自己的头顶上，想逃也逃不掉！"这两句话出自同一人之口，但这个人这会儿已经死掉了，肯定有一颗子弹穿过她的眉心，她就那样一栽，死掉了。

二十天前，她最后一次见到了陶小米，陶小米向法院提了最后的请求，希望自己临死前见她这个好朋友一面："见她一面，我就彻底没有牵挂了。"

法院将这句话转达给罗小梅，送信的人体谅地说："你有权利拒绝，她毕竟是杀你母亲的凶手。"可罗小梅毫不犹豫地跟上他走进了监狱的大门。

在会见室，隔着一张桌子，两个人见了面。

陶小米脸色苍白，双眼浮肿，她把戴着手铐的双手平放在桌子上，两个人谁也不说话，就那样看着。沉默了一会儿，陶小米的眼睛眨了眨，看得出她十分珍惜这次会面机会。她清清嗓子，先说了话，声音十分沙哑。

"你不想骂我吗？坐在你面前的是杀你母亲的凶手。"

罗小梅下意识地摇摇头。陶小米竟然笑了一下，十分难为情地笑了一下："我知道你不会，小梅，你还记得十年前，我们在三通河边一起耻笑杨红的事吗？你还记得她死后我对你说了什么吗？对，当时我说那不干我们的事，现在我仍要告诉你，这不干我们的事！"

"但你杀死了她，是你杀死了她！"罗小梅双耳轰鸣，她强迫

201

自己靠在椅子上，免得栽倒。

陶小米虚脱一样低下头，她的额头沁出津津的汗珠。再抬起头，罗小梅清楚地看见她的双眼蓄满了泪水。"小梅，我不知道她是你妈妈。我没见过她，你应该记得，我没见过她。"

陶小米说："我当时吓坏了，她抓住我不放，我不知道门外敲门的是你，她抓住我不放，我吓坏了。"她哭出了声。

罗小梅极力迫使自己痛恨对面这个人，无论她们当初怎么要好，她也应该恨她，是她杀死了徐立群，使她没了母亲。走在路上的时候，她还想着质问陶小米，如果可能，她要抓破陶小米的脸。可现在不知为什么，她下不去手，连恨也恨不起来，她除了哭泣什么也不会做，反倒需要陶小米来安慰她。

"小梅，事情就落在自己头顶上，想躲也躲不过。这几天我仔细想过，要是我再活一次，很可能还会这么糊里糊涂地活，如果说有什么清楚了，那就是仇恨，我恨这个时代，恨那些坑害了我的人。是他们把我变成今天这样。我还要说，这不关我们的事，是生活使我们这样……"

罗小梅打断了她的话："你不要骗自己了，生活让你杀人吗？生活让你赚那种脏钱吗？为什么别人没这样，单单你变成今天这个样？单单让你自己……"

陶小米愣了，脸色苍白，看着激愤得双颊发红的罗小梅惊讶地张着嘴。罗小梅不能再说下去了，局促不安，似乎恐怕伤害了对方。

后来，陶小米咬了咬嘴唇，压低了声音："不错，我是和人家睡过觉，你当我是心甘情愿那样吗？不管早晚，躺在什么破地方，或者干脆躺在野地里，被臭男人压在身上。你可以说我为什么不找件正经的事做，换了你，你找找看？像我这样的人，找事做等于往一块铁板上钉钉子。我是写恐吓信，敲诈了冷面店的老板，可他是一个十足的坏蛋，我敲诈他有什么错吗？我……"她抽咽着说不下去了。

"时间到了。"站在旁边的高瘦的女狱警站起身。

陶小米止住了哭声，隔着桌子向罗小梅伸出手："小梅，无论如何，我都要说一声对不起，在这个世界上，我最害怕伤害的就是你，可这可怕的事到底发生了。"

罗小梅也站起来，她没有去握陶小米浮肿的手指。这种时候她不知道应该怎么做，匆忙之中碰翻了椅子。她努力使自己平静，但无法平静。

陶小米向后面走去了，罗小梅着急地喊道："你等一下。"陶小米站住了，罗小梅竟忘了为什么喊她，顿了一顿，她问道，"我最后问你一句，这些年你干什么去了？"

陶小米再次流出了眼泪，摇摇头，背转身子，快步走了两步，她忽然转回身："小梅，我忘了告诉你一件事。你还记得那个刘彦红吗，当年和我一起出走的那个人，这次公审的也有他，他也是杀害你妹妹的凶手。没想到吧，我们又走到一起了。"

罗小梅呆立在原地，目送陶小米的背影消失在铁门的拐角处。

那个高瘦狱警回到会见室，见罗小梅仍站在那里，她关心地问："你不舒服吗？"她扶住罗小梅的肩头，几乎是挽着她走出了会见室。

"你好像并不十分痛恨她。"狱警叹口气说，"这种人让你怜悯觉得不值，恨吧，又有那么点同情，实际上她应该算作那种社会的渣子吧，除了给社会带来点麻烦，活着一点用处也没有。"

风过白榆

在走廊里，女狱警叫住罗小梅："你真想知道她的经历吗？"罗小梅摇摇头，她不想听，狱警叹口气说，"一个人就这样完了。"

一个人就这么完了。完结得如此彻底，消失得不可思议。至多如玻璃上一条很细的擦痕。罗小梅想起她和陶小米目睹杨红自尽的情形，她们骂那个女孩子"血纸儿"的时候，那个女孩自尽了，但她为什么选择死？和她们的污辱有多大关联？这一切都成了永久的谜。罗小梅想起了母亲徐立群，去年秋天的一段日子里，徐立群每天清晨都来到河堤上，也许就站在她此刻坐着的这一片地方呢！当时谁也没有猜到她在看什么，现在罗小梅想清楚了，徐立群眺望的不就是那块被辟为刑场的滩地吗？她每天想的是为女儿报仇！但她没能看到凶手伏法。

夕阳铺红了半个河面，春天的河畔响起了悠扬的蛙鼓，这个世界并没有因为有人身遭不幸而有些许改变。罗小梅这样想着，拖着疲惫的双腿走回镇子，走回专政路。

罗小梅远远地看见有一个人在她家的门口徘徊，看见她，那个小伙子快步迎了上来。

"我来看看你，"武强说，"看看我能不能帮你点忙。"小伙子脸红红的，说话很紧张，表情既尴尬又沉重。

罗小梅的眼泪就在眼圈里打转，她想不出这种时候还有什么人会来安慰她，她一肚子的委屈和悲痛顷刻就要爆发出来，她强忍着，以免自己的变化过于强烈，她感激地点点头，却说不出话。

小伙子误解了她的意思，着急地解释说："单位派我外出学习了，今天才回来，听说你家又出了事，赶紧跑来看看，你不会怪我来晚了吧？我真是才回来，你看，出门的衣服还没来得及换呢！"

"武强，谢谢你，谢谢你来看我，我凭什么怪你，你能来我就很高兴了。"她有那么多的话要说，不知从何说起，她只好打住，脚尖踢着泥土，踢成一个坑。

"我怎么也没想到，杀死徐姨的会是陶小米，她又是那样一个人。我还记得当年她和刘彦红出走的时候，我去火车站送他们，没想到，再见到她会变成这样。"

"事情本来就没法预料，那天我闯进屋子，我妈倒在屋地中央，头上冒着血，我吓坏了，我想起来的第一件事就是去找她。我跑去朝阳旅社，可她刚刚被公安局抓走，当时公安局还不知道她杀人的事，冷面店的老板娘告她勾引丈夫敲诈钱财。她当时……"罗小梅的泪水夺眶而出，捂住脸靠在门边的一棵白榆树上抽咽。

"别哭了，别哭了，小梅，没人愿意出这种事，事情到了这步，最重要的是你的身体，你还有一个妹妹需要照顾，信我的，坚强些好吗？"武强扶住罗小梅，喃喃地安慰她。

罗小梅趴在他的肩头，哭声更大了。哭得小伙子手足无措，局促地用眼瞄着四周，看见有人朝这里望，他便红了脖颈。他的心怦怦乱跳，还没有一个姑娘和他靠得这样近呢！他把她扶进门里，将门关上，再不安慰她，任姑娘的泪水打湿他的肩头。

第二天一早，罗家的门就被叩响了，罗小梅打开门，武强站在门口，脸色涨红，红得他脸上的雀斑都看不见了。

"我半夜就来了，"小伙子说，"我不放心，来看看你。"

武强说："看能不能帮你点忙。"

罗小梅开始恋爱了，爱情来得正是时候，不早也不晚。抚慰一个人心灵的创伤，没有什么比爱情这剂良方更有效。武强在罗小梅

风过白榆

最痛苦的时候介入了她的生活，就像在一杯苦水里放了一撮糖精，晶莹的结晶体慢慢地稀释、消融，不知不觉地改变着端起杯子啜饮时的口感。罗小梅几乎不假思索地接受了这份欣喜，她像是一个溺水的人，突然抓住了一只浮标，虽然没有上岸和获救，但毕竟可以喘口气了。现在，她的生活里除了悲伤，多了另一样东西，那就是期待。她期待着武强不约而至，期待着生活中一些细节的细微变化。

由于爱情，生活变得善意和温和起来，罗小梅和武强第一次肩并肩地走在大街上，她羞涩地低着头，小心地绕开石子或者杂物，提醒武强注意春风刮断的白榆树枯枝，她既甜蜜又无助地害羞，这种感觉真是美好极了，太阳在她的脸颊映满春光。这是一个星期天，专政路的许多居民都看到了这一对年轻人，他俩就在人们惊讶的目光中拐过前面的街口去了百货商店。许多人都被这对年轻人的出现弄得发呆，他们怀疑自己的眼睛，习惯于搬弄是非的女人故意去询问别人。

"你看见罗家的大丫头走过去了吗？和一个小伙子一起走的。"

"可不是嘛，我也在想这件事。以前没看见过那个小伙子，是她刚刚处的对象吧！"

"你别乱说了，她妈妈刚死不久，她妹妹死了也不到多半年吧？她怎么会处对象呢？"说话的是粮店肥胖的开票员，她患着糖尿病，但不妨碍她打抱不平，富于正义感和同情心。她说，"罗家的丫头真会那么没良心？"

"灯光球场开宣判会她就没去，当时大家以为她怕看见那种场面受不了呢，现在看完全不是那么回事，要我说，这丫头就是个没有心肝的人。"杂货店的老板娘愤愤地说。

"徐立群虽说是爱占些小便宜，换了咱们又能怎样呢？没了男人，还要拉扯孩子，可把孩子拉扯大了又怎样呢？她刚死没有几个月，她的女儿就开始找男人了。"一个人插话时把舌头弄得啧啧直响。

"不行，咱们专政路不能容这样没有廉耻的欺师灭祖的人。"浴池的薛把门表情极为愤怒，她的儿子就是去年因罗小花案发打掉的流氓团伙中的一个，说话时她多少有些心虚，眼睛看着幼儿园的女园长，希望能得到回应。

园长说话了。园长说："我们同情她，她至少应该有一副值得同情的模样。"她把罗小梅的恋爱视为青年人轻浮和世风日下的佐证。然后她大谈在路口重建一座公共厕所的重要性。

当这些女人只限于空谈和用唾沫表示愤慨的时候，那些聚在一起的男人却要把他们的不满落实到行动上了。

箍桶匠的两个孙子和酒厂的几个工人下决心羞辱一下"那个骚货"。他们找来了在垃圾箱里捡废纸片的大二三，这个小脑袋现在是田小脚唯一还活在世上的孙子，他一个人叫了哥仨儿的名字。箍桶匠的孙子从酒厂找来两个绿色瓶子。砸碎，将瓶子底当成墨镜来欺骗傻乎乎的小脑袋，他们说只要替他们做一件事，他们就把这个"墨镜"送给他。大二三立刻流下了涎水，急憨憨地表示了讨好和兴奋。当大二三弄明白他们的意思，便翻起眼白表示反对。他们只好先把瓶子底"墨镜"送给他，大二三才勉强同意了。

他们让小脑袋干的仅仅是在罗小梅回来经过这里的时候，让他冲过去脱一下裤子。他们教唆说："你想要镜子吗，那你就得把卵子露出来。"

这个有意思的惩罚方式很快传遍了专政路，许多人知道消息后

风过白榆

走出了家门，兴奋不已，等着看一出好戏。连四十岁以上的男人也没有出面阻止这种荒唐的游戏，他们表现得很沉稳，虽然他们坚决地表示了反对："不能让那几个混小子这么干。"可当田小脚出来寻找她的孙子的时候，他们奇怪地向她撒谎说看见大二三去小学校看放风筝了。真不可思议，他们竟隐瞒了这件事。他们共同编造了谎言，把可怜的老太太支走，以完成"混小子们"的可耻的计划。

专政路两旁的白榆树下聚了好多人，他们压抑着兴奋，说着各种闲话，装作若无其事，装作对"混小子们"的计划一无所知，其实他们的眼睛一刻也没有离开街角。那个倒霉的没有良心的女孩，随时都有可能出现，只要她走过来，大二三突然蹿过去，一下子褪下裤子，露出患着小肠疝气的公牛睾丸一般大小的家伙——啊，这是怎样一种场面啊！

大二三站在太阳地里，晃着两个深绿色的瓶子底，阳光过滤之后的颜色深深地吸引了他，他若有所思地琢磨着，不时地把玻璃片托在手心里来回翻看，想搞清楚到底是怎么一回事。他的眼前肯定出现了美好的景象，他笑了，露出一口白得像瓷器一样的好牙。后来人们开始议论他，没有人敢肯定他的年龄，认定他是二十岁而不是十九岁。如果不是他已在街上晃了很多年，说他只有十一岁也有人相信，他长得苍白，纤细，有一口令小伙子羡慕的白牙齿。人们不时地瞄瞄他的两腿之间，那里晃晃荡荡十分硕大。大二三瞥见人们看他，他更加得意。把瓶子底举在眼前，走来走去。人群在他的眼睛里成了一个个模糊的黑影，"狗屎！"这个小脑袋骂道，这是他能说出的最清楚的字眼，他的声音尖细，惹起一片笑声。

小脑袋的表现很快使策划者们察觉到计划的不周密，大二三正

风过白榆

在失去对"墨镜"的新鲜感，他不再举着玻璃片了，他开始用瓶子底在地上挖土，他真的挖出了一分硬币。他把硬币放在嘴里用唾沫洗干净，吐出尘土，小心地将钱揣进口袋里。他挖得更加起劲，几乎忘记了一切，掘到人的脚底下也不抬头。

酒厂工人中的一个只好踩住大二三的手，小脑袋不得不停下来，痛苦地咧着嘴，怨恨又委屈地抬头翻起了白眼。"好吧，你要钱是吧？我给你钱。"胖子朱利把从别人口袋里翻出来的几个硬币在大二三的眼前晃晃，"只要叫你脱裤子的时候你就脱，这些钱都是你的。"

大二三偏着头想想，好像要窥出这件事是真是假，然后他认真地点了头。

终于有小孩子从街口跑来，气喘吁吁地边跑边喊："回来啦，回来啦！"

罗小梅真的出现在街口了。

罗小梅和武强往电影院走去，他们准备在那里消磨一段时间。他们买了下午两点钟的票，一点四十五分他们进了放映厅，进去了才发现整个放映厅就他们两个人，武强出去问了一次，确认没有弄错，他们相信了一个不容争辩的事实，电影院真的萧条了。他们俩交换了一下看法，认为对电视最初接受的欣喜，是导致电影院生意冷淡的主要原因。过了一会儿，有几对青年恋人走了进来，他们挽着的手在刚进门时都慌忙松开，看着空旷的放影厅愣了一下之后，又立刻挽上了。在两点过五分又进来了几个小孩子，很显然是电影院职工的家属，孩子们在过道和座椅之间追逐、疯跑，停下时大声叫喊："电影放不成了，你们还傻等什么？"

二点二十分电影仍没有开演，把门的收票员走进来大声吵嚷让

風過白榆

大家退票。这些人慢腾腾地站起来，手拉着手往外走，没有人问为什么不演，答案是明摆着的。武强和罗小梅走出电影院，他们的话题很自然地回到了十年前。

一九七三年可不是这样，那时电影院是镇子里唯一的娱乐场所，几乎每一部新片都能引起轰动，小伙子们梳着转头，手插在裤袋里，伸出手打口哨，冲女孩捏响指。农民们赶着大车来镇里看晚场电影，他们拖孩带崽儿，大吵大嚷，毫不掩饰进城的兴奋。有一次，镇中心小学学生包场，一个农民捡了一张学生票，矮下身子装成罗锅企图混进场，被收票员揭穿以后，打掉了两颗牙。那次事件惊动了县长，弄得沸沸扬扬。仅仅过了十年，往日喧嚣的地方就变得如此萧条了。

谈话的时候，他们都小心地避开了一个话题，不谈他们自己的事，但这几乎是不可能的，他们毕竟是在电影院门口第一次接触的啊。后来他们索性谈起了过去，谈起了雀斑男孩和那个梳小辫的小黄毛丫头，在最初的接触中，遗憾的是他们都不是主角，主角是刘彦红和陶小米。想起陶小米，他俩都沉默了。武强将话题引开，说起了罗云。罗小梅说她习惯了姑姑怪诞的行为："她那样做是为了我好。"

武强不解地说："难道我会吃了你吗？"

"那不一定啊，不能吗？"这句本不怎么开心的话改变了他俩的心情，傻笑起来。

即使不看这场电影，他俩也肯定会上街的。

一开始他们把约会的地点选在罗小梅的闺房，两个人相对而坐。这样见了三四次面，两个人发现他们一直处于罗云的监视之下。老太太总找各种借口突然闯进来，又总是对武强装作视而不见，为了芝麻大点的小事和侄女大声商量。临出门却蓦地转回头，狠狠地盯上一眼，刚刚坐下的武强毛手毛脚地站起来问候她，没等武强说完一句问候话，罗云已经迈出门槛了。这使两个年轻人十分尴尬，刚刚培养起来的好心情，体会到的温馨的情调遭到破坏，直至索然无味。一连三次之后，罗小梅和武强只好将约会的方式改为到街上散步了。

就在中午他们离开家准备去电影院的时候，罗小梅被姑姑唤住了。

"丫头，"罗云说，"你就这样出去了？"

"那还要怎么样？姑姑，你有什么事吗？"

罗云摇摇头，压低声音对侄女说："走在街上你至少应该闭紧嘴巴。"

"这有什么关系吗？"

"丫头，你回来的时候留心一下街上那些看你的眼神你就知道了。"

罗小梅提起这个话头的时候他们恰好走到了专政路口。

一个激动人心的场面就要出现了。

一街的人目光全对准了走来的两个年轻人。这两个人也察觉到有些异样，气氛反常。迟疑了一下，他们毫不提防地向前走去，加快了脚步。

正像计划中一样，大二三走出人群，晃着小脑袋迎上去了。在离罗小梅和武强二十米远的地方，小脑袋的手伸向了自己的裤腰。十米远的时候，他的手抓住了裤带的活结，他小跑起来，直撞过去。武强伸手去拉罗小梅，罗小梅下意识地一闪身，武强的手从姑娘的臀部划过。一街的人都目睹了这个亲昵的举动。他们来不及细细品味，大二三已经解开了裤带。

一个石子将这个糊涂的小脑袋绊倒了，裤子没掉下来他就摔倒了。武强拉了傻小子一把，大二三懵懂地坐起，向四周看一看，哇的一声哭出来。他汹涌的哭声宣告了"混小子们"计划的破产。

罗小梅的脸腾地红了，姑娘立刻明白了自己的处境，她心情慌乱地向前疾走，如芒在背。

武强快走了两步，众多不怀好意的目光注视下，他不好意思追赶，一时间又没弄明白发生的事，他傻愣愣地站在那里，看着罗小梅走到了家门口。

傍晚，罗家的大门被敲响了。出来开门的是罗云。老太太好像算准了会发生什么事，她的手里拎着一个煤铲，怒气冲冲地站了出来。

门外站着男男女女十几个人，这些人的后面跟着一些孩子和看热闹的妇女。

为首的是模具厂的一名叫李艳的四十多岁的挡车工，她是徐立群的同事，也住在专政路。这个人在徐立群出事的时候来过一次罗家，此后再没踏过这个门槛，这次她被大家公推为主事的人。她的身后有幼儿园的园长，挂着拐杖的杨回民，他于半年前患了半身不遂，拖着病体来了。浴池的薛把门躲在人群的后面，两个小箍桶匠当然也站在这群人当中。

幼儿园的谭园长代表大家说了话。她是一个干瘦的寡妇，十年前，她的丈夫忽然失踪了，从此音信皆无。在专政路，她是公认的刚强人，她靠着自己微薄的收入支撑着一个五口之家，并且有两个孩子上了大学。徐立群活着的时候，人们总把她和徐立群做比较，因为她的存在，徐立群的人品更为人们讨厌，现在由她出面和罗云谈话最具说服力。

寡妇园长开口说道："作为专政路的老住户，大家看着罗家的遭遇都非常难过，一家有难大家帮忙，这是专政路多少年的优良传统，现在不怎么讲为人民服务了，可这条宗旨我们不能丢。我在幼儿园就经常这样教育我的孩子们，教他们懂礼貌，学会节约和关心他人。"

对面的罗云一点反应也没有，如果偏要找出她的表情变化来，那就是她的眉头蹙得更紧了。

徐立群的同事，那个挡车工打断了园长的话："照直说吧，把我们大家想的都告诉她。"

园长也觉得自己的话不得要领，她咳一咳，继续说："这么回事，我们到这来是要和你说一件事，我还兼着咱们这条街道的办事处主任，上面来文件要我们抓社会文明的建设，咱们家可有一件事和上级的指示不合拍啊！"为了拉近乎，她有意把"你们"说成了"咱们"。

罗云的眉头舒展开了，嘴角向上翘起，嘲讽地看着她，等她说下去。

见对方不说话，园长有些慌乱起来，她勉强说了下去："更确切一点说，怎么说呢？本来我们不该管这件事，这不是我们的职权范围内的事，比如说随地大小便我们必须管，我们要给每家打卫生分，给五保户和军烈属送温暖，组织妇女给云南前线上的老山英雄们做军鞋、缝鞋垫、寄慰问的瓜子和糖块。可现在有件事，事关专政路的社会风尚，我们就不能不和你谈一谈。"

"还是我说吧。"挡车工抢过话头，她的嗓门很大，"我们说的是徐立群的大丫头，徐立群才死了三个月，她就开始搞对象。年轻

213

风过白榆

人都这么做，我们当老人的还有什么指望？"

人群里的几个小伙子本来就是好事之徒，喜欢凑热闹，这时自然而然地生出许多正义感，觉得自己在干一件高尚的事，便开始起哄。

罗云还是没有说话，外面的人群感觉到了极大的轻蔑，他们乱哄哄地争先恐后地讲说起来。

有人说："那个小伙公然在大街上碰女人的屁股，这连说说都觉得脸红，他竟然在大街上就做了，对我们的小孩子产生什么影响呢！"

"太不像话，我们就是看不惯这样的事。专政路的姑娘怎么会这样无情无义呢？"

罗云在门框上磕磕铲子，大家静下来，等着她说话。

罗云什么也没说，反身将门关上，走回院子去了。

罗云来到侄女的房间，罗小梅正在伏床痛哭，她用铲子敲了敲床沿："丫头，你犯不着哭，"她说，"为了这些无聊的人掉眼泪，还不如用眼泪洗自己的脚后跟呢！不过我也得告诉你，我总觉得你和那个小伙子长远不了。"

"我不听，我不听。"罗小梅扯过一床被子蒙住头。

罗云摇摇头，走出门，她侧耳听听，街上静了，那些人已经走了。

214

"他们只是嫌这日子平常得腻烦，想弄出点事。"老太太叨念着回屋去了。

专政路好管闲事的人们可不是轻易就会罢休的，吃了闭门羹，大大伤了他们的自尊心，也使他们确认了自己的动机是出于高尚的目的，区别于任何鸡毛蒜皮的无理取闹。本来在敲门的时候，他们也没想达到什么样的效果，也许只是和罗云说两句话，撩开这个神秘女人的面纱，的确有许多人是抱着这样的想法去的。小伙子们则暗自庆幸，罗小梅身边的人毫不出色，非但不出色，简直有些丑呢，如果武强是一个人尖子的话，他们的破坏欲会更强些也说不准。"咱们必须表明一下态度。"去的路上，寡妇园长是这样说的，这差不多代表了中年人的想法。回来路上大家都气愤愤的，"本来咱们是为了他们罗家好，其实好不好碍咱们什么事呢？真是一户四六不懂的人家。"

他们心里有更隐秘的想法没有说出来，他们见了罗云发怵，就这么回事，非常奇怪，他们有点怕她。

中年人低落的情绪没有对年轻人产生太大的影响，"混小子们"决定采取报复行动，"好男不和女斗，那我们可要对外来的人不客气了。"他们扬言对武强给予打击。

发生这样的事在十年后几乎是不可能的，可现在是一九八三年，人们还没有一九九三年那么多事可干，人情味也要浓些，衡量事有许多标准，金钱只是一个方面。一九九三年就会大不一样，一九九三年将精彩纷呈，人们都会朝着一个方向努力——像发现秋天的果树又开了花一样，他们发现了钱。

得知"混小子们"要伤害武强，罗小梅给武强捎去了信，劝他暂时不要到这条街上来。小伙子气坏了，第二天一早就义无反顾地来了，罗小梅就和武强并肩上街，故意走得很慢，借此来表明他们不屈服、不低头的态度，但在心里，罗小梅却开始排斥爱情的甜蜜，爱情对于她已经成了一壶温水了，既不沸腾也不冷却。

罗小梅的心情直接影响了武强的情绪，他不得不时刻都在寻找对方感兴趣的话题，为了换得姑娘的一个笑脸喋喋不休地说话，全不顾爱情实际上是一种感觉，更多的时候不需要语言。

什么也没有发生，生活慢慢地恢复了平静和平常。

天气渐渐地热了，榆树繁茂了叶子，一片葱绿，枝叶遮蔽天空，镇子的街道显得狭窄了。有一天，傍晚在街上乘凉的人们忽然在路灯下面发现了白蛾，人们吃惊不小，他们记起了十年前的那场虫灾。男人们扔掉了棋子，女人们一惊一乍，忘记了准备晚饭。镇政府立刻责成防疫部门进行研究，并聘请省城的专家实地考察，得出的结论是，这年的气温十分适宜蚊虫繁殖。老专家走到专政路的时候闻到了闷热的异味，他循着味道来到了经营不景气的镇办酒厂，明白了这种异味是由发酵的酒糟发出的，他便放心地走了。老专家来去匆匆，他给镇政府提出的建议是大量购买杀虫剂和灭蚊灵。没想到蛾子自动消失了，事实证明不过是一场虚惊。

交往的时间长了，两个人的关系自然会向纵深发展，这是惯常的情形。但罗小梅对武强却怎么也热烈不起来，她本能地讨厌武强对她的亲昵举动，偶尔为了迎合对方，她也试图投入一点，可是不行，她的心情很快就会变坏，对自己的举动产生深深的厌恶。为了逃出徐立群和罗小花在她头顶编织的阴影，她和武强离开她的房间，在夜幕降临的时候，走到护城河堤去。那里是年轻的恋人自由欢爱的地方。

他们在河堤上漫步，护城河畔蛙声悠扬，从镇外吹来的风清爽怡人，看见别的恋人相依相偎，小伙子心头着了火，他的女朋友想起的却是另一番情景：她的母亲迎风而立。罗小梅还是摆脱不了徐立群的阴影。可以想象小伙子兴致正浓，跃跃欲试，这时候他听见的是一个干巴巴的声音："咱们回去吧！"这样的事连想一想都让人

风过白榆

扫兴，武强立刻兴致全无，心口窝像堵了一块破布，想发火又觉得没有理由，不发火又实在失望。看见武强闷闷不乐，罗小梅既歉疚又觉得对方的情绪变化没有来由，她安慰武强："咱们不是很好吗？"

他们的确没有什么不好，可也说不出好，导致这种状况只有一个原因，缺少激情。小伙子有激情得不到回应，他送罗小梅回家，临分手罗小梅仍然看不出一丝缠绵和依依不舍。回家的路上，武强经常感到郁闷，闷得他懒得躲车，好几次遭到卡车司机的叱骂。可怜的小伙子想得一场大病，他假想自己得了绝症，姑娘来看他了，他却找一个借口故意和她吵翻，让她恨他，和他断绝来往，然后他在孤独中死去。这样做是怕他的死伤害她。他似乎已经品尝到了孤寂，就如飘零的红叶一样的凄美。他有些自怜，眼眶竟然湿润了。他彻夜失眠，爱情给他带来的仅仅是有个姑娘和他一起散步，在家人和同事们的眼里他已经有了女友，他感到的孤独却比以前更多。这是另一种意义的孤独，一种骨子里的孤独。武强对罗小梅的怨恨随着他自己假想出来的情境消失了，他想起了姑娘许多温柔的细节。

"咱们不是很好吗？"因为这句话，第二天他又站在姑娘的面前，爱情把生活变成了一个怪圈，这是根本无法解开的千万个连环。

他们继续在护城河堤散步，数着河对岸村庄的灯火，在附近的纺织厂机器的嗡鸣声中谛听日渐稀落的蛙鸣。夏天悄然来临，小河沟里白天可以看见蝌蚪了，青蛙和蟾蜍从河畔转向了田野。许多堆灌木丛的后面藏着热情似火的恋人，在夜幕的掩护下喁喁低语。这样的夜晚本来就是属于年轻人的，恋人们做什么都不算过分。正走着，武强悄悄地捅了一下罗小梅，示意她看五米外的树丛。姑娘的脸早就红了，她知道那里发出的是什么声音。走过那里，武强的手不由自主地搂住了姑娘的腰，吻她没有光泽的头发。罗小梅感到浑身燥热，她鼓励小伙子把手移到她的臀部。后来，他们自然而然地走到一丛灌木的后面，小伙子手颤抖着伸进了姑娘的裙子。

这种感觉是新鲜的，年轻人只有撩开男女之间薄如蝉翼又厚如重帷的屏障才算真正踏入了生活的门槛。"太好了！"小伙子喃喃地说着，手放在那个美妙的地方，心跳加快，额头冒出了汗珠。他的另一只手抓住姑娘的手，示意她握住他，姑娘抗拒了几下，好奇心和难以言说的情愫到底促使她握住了。他们就势倒了下去，夜露沾湿了衣服，他们也浑然不觉。接下来的一切都将顺理成章，慌乱、神秘、渴盼得以饱尝。就在这时，罗小梅听见了一声细微的响动，她看见不远处有一个人坐在堤上，看着他们。

热情迅速消退了，两个人紧张尴尬地理好衣服，快步离开了那里。走出很远，武强回头看看，那个人仍坐在原地没动。

就在那天晚上，护城河堤上发生了一起奇怪的劫案，有三对恋人被洗劫了身上的钱物。护城河边的一些住户人心惶惶，日头一落便闩好房门，和邻居约好了呼应的暗号。护城河堤不能去了，但有了那一次深入的接触，两个人都觉得生活发生了变化，感情的发展由量变变成了质变，多了许多内容，他们不知不觉地想到结婚的问题了。但结婚的事毕竟还比较遥远，然而，不久后发生的一件事却使他们提早定下了婚期。

七月初的一个星期天，上午九点，武强来到了专政路，罗小梅终于答应去见他的父母。武家一大早就开始收拾屋子，准备饭菜，武强插不上手，里里外外帮了不少倒忙。八点三十分他离开家，他约好了九点三十分到罗家接罗小梅。他在街上勉强逛到九点，然后急不可耐地踏上了专政路。

上午的专政路弥漫着泔水的馊味儿，路上没有多少人，两个乡下的拾荒妇女在小卖店的前面翻腾着垃圾箱，附近的一根电灯柱下面停着卖豆腐的驴车，车上嫩嫩的豆腐蒸腾着豆腥味儿很浓的热气。星期天许多人家都起得晚，煤气火的红光从开着的房门闪耀出来，主妇们用葱花爆锅，响起一片诱人的嗞啦声。路两旁的白榆树潮湿滋润，时而几滴露水滴下来，落在悠闲的散步的人头上、脸上。一切都显得安谧，舒展，慵懒愉快的喜气包裹着清新的专政路，这和武强的心境基本吻合，他放慢脚步，尽量多消耗一点时间，以免过早地敲门。

武强走到酒厂的门口，从里面忽然冲出一辆自行车，一直向武强撞来。武强慌忙闪开，紧接着又有两辆自行车冲过来，武强躲过第二辆却没有躲过第三辆，自行车的前轮撞上他的右腿，他撑住自行车的车把才没有摔倒。

"你瞎眼了你，你往自行车上撞？"另两辆自行车早拐回来将武强围在当中。

武强没来得及解释就挨了一拳。

几乎从地底下冒出来的一样，武强再定睛时周围围了许多人了。专政路的居民们立刻明白了，这就是"混小子们"蓄谋已久的报复行动，人们十分兴奋。只有几个好心人动了恻隐之心，他们劝道："有什么了不起的事要在街上打架，都散了吧，真是的。"

小箍桶匠和胖子朱利不管这套，他们按照原定的计划，不由分辩地将武强推推搡搡带进了酒厂的院子。由于经营状况不佳，酒厂

219

风过白榆

停产多日，院子里生锈的防火桶里面长出了杂草，车间的门口生长着马蛇菜，院子里有许多蜻蜓在飞，飞出一片安闲。武强被拥进酒厂，他明白自己着了"混小子们"的道，他们对他下手了。

他的心神定了下来，手脚却开始发抖，身体发虚，汗珠从雀斑下面冒出来。"你们要干什么？"他拼死挣扎，腰部又挨了两拳。从工厂闲置的车间里走出两个工人，两个人的脸上长满酒刺，手脚骨节粗大，一副有力气没处使的架势。武强心里一惊，凉气直贯脊梁。

"就这小子吗？我的劲正愁没地方使呢！"两个人一齐抓住武强的胳膊，将他拖进了车间。

外面闹闹哄哄地拥进许多看热闹的人，他们看见"混小子们"把武强推到了一个废弃的酒糟池子的边上。

"你服不服我们？"胖子朱利幸灾乐祸，压抑不住干一件坏事的兴奋，"你敢到我们专政路来要，你没打听打听专政路是好惹的吗？"

和这几个坏小子相比，武强的身体显得单薄瘦削，有点惨不忍睹的悲壮意味，他想既然这场羞辱必不可免，抗拒只能导致吃更大的亏，便打定主意不说话。

工厂停产，拿不到工资下酒馆，每天无所事事，闲得总是琢磨生事的"混小子们"决心在人们面前出出风头，他们辱骂武强，惹他发火，好找到借口实施更坏的计划。武强不吭声，心里却十分着急，他想罗小梅也许在家等急了。脱不了身，他焦躁起来了。

这时，忽然有人喊："罗小梅来了。"

罗小梅出现在人群的后面，她的手里提着一把煤铲，眼里含着泪水和仇恨，一声不吭地径直走来。她的眼神让人们想起了徐立群，人们终于找到了罗小梅和徐立群相像的地方。罗小梅除了比她母亲瘦一些，其他的张狂举止和死去的挡车工并无二致。

小箍桶匠心虚了，几个混小子趁武强回头的工夫，一使劲将他推进了废弃的酒糟池。

武强摔了下去，潮湿的酒糟池砸起的竟是一团烟尘。人们定睛细看，天哪，那根本不是什么烟尘，飞起的是一团滚成球的蚊蚋——灰尘一样纤小的黑色飞虫。

罗小梅失声叫道："快把他拉上来，快把他拉上来。"

"混小子们"慌了手脚，胖子朱利跳进不深的酒糟池，他拉起武强迅速爬出来。成群成群的飞虫随着他们涌了出来，一团团黑色烟雾迅速弥漫。那股黑烟源源不断地升上酒厂的屋顶，人们惊呆了，好像掉进酒糟池子的武强砸开的是蚊蚋国的城门，无数的飞虫飞了出来。酒厂屋顶的黑烟好半天才消散了。片刻之后，附近朝阳旅社的洗衣工发现晾在院子里的白布床单沾了许多黑点，走近前一看，竟是落上去的黑色和暗绿色小蚊蚋。这种可怕的情形很快出现在镇上的许多人家。

一九八三年的灾难就这样来临了，当老人出现大小便失禁、呕吐的症状时，大多数人还没有引起重视，等到有孩子出现了抽搐，恐惧才扼住了人们的喉咙。乙脑的流行使榆树镇的街道变成了医院的走廊，镇子里喷洒的消毒剂蒸发着福尔马林的气味。为防止病毒流向乡村，公安部门和防疫部门联合在火车站、长途客车站，以及所有出入镇子的路口张贴了提醒注意的告示。这加剧了镇上居民的恐慌。

这期间，还发生了一件稀奇的事，一个用双手走路的残疾人敲响了城南派出所的铁门，他自称是不久前护城河堤系列劫案的策划人兼行动者，连日的头痛使他怀疑自己染上了乙脑。自首的原因是他没有钱去医院就医，"你们总会发扬人道主义的精神救我一命吧？犯人也是人啊！"他出示了作案的工具，不过是一条木棍。他说他只要坐着不动，保持镇静，被劫的人便会自觉地将钱物交到他的手里。"我对他们说，等我站起来，事情可就麻烦了。我说的是真话，让我站起来确是一件麻烦事嘛！"他委屈地哭了，仿佛他本人才是受害者。警察们将他送进医院检查，结果一切正常，他没有染病，这残疾人便要翻供，弄得警察们哭笑不得。这消息一经传说，便引起了一些波澜，被劫的三对恋人分手了两对，"和你在一起没有安全感，你还不如一个瘫子。"姑娘愤然离去。

罗小梅也觉得武强没有安全感，但她还是说服自己决心嫁给他。他们将婚期定在国庆节这天。定下了婚期，他们便开始为结婚做准备，两个人不可避免地要发生一些小摩擦，武强性格绵软，不善争执，大多事情由罗小梅做主。罗小梅看清了武强没有多少主见，乐得自己说了算。诸事烦心，罗小梅自己觉得性格发生了变化，为衬衣上的一颗纽扣颜色不对也和武强大吵一通，武强不解又有点委屈地看着未婚妻直摇头。心情好的时候，罗小梅为自己的过分很内疚，主动偎进武强怀里亲热一下，武强的不快立刻烟消云散。夏天穿的衣服少，两个人亲热时自然热烈许多。有一次两个人在床上翻滚，武强冲动地说："咱们要了吧！"罗小梅紧紧地搂住他的脖子摇着头，发出颤抖的呻吟。武强以为她不同意，更加冲动地说，"咱们什么也不保留。"罗小梅的热情消逝得一干二净，她推开武强，厌恶地坐起，拢着拢着头发，她忽然哭出了声。武强不知所措，他道过歉，劝慰了一番，仍然没止住罗小梅的泪水，他扫兴地走出房门，心情非常郁闷。

在院子里，武强发现了栽倒在白榆树下的罗云。老太太在去解手的路上摔倒了，武强扶她起来，罗云两眼发直，裤子里流下尿水。

已经有几个病人抬进了镇医院的太平间，乙脑进攻的目标主要是老人和孩子。头脑清醒的时候，罗云坚决地拒绝了罗小梅和武强要将她送进医院的请求，罗云固执地认为侄女是怕她死在这个院子里。"我哪儿也不去，丫头，你休想将我抬出大门半步。"

罗云的病越来越重了，高烧摧毁了她的神经系统，手脚不自觉地抽搐，在睡梦中大声喊叫，不灵活的胳膊抓挠着前胸和脸颊。她的力量奇大，武强摁她都感到吃力。最后他们不得不像医院里那样，将她的双手绑在床头。

星期四的早晨，罗云忽然清醒过来，她觉得后背痒得厉害，她的手还被绑着，于是大声叫喊。双眼布满血丝的罗小梅慌忙跑进来，姑姑冲她大瞪着双眼，不停地活动着手腕。

"丫头，你就这样对待一个老人吗？"

虽然讨厌姑姑阴阳怪气的腔调，罗小梅还是欣喜地给她解开绳子，帮罗云翻身，罗云竟生了褥疮。罗小梅内疚地不敢正视她的目光。

"对病人你太缺乏耐心了。"

"姑姑，你又是抽又是叫，你不知道有多吓人。"罗小梅尴尬地解释。

"这么说我已躺了好多天了？"

"整整三天，三天你都糊里糊涂的。"

罗云沉默了，闭上眼睛，眼皮却抖个不停。

后来，她睁开眼，对侄女说："你把我吃的药都拿来，我想看一看。"

罗小梅将药瓶放在她的床头。罗云笑笑说："丫头，你出去吧，我知道你对陪老太太没兴趣。"

罗云叹口气，心疼地看着侄女："去吧，去吧，回去好好睡一觉。"

见罗云有心情开玩笑，罗小梅便放心地回自己屋里去了。

中午，武强走进罗家，罗小梅正对着一张纸发呆。武强拿过来一看，却是陶小米十年前写给罗小梅的一封信，他还没来得及细看，罗小敏跑进来，小姑娘脸色惨白，说话结结巴巴："姑姑，姑姑不会——不会动了。"

罗小梅和武强慌忙跑到罗云的房间，罗小梅一眼看见了床下扔着的空药瓶。

武强作为罗家唯一可以依靠的男子汉显示了最后一次镇定，他将手脚冰凉的未婚妻扶回她自己的房间，给她倒了一碗水。"咱们得通知一下，告诉别人姑姑的死讯。"小伙子很沉稳地说了自己的想法。

可是该通知谁呢？罗小梅忽然想起罗云是工作过的，她曾在一家织线手套的街道小厂上过几天班。"那我现在就去找她们领导。"小伙子自告奋勇。

临出门，武强想吻吻未婚妻的额头，罗小梅不耐烦地将他推开。武强脸红了，他整整衣服，走出门去。

阳光很好，院子里的白榆树筛下斑驳的树影，麻雀棋子一样地在树杈间弹来跳去。院门的门楣上方，一棵小榆树钻破了油毡纸，洒下一片嫩绿，在微风中轻轻摇曳。几只好看的蜻蜓起起落落，街上的洒水车不时地提醒着行人，水泼起一片片新鲜的土香。武强急匆匆地走出罗家。

罗云工作过的街道小厂早已不生产线手套了，现在的产品是卫生纸。武强穿过浓烈的沤纸臊味的车间走进一间狭窄的办公室，找到了工厂的厂长。厂长是一位拄拐的小伙子，他没听完武强的诉说，便开始诉苦，说工厂的效益差，在职职工的工资也保证不了，再说罗云早已离开工厂多年，按道理应该算作自动脱离单位。厂长认真地建议武强去找找镇政府的民政助理，也许他能帮上什么忙。一席话说得武强头昏脑涨，离开工厂时有些精神恍惚的感觉。走到工厂大门口，他又忍不住走回去，不顾厂长的拦阻，径直走进车间扛了一捆卫生纸。

专政路的许多人都目睹了武强出车祸的过程，他就像一片纸片一样在那辆洒水车前面飞起来，又摔下去，小伙子磕破的脑门流出汩汩的鲜血，将撒在旁边的卫生纸洇得一塌糊涂。

武强被送往医院的途中停止了呼吸，武强就这样死掉了。

与此同时，走进姑姑房间的罗小梅惊讶地发现，姑姑睁开了双眼，喝了那么多药物准备自杀的罗云奇迹般地活了过来。

罗云沙哑着嗓子对侄女说："你去看看吧，那个小伙子不行了。"

第十二章

一九九三年创造了许多奇迹，气功便是奇迹之一。

春天，气功像春风一样荡涤了长着白榆树的镇子，来自各地的大师纷纷到镇上做带功报告，他们虽然形象各异，功法不一，但一件事是相同的，让听众入定，然后发功。有时一天几个门派同时在镇上开班讲功，影剧院、文化宫、镇政府的会议室都成了大师们发功的场所。大师们神情肃穆，向听众描绘着萦绕在他们头顶的七彩光环，然后大声召唤，让瘫痪的人从轮椅上站起来，让哑巴开口说话，用甩手腕的办法甩掉癌症患者的瘤疾。会场一片混乱，有人扔掉了双拐，有人又哭又笑，有人倒地抽搐。檀香的气味冲破门缝，涌上街道，涌上广场，呛得街上的狗打起喷嚏。

和气功一起涌入镇子的是各种治疗阳痿早泄的花花绿绿的彩纸广告。二十年前被逐出镇子的游医重新出现在镇子里，他们赁屋而居，兜售各种颜色的药丸，他们还收购古董和兑换外币。有时他们也兜售老鼠药，在火车站的站前广场上铺开一块肮脏的白布，摆放着一些死老鼠，做用药换死鼠的生意。

有一天，镇上来了一个马戏团。和以往来过的马戏团不同的是这伙人并不表演马术，也不表演杂技，他们在博物馆前面的广场上租了一个场子，向人们展示五条腿的牛和千年的大海龟，并伴有流行歌舞的表演。但买票进去的人都大呼上当，人们看到的五条腿的牛只不过右腿下部长出一只类似蹄子的肉囊，而那只大海龟干脆就是一只海龟壳。让人们开了眼的是歌舞，两个矮胖的南方乡下姑娘戴着墨镜，用绸布束住胸乳，下面穿条彩裙，露出肚脐连扭带唱，把木头搭成的台子弄得烟尘腾腾。但观众毕竟看见了她们肚皮上长出的几十颗湿疹，还有胖胳膊上种牛痘疫苗时留下的疤痕。

马戏团来榆树镇演出是一九九三年又一件轰动的事，自一个月前田小脚的葬礼上了当地的报纸以后，奇怪的事情便接踵而来，令人目不暇接了。

马戏团的表演场地由一圈肮脏的白布围着，白布上画着粗俗拙劣的图案，红袄红裤长相难看的女人玩着绿蛇，腰扎板带的汉子裸着上身挥舞着一条扎枪，胸脯上的两个乳头和眼睛是用墨点的四个圆点，总之画得要多丑有多丑。吸引人的是从布帷里面传出的广播宣传，一个声音沙哑的男人上气不接下气地鼓动："你走过南方去过北方，你到过英国去过美国，朋友，你见过五条腿的牛吗？千年大海龟让你一饱眼福，还有狂歌劲舞，美女翻跹，不看不知道，一看就知道。过往的朋友，快点买票，快点买票，这场就要开演了。五毛钱你能干什么，五毛钱你能大饱眼福。开演了。"

马戏团的把戏很快便在镇上传开了，人们说："这骗得了谁呢？小脑袋大二三也不会上当啊！"马戏团给镇上的居民留下了一个疑问——他们表演这样拙劣的戏法为什么没有饿死？听说了这件怪事，为了表明自己像人们说的那样聪明，小脑袋大二三走去广场，背着手围着马戏团布帷走了一圈，认真地对布上画的人嗅了又嗅，可能闻到了什么难闻的气味，小脑袋皱起眉头骂了几句，然后对着布幔撒了一泡尿。小脑袋拐着罗圈腿离开时恰好一个小姑娘从布帷里走出来，小脑袋心情极佳地冲她笑笑，然后坐在地上给她表演了不脱外裤便扯下裤衩的绝活，逗得那个外乡的小姑娘哈哈大笑，笑出了眼泪。

小脑袋的精彩表演作为笑料上了当晚居民的餐桌，晚饭后，女人收拾桌子的空当，男人都去了广场，不是去看表演，他们要看的是大二三。他们想小脑袋一定不会罢休，还会去马戏团的外面出洋相。

小脑袋大二三晚上七点来到了广场，他找了一盏明亮点的路灯，坐在灯影里，然后开始表演他的绝活。将罗圈腿盘在脖子上，怪里怪气地唱歌，使劲地摔打脏臭的裤衩，夸张地在裆间搔痒。他玩了一会儿，发现没有几个人围着他。向四周巡视一番，白天见到的马戏团的帷幕还在，里面除了几个在台子上跳上跳下嬉闹的小孩子，空荡荡的。他悻悻地站起，脸上浮现出不知所措的表情，背着手站了一会儿，好奇地围着帷幕转了两圈。弄明白确实没有人等着他，看他表演，小脑袋脸颊抽搐，黄焦焦的胡子抖动起来，他往回走了。不断地被脚下突然长出的羊角叶和马蛇菜绊倒，摔了一个又一个跟头，后来他摔疼了，放声大哭起来。他的哭声断续沙哑，却极悲伤，听到他哭声的妇女们都想起了他奶奶田小脚的葬礼。

一个月以前，田小脚，那个有着三个小脑袋孙子的老太太，在大街上给她硕果仅存的一个小脑袋买五彩哗棱棒的时候突然摔倒了，卖小百货的外乡人在街上义务劳动的中学生的帮助下将她抬进田家的老屋。一些邻居得知消息跑去探视，外乡人留下的十几只气球飘在田小脚躺着的生了铁锈的床头，田小脚已呼吸全无。几个上了年纪的老人来看过之后，人们确信以后再也听不见这个小脚老太太沙哑的呼喊了。

好心的邻居找回在酒厂门口和小孩子捉迷藏的大二三，小脑袋脑门爬出了皱纹，下巴上长了胡子，手里捧着一颗不知在哪儿捡来的白皮鹅蛋。小脑袋满身泥土，体臭扑鼻，对着躺在床上的老太太做鬼脸，然后不由分说对屋里的人抡起煤铲，凶巴巴地将人们赶出了院子。

第二天上午，街道办事处请动了派出所的警察，准备出面处理田小脚的丧事，他们走进田家阴暗潮湿散发霉味的屋子，床上叠着整齐的被褥，田小脚的尸体竟然没有躺在上面。

田小脚穿着一身长了灰色霉斑的黑衣黑裤走到专政路路口的花坛跟前，一开始，大多数人还不知道她已经是个死人，人们只是奇怪她的穿着，她奇怪的寿装样的装束将风都拢到她的脚边，刮成铝锅大小的旋风，旋着纸片、白榆树去年的枯叶，几片散发硫黄味的纸壳屑，那是几家同时开张的商店炸碎的爆竹。田小脚面若死灰，脸上挂着冰凉的泪水。她的身后走着小脑袋孙子，仍捧着那颗鹅蛋，一脸惊恐的表情。他们在每户人家门口都站一站，人们很快便知道她是一个死人了，大街上立刻空了。她还没有停留在人家门口，那儿已撒下煤灰，人们偷偷地趴在门后，就连请来的警察也变了脸色，头冒虚汗，不加掩饰地将手扶在枪柄上。

田小脚走到榆树镇的人字形镇标下面，她孙子手里捧着的鹅蛋突然被啄出一个小洞，小脑袋吃惊地看看，将小洞扒开，里面竟钻出一只鹅雏的湿漉漉的脑袋。田小脚突然伸出手，指着孙子，直挺挺地倒了下去，僵直的胳膊没有弯曲，一根棍子一样指着天空。小脑袋哇的一声哭了，哭声如一声声鹅鸣。

田小脚的奇特死亡被一位爱好文学的青年写成稿件寄给了省里的晚报，喜欢猎奇的编辑很快将这篇稿子编发了出来。没等人们做出反应，一个圆脸的外乡人忽然来到了镇上，起初人们以为这是一个要把式卖艺的江湖人士，这种说法被外乡人断然否定了，外乡人表演了单掌开砖、脑门碎瓶之后，他又演示了几样不可思议的手段：一柄很好的钢叉在他的手里放了一会儿，再拿出来已拧成了麻花状；他用一张新纸币一挥便削断了十根捆成一束的筷子；他还能用耳朵测字，能用眼睛透视。这个异乡的气功大师自称受了神秘的召唤才来到榆树镇，他的使命是寻找一个徒弟，他寻找的徒弟不是别人，正是小脑袋大二三。

继圆脸气功大师到来之后，又有十几名气功大师来到了榆树镇，榆树镇掀起了前所未有的气功热。大师们宣讲着相悖的功法，操纵门派之争。后来的气功大师们戳穿了圆脸大师的谎话，指出田小脚死而复生并非圆脸大师一人所为，他不过是看了报纸来镇上行骗的小角色。对此，圆脸大师怒颜反驳，信誓旦旦地说要治好小脑袋大二三的病以证明他的功法。起初几天，出于好奇，大二三做了很好的配合，圆脸大师发掘了他许多潜能，让他将双腿盘到腰上便是其中之一，纠正了他不脱裤子而扯掉裤衩的动作。相比之下，人们更信任圆脸大师，他带功报告分发的信息水有一股芬芳的味道。后来圆脸大师携款而逃，原因是人们发现他分发的信息水注入了大二三的尿液，大二三的尿有一股芬芳的月季花香。

圆脸气功大师走红榆树镇的时候，小脑袋大二三风光了几天，那以后他便吃上了百家饭，专政路的人们顾念田小脚活在镇上的最后一幕，那个小脚老太太的旋风之行分明是对全镇的请求，请求人们看顾她的傻孙子。但傻小子可不买账，他吃完饭便把饭碗砸碎，

风过白榆

用筷子和尿泥，冲给他饭的人吐唾沫。他的裆间晃晃荡荡，屁股紧绷，情窦初开的女孩常被羞得满面通红。有一次他闯进了女厕所，任怎么推搡也不离开。有这么多劣迹的大二三不再受到欢迎是理所当然的事，傻小子发觉别人不待见他，他就染上偷盗的恶习，他专偷吃的。人们任他偷，不理会他，这就算大家有恻隐之心了。

最后一次绊倒大二三的是马路当中长出的一棵萝卜，他摔得鼻青脸肿，擦擦鼻血，染了血的手指刚摸到凉爽的萝卜缨子，那棵萝卜就变成一只麻雀在他的额头啄了一下，啄得他眼冒金星。路灯下，他看见那是一只黑色的小鸟，小鸟扑棱棱地在他头顶上盘旋，逗引着他。大二三被逗弄得冒火，蹿起来扑打，每一次都被它轻盈地闪过了。离开灯影，黑暗中的小鸟成了一个闪光的亮点，羽毛熠熠发光。大二三追逐着向前高高低低地奔走。路边的人看见傻小子仰面朝天，双手向上举着，奇怪的是他竟能灵巧地避开地上的水坑，避开一颗小小的石子，他像一只站立的蟾蜍，向前一蹬一跳。一些好奇的小孩子立刻跟上他大呼小叫地奔走，很快大人也加入进来，他的身后竟成了一支混乱的队伍。

那只小鸟飞上大理石的伟人像，在伟人挥着的手臂的手指尖上落了一下，一直飞向博物馆的小礼堂，在礼堂门口的收票员头顶一旋，落在红漆剥落的门楣上。小脑袋清楚地听见了它悦耳的鸣叫，他的脸色激动得发红，他用力向前扑去，收票员没来得及反应，他已跌进了礼堂的大门。

小礼堂的简易舞台上面正进行着一场大开眼界的表演。马戏团的两名女主角终于出场了。她们穿着一身水红色的薄纱衣裤，斜披白色披肩。大二三跌入礼堂时，女演员刚好将披肩抛落，舞台上灯光变红，小鸟变成了白色。女演员剥落红衣，露出里面的绿衣绿

风过白榆

袄。灯光变绿，小鸟变成红色，女演员剥落绿衣，露出里面的黄衣黄袄。灯光变黄，小鸟变成蓝色，女演员剥落黄衣，露出里面的乳色衣裤。灯光变紫，小鸟变成黄色，女演员剥落乳色衣服，露出的是白色衣裤。榆树镇的男人们几乎快要爆炸了，咽不及的唾液漫在嗓子眼。他们到底大喊起来："脱呀！"

小鸟吓得一抖，几乎栽下来。舞台上的灯光变得雪白，再飞起的小鸟变成黑色。女演员终于决然地扯掉了最后一块遮羞布。这时候，台下的人们方才注意到大二三，他已经冲到台下了。大二三看着那只黑鸟，可恶的鸟打了个旋，飞上了舞台。大二三的突然出现引起了混乱，叫骂、口哨、呵叱，起哄声腾起的尘土一起飞扬，人们看见小脑袋大二三高举着两手伸向一个女演员的两腿之间。大二三兴奋地叫了一声，他到底抓住它了。小鸟在他的手里乱撞，啄着他的手心。他忽然间感到了窒息，身体向上升起，两脚和头平行着离开了舞台，他兴奋地呃呃了两声，那只小鸟竟然带动他飞起来了。他感到自己变成了一只惨白的鸽子，向礼堂外面直射而去。大二三麻袋一样坠落在台下的水泥地上，将他抛出去的魔术师站在台边，那两个赤裸的女演员尖叫着跑回后台去了。

大二三磕破的小脑袋汹涌地流着鲜血，他死掉了。他的突然出现使马戏团的演出变得不可收拾。胆小的观众像倒灌的浊水一样涌向门外。想看热闹的仍在往里面冲，一个满脸疙瘩的小伙子边挤边喊："闪开，闪开，他是我们家亲戚。"他的下巴嘭地挨了一拳，一颗牙带着血沫砸在另一个人的脖子上，那人大叫："不好了，我受伤了。"

"不要放走那个变戏法的。把人送医院去。""退票，我们没看清楚。""大家不要乱，不要乱。"穿着皱巴巴西服的男子是马戏团的团长，他站在台上徒劳地喊着。他的声音立刻被叫声淹没了。"滚下去，滚下去。"小伙子们愤怒地大叫，他们像一只只勃起了冠子的小公鸡。

喊得最响的是专政路那几个有名的老流氓：胖子朱利和箍桶匠家的孙子。他们的叫声使一个谣言得以扩散，那两个女子根本就没有乳房，有人看清了其中一个萎缩的男根，耻骨的阴毛是粘上去的。镇上闻讯赶来的人们纷纷聚向博物馆广场。小商小贩也向这里拥来，摆开了馄饨摊、煎饼摊。

——阿里巴巴羊肉串新鲜羊肉串串你妈的羊肉串串你妈的是牛肉喊羊肉串我打掉你下巴哪有耗子肉啊哥们儿耗子肉就不是这个价了住宿吗大哥我们提供一切服务推屁股打飞机你想摸哪儿就摸哪儿啦唉哟大哥手轻点噢人家好难受啊下面的水哗哗的喽竹板一打唱起来恭喜你家大发财老板帮帮忙啦只要人人都给我一分钱我的家就变成美好的乐园看一看瞧一瞧小骚窝秀兰梦露裸体自由你见过五条腿的牛吗千年大海龟让你一饱眼福燕舞燕舞一段歌来一段情情哥哥情哥哥真叫人心牵挂放不下下一场什么时候演我们没看够死人啦死人啦小脑袋死了公安局来了来啦来喽来吧——

小脑袋死了，榆树镇有史以来的第一场脱衣舞表演草草收场。等人们定下神来，马戏团的人早已不见。镇公安局派出警力沿所有出镇的路径追赶，都没有发现他们的踪影。

马戏团奇迹般地消失了，他们从容地运走了那条五条腿的牛和千年海龟壳。他们留下了做帷幕的上百尺脏白布，一个破箱子，里面胡乱地放着十几只乳罩，十几只三角裤衩，十几只用过的避孕套。马戏团如一阵风一样掠过街道两旁的旧房檐，消失得无影无踪。

233

马戏团的旧卡车在榆树镇的最后一次停留，是在火车站罗小梅的水果摊前面，没卸装的魔术师买了二斤橘子和一串香蕉，没等找钱，他便匆忙地攀上卡车，冲罗小梅摆手，笑着喊道："大娘，权当付你小费了。"

"去你妈的，满嘴喷粪的东西，我是你大娘？我还是你奶奶呢！"罗小梅抓起一个烂橘子向卡车掷去，摊床旁边点着的嘎斯灯嗞嗞地跳着灯花。卡车消失在黑暗之中，魔术师的笑声久久不散。终于变成一股燠热的风，飘洒下牛毛一样的雨丝，雨丝渐渐地凉起来，变成晶体，飘起雪花了。

没有到倒春寒却下起了雪，这当然又是一件怪事。听着窗外雪花飘落的声音，罗小梅的心境变得一团糟。心乱的程度只有十年前未婚夫武强意外地发生车祸时可以相比。当时她简直不知道怎么办，她以为自己根本承受不了这种打击。但是她只悲伤了几天，悲伤便被内疚替代了，她发觉自己并不像自己想象的那样爱武强。

有两个晚上，哭累了却怎么也想不起她哭的人的模样了，只好爬起来去看武强送她的一张二寸照片。黑白照片上的少年剃着寸头，不伦不类地围着一条围脖，胸前别着十几枚像章，手里拿着一个语录本，是武强十岁时的留影。罗小梅看得十分仔细，她发现一枚像章上抹着一小团鼻涕，留影少年的鼻凹没揩干净。如果不是认为自己应该悲痛，她肯定会笑出来的。她猜想陶小米要是见到，不定会怎样大笑呢。想起陶小米，就想起了徐立群，想起了罗小花，她这才真正悲伤起来。

有一天，罗云忽然走进了侄女的房间。那些天罗小梅差不多忘掉了罗云，因为罗云从没想着给侄女一点安慰。自杀未遂，过量的药物使她的乙脑炎意外地痊愈了，药物的负作用使她的头发大把大把地脱落，剩下的变成了乱草。起初她的脸肿胀得仿佛一指头就可能戳破，淌出水银。现在消肿了，多余的皮肤打了褶儿，看上去她像八十岁。罗云靠着罗小敏每天送去的一点汤水活了过来。这是她第一次走出她的屋子。

罗云说："丫头，别装模作样了，那没有一点用处，也带不来一分钱。"

罗云说："侄女，你该出去做事了，你妹妹还要你养活呢！"

说完话，罗云扶着墙走回去了，再没有一点声响。

罗云说得没错，是该做点事了，可是工厂倒闭了，能做点什么呢？罗小梅发起愁来。想来想去，她决定做点小本生意。

罗小梅几乎是本能地适应了讨价还价，她每天早早地起来，候在菜农进镇的路口，为菜叶上的水珠和菜根上的浮土同菜农争吵不休。批来菜便小跑着进镇，占住农贸市场的一角，又要应付挑剔的城里人，一分二分地争讲，还要对收税员、工商管理员、检查卫生的赔笑脸，忍受他们的打情骂俏，听他们说一些趣话。起初这些很不顺耳，渐渐地，她也能应付几句了，原来人的变化极其容易，有什么样的笼子便养得了什么样的鸟，多深的水便游多大的鱼，人是随环境的变化而变化的。慢慢地，她的嘴里也吐出脏话来，和那些婆娘们吵嘴能占住上风了。

有时她想，罗小梅已不是原来那个腼腆的黄毛丫头了，又想，那又怎么样呢？一上午忙下来，身子酸酸的，她架起文火炒瓜子，提了秤和袋子走到街上去卖。慢慢地，她也学会了作假，为了增几两重量，往瓜子里掺些细沙子，往菜上浇水，在秤上使些手脚。生活的担子一重，每天进了家就乏极，糊弄一口饭，躺倒便睡。睡前想的是明天一早的行情，武强的形象便一天比一天模糊——就在这个时候，生活意外地起了一点波澜。

那年秋天，放鹅人走进了罗小梅的生活，放鹅人操着一口南方口音，眼窝深陷，眼眉上方横着一条红亮的刀疤，有着女人一样白细的皮肤。他是经常光顾菜市场的最怪的一个男人。

放鹅人每天上午到菜市场来一趟，他不买青菜，只买半斤鸡杂，一包油汪汪的猪头肉，第二天他买的仍是这东西。他是一个外乡人，不知通过什么关系承包了城郊菜农的一个养鸡厂，养的却是上百只鹅。鹅叫声像秋天的落叶一样密集，让人不解的是他的鹅总是一同叫，一叫便叫成一片，不叫便无声无息。放鹅人每次进镇，他的身后跟着一只白鹅，鹅就像忠实的狗一样跟在他身后。镇子里很快便讲开了放鹅人的故事，一部分是他来历不明的身份，另一部分，也是一大部分，则是他放荡的生活。一个独身男人，一个吃油乎乎猪头肉的男人，有着一张七八米长的土炕，该发生多少故事啊。市场上的一些女商贩都和他睡过觉，据说都只有一次。和他睡过觉的女人就像中了大烟瘾一样，但他再不屑一顾。这真是一个奇怪的男人。

有一天，那只鹅忽然停在罗小梅的脚边，嘎嘎叫了两声，扁嘴不啄摊床上的菜叶，而是啄着罗小梅的裤脚。她踢了两脚，想将它甩开，她涨红了脸，骂道："滚开，你这该死的鹅。"

罗小梅的脸更红了，那个奇怪的男人正看着她，嘴角流露着模糊的暧昧的笑意。"滚开，你这该死的鹅。"白鹅听话地闪在主人身后。

"要不我赔你裤子吧！真抱歉，该死的畜生把你的衣服弄脏了。

我那儿正好有一块上好的纯毛布料。"

"我不要，不认不识的，再说也没什么事。"罗小梅两颊滚烫，心从来没有过的狂跳，难以抑制。真是奇怪，这个男人柔和的有点蹩脚的普通话，还有那笑，像一根火柴扔进了干燥许久的柴堆，一下子便点燃了灰土下面的柴草。藏在身体深处的欲望一下子被点燃了，腾起火苗。

"可也是，要不这样吧，我送你一只鹅，"他拍拍白鹅的红冠，"和这只一样的，狗一样听话的鹅。"没等罗小梅拒绝，他便回身走了，边走边回头，说："就这样定了吧！你随时可以去我那儿把鹅领走。"

那天下午她是怎样走进放鹅人的小屋的？她只记得她的脑子里不停地转着一个怪念头，她希望放鹅人不在他的小房子里。她在落叶和枯草覆盖的田埂上跌了一跤，然后，她看见放鹅人站在了门口，倚着门框，冲她摆着手。她狼狈极了，想逃走，但两脚却带着她往前走。

"我知道你舍不得那只鹅，这几天我一直等你来抱走它。"放鹅人像老熟人一样自然地笑着，这一句话，罗小梅摆脱了所有的羞臊和尴尬，只剩下了感激，她的鼻子发酸。

"我知道你会来，这些天我一直在等你。进来吧，干吗在门口站着？难道我是一个坏人吗？一只鹅，一只有着洁白羽毛的鹅是不会跟一个坏人走的。要说坏，最坏的是我们叫他天老爷，外国人喊作上帝的家伙，这两个家伙不知道是不是一个人，没准他们是哥们儿吧？就这么认为吧，他们放牧鹅群一样放牧着人类，他们设下一个个圈套，比如说繁衍吧，如果没有肉体的愉悦谁还愿意干这么件累事呢？肉体的接触能够带来快乐，但快感转瞬即逝，真是可恶之极。可是这件事我们不干却遂了那家伙的心愿，那家伙像阉了的鹅一样爱嫉妒，尽可能地缩短人类交媾时的快乐的感觉，使爱情变得笨拙可笑。你没读过多少书？不明白我的意思？那再好不过了，懂得的越少，过得就越单纯，单纯到只知道吃饭和睡觉就再好不过了。

"可人们总得想点什么，世上有了糖，我们就总得尝一尝什么叫糖，什么叫甜味儿，可要想品尝你就得去把那种叫糖的东西找来，不管你通过哪种方式，都多多少少要付出点代价。但有一种甜味儿我们不用付出代价，在我们自己的身上就可以找到，我们干吗要让那个美妙地方闲着呢？高高山上一坡田，无人种来十八年。对，这是那些不要脸的人写在厕所墙上的话，咱们不说这些污言秽语了，看看我的那些鹅吧。白鹅黑鹅黑白相间的鹅，雁鹅、灰鹅，它们都在秋天的河水里游着，有时它们飞离水面，笨拙地扇动着肥厚的翅膀。有时它们浮在水面上，那边的一片树林沐浴着秋天的夕阳，夕阳照着树叶落尽的灌木，灌木枝上挂着的方便袋和杂草是涨水时留下的痕迹。小妹妹，来吧，你怕什么呢？脱掉你身上的累赘，让清风拂过你滚烫的，藏着欲望的身体。你不会没有欲望的，它没准就藏在你的腋窝里藏在你的头发根藏在你的肚脐最有可能的是藏在你的两腿之间。把它们分开，对，就这样，放松一些，想象我的手指像灵活可爱的小白兔，它们憨态可掬，有着洁白的绒毛，短短的尾巴，它们瞪着激动得发红的眼睛。把腿抬高一些。"血黏糊糊地像一条蚯蚓痒丝丝地爬过她高擎着的双腿，漫过她的臀尖，她的疼痛的愉快的泪水也漫过她的耳廓。他忽然停了下来，在她的下面摸了一下，当他看清手上粘着的是什么，他俯下身去，把头埋在她的双乳之间，泪水，那个男人湿漉漉的泪水从她的很圆的乳房流下，流进了不很明显的乳沟……

那段让人激动的日子很快便过去了。罗小梅最后一次走去护城河外的养鸡场，就在几年前徐立群站着的河堤上的那块石头那儿，她远远地看见一辆警车停在那排房子前面，几名警察将养鹅人——他还没告诉她他叫什么名字呢——押上了囚车。警车刚刚开动，那些看热闹的人便一窝蜂地冲向了房子前面的鹅群。鹅群遭到突然袭击，张开翅膀，东奔西窜，鹅毛和粪便尘土一样荡起。趁乱打劫的人越来越多。附近的农民闻讯而来，男女老少，提着麻袋，挥着棍棒，有的人拿来了鱼网。那些鹅绝望地大噪，向人群撞去，被人按在地上，它们拼命地挣扎，血和泥土弄脏了它们干净的羽毛。有一只鹅，撞破了鱼网，扑棱棱飞上了天空，它艰难地笨拙地扇动着双翅，直向警车上空飞去。一只家鹅竟然飞上了天空，人们看着这奇怪的景致瞠目结舌。警车停下了，跳下两名警察，他们扬起手臂，黑洞洞的枪口对准那只怪鸟。枪响了，那只鹅一头栽下去，而羽毛和血点却仍然漫天飞扬。

鹅叫声最后消失了，院子里到处是纷乱的脚印、鹅粪和肮脏的羽毛，一片狼藉。直到人群散去，罗小梅才走进养鹅人的院子。

一个猥琐的农民扛着一条木板从屋子里走出来，他拿着的是土炕的炕沿。"你来晚了。我他妈就来晚了，就抢到这块糟木头。"那个人惋惜地说。没听到回答，他奇怪地看了一眼，眼前的姑娘脸颊抽动，眼睛蓄满了泪水，"你没什么事吧？"他心虚地问，想一想，便撇着嘴说，"没抢着什么也不用上火，这样吧，我心肠好，那副窗框我就不扒了，让给你，我看了，是白松的呢！"

罗小梅的泪水流下来，夹着炕沿的农民听到的却是笑声，沙哑的笑声惊飞了檐前的麻雀，几片羽毛飘摇着升上天空。夕阳半落，夜雾正在慢慢地弥开。那个农民忽然扔掉了木板，跌跌撞撞地向野地跑去了。

那天晚上，罗小梅疲惫地走回家。她的手里攥着一把染血的鹅毛，脸上流露着说不清是失望还是愤怒的表情。她挥着煤铲，赶开在她家门口摔跤的一群小学生，又向院子里的白榆树上聒噪的麻雀掷石头，石头落下来砸坏了树下的花盆。她猛一回头，罗云坐在门槛上，不错眼珠地看着侄女。

"你看我干什么？"罗小梅烦躁地呵叱姑姑。

罗云冷笑一声，"丫头，"她说，"你越来越像徐立群了。"

从这天开始，罗小梅迅速地向徐立群的方向发展。一九八三年结束的时候，罗小梅已被公认为徐立群第二了。她的身板结实，头发黑直茂密，还有她的腰和胳膊，吹气似的粗了。和徐立群不同的是，她还没有发展到随便和哪个男人睡觉的地步，但她私下以为，就是睡了也没什么了不起。她想起那个隐匿于榆树镇养鹅的强奸犯，是他的诱惑让她变了样吗？也许她根本就是这样一个人，一个真正的徐立群第二。她的生活变得粗糙，唯利是图使她对一切事物的判断都变得单一简洁。随便地骂大街，为了争摊位，拿着水果刀威胁别人。日子一个跟着一个撵着她向前飞奔，她气喘吁吁，应接不暇。唯一让她提心吊胆的是妹妹罗小敏，罗小敏像一株极易生长的荠荠草，迅速地长高，开出香味虽不浓郁却很丰满的花朵。罗小敏顺利地嫁给了一名军官，罗小敏随军去了很远的一个边疆哨所。罗小梅长出了一口气，定下神来，一照镜子，粗糙黝黑的脸爆了皮，并且爬上了刀刻一般的皱纹。

但是这天晚上，这个飘着雪花的春天的夜晚，罗小梅的眼前不断地翕动着魔术师腐烂的樱桃汁一样暗红色的嘴唇，该死的魔术师竟然叫她"大娘"，多么该死啊，那个魔术师。她掀开薄被，脱掉所有的衣物，一丝不挂地站在镜子前面，镜子里的女人双乳像两条干瘪的丝瓜一样垂着，毫无水色的桶一样的腰身，连腋毛和下面的毛丛都干燥地打卷，大腿虽然粗壮，却肥腻而缺少弹性。还有那张脸，风吹日晒，颧骨像扒掉皮的两个鹌鹑蛋，平庸的嘴唇，平庸的眉眼，天啊，往日的罗小梅哪里去了？泪水溢出了眼眶，夜晚包围着她，压迫着她，生活同这幢老屋一样毫无生气，潮湿的空气散发着霉味。透过模糊的泪水，罗小梅看见镜子里的人脸上出现了油污一样的黄斑，她惊愕地瞪大了眼睛，贴到镜子前面，她看清了，那黄斑竟是密密麻麻的虫子。

　　她忘记了自怜，慌乱地披上一件衣服，惊慌失措地跑出去撞开了罗云的房门。她站在门口，黑暗中，罗云坐在地桌旁边的椅子上，呆呆地望着窗口，窗外的雪花停了，变成了雾一样的雨丝。水雾溜过瓦檐，就像一个牙齿掉光了的老人吹出的口哨。罗小梅拉亮了灯，灯光映在老人的脸上，老人泪流满面："虫灾，和一九五三年一样的虫灾。"

　　和一九五三年遮蔽了榆树镇天空的吞噬树叶的虫灾并不一样，这次虫灾是另一种蛀虫，蛀虫的大本营是居民家中席梦思床垫里的羊毛毡。

　　居民们发现家里所有的毛料衣服和羊毛地毯全被虫蛀蚀了，商店里所有的杀虫剂销售一空，但各种灭虫药剂都无济于事。看着床垫里不知多少万蠕动的蛆虫，还有全家老小千疮百孔的毛衣和毛料

241

衣服，人们苦不堪言。愤怒的居民砸坏了出售床垫的商场的玻璃，发誓再也不买席梦思了。一些人拥去镇政府的消费者协会，要求政府和生产床垫的厂家联系，根据《消费者权益保护法》的规定赔偿损失。全镇使用的床垫的品牌并非一种，牵涉的厂家实在太多，消费者协会的工作人员十分为难。闹事的居民便冲上镇政府的三楼，要求镇长亲自出面解决。

他们没有白来，他们不但获得了镇长解决问题的亲口许诺，还得知了一个重大的消息，镇政府的整个机构此时运转到了最关键的时刻，镇政府的首脑们正在做着一项事关全镇兴衰的计划，一位港商将携几亿元人民币的巨资在一个月以后莅临本镇。

"想想吧，几亿元，"小个子的镇长王守仁激动地向人们打着手势，"要是兑成硬币从天上撒下来，整个榆树镇就被钱淹没了，那时候你们身子底下就不是什么席梦思了，而是成捆的钱。成捆的钱，你们知道吗？榆树镇里的白榆树在春天刮落的将不是榆树钱，而是真正的钱。"最后，镇长意味深长地说："港商能不能将钱留下，榆树镇的白榆树能不能真的变成摇钱树，就看你们的了。"

王守仁镇长没有对他的话做更多的解释，但种种迹象表明，这位将来的港商和专政路大有渊源。因为专政路在改为红旗路和工农路以后又要改名了，花子胡同，这个早已废弃不用的名字再次被人们在正式场合提起，就连镇政府下发的文件中也要提上一提，人们传言镇政府准备重新使用这一地名。工农路，即专政路的路标果然被撤掉了，居民的门牌号也被摘下，准备重新安排序号。可是十几天过去，新的路标仍然没有竖到路口，每天都有好奇的人站在黑乎乎的容易让人产生歧想的挂放路标的油木柱子前面议论纷纷。

镇子里的白榆树笼起了绿烟，田野里的猪耳朵菜和蒲公英开始打了骨朵。一九九三年的春天依然多风，更浮躁的还是被憧憬热昏了头的人们。一开始，他们对榆树镇可能出现的美好前景还不太适应，但很快他们便觉得幸福和富庶触手可及了。岂止触手可及，那简直是明天的事。

镇政府成立了榆树镇招商引资委员会，由镇长夫人韩静云亲自挂帅。跛足的镇长夫人带着她的招商引资班子每天在镇子里考察，她不停地发指示，指责居民窗口挂出的尿布颜色不一，责令工厂撤掉春节时悬挂的纱灯，刷新标语口号。

肥胖的韩静云穿着黑色的弹力裤，就像肥腿上刷了一层黑漆，她每天参加宴会，发表演说，忙得昏天黑地。嘴里嚼着鸡肉，来不及咽下就倒进一杯啤酒。"你们说镇政府的班子团结？团结个鸡巴！老齐，你要藏奸老娘就把酒倒你裤兜里去。"她又灌下一杯啤酒，"我说到哪里了？对，团结他妈了个×。你们知道吗？镇政府快打烊了，谁都想参加招商引资，哼，干一番事业，呃。"她打了一个酒嗝，满眼含泪，"真难啊！"她幽幽地说。

韩静云领导的招商引资班子办的第一件实事是更换了全镇的垃圾箱。熊猫和狮子样的陶瓷垃圾箱摆放在街两边，和白榆树干恰成一色，令人垂爱，就有乡下的农民蹲在边上，搂着熊猫脖子照相留念。乡下人搂着熊猫垃圾箱照相的时候，城里人对着噪声检测仪新奇地大叫。在一个迅速变化的时代面前，新奇是不受责备的。就连持重的老人都相信榆树镇又要出现新的奇迹了。一九五八年他们正是年轻的一代，他们将铁锅砸了炼钢，砍倒白榆树代替木炭，为了纪念历史，在那之前两年就修建了历史博物馆。但这次千真万确是要发生奇迹了。年轻人摩拳擦掌，为自己的经营方向和开张日期做

風過白榆

着种种计划和打算，8和6这两个数字备受青睐，数字从来没有像今天这样深入人心。

镇子里流传着各种信息，每天刷新一批广告，那些彩纸广告五花八门。一张红纸广告上写着最新捕鸟法，介绍一种独特的捕鸟术，可将数百米之内的鸟类全部捕捉到送进野味馆。而另一张绿纸写着的"黑白电视机改彩电"的广告，只要在黑白电视里装上一只灯泡，就可以出现彩色图像。一些广告更加五花八门，"如何制服女人""美女脱衣法""如何偷电""如何配制蒙汗药"，广告被塞进居民的信箱，广为传播。商品狂潮席卷了榆树镇，就连乞丐也相信他们不久就会变得富有。夜晚，他们躲在水泥柱子后面比赛焚烧零钱，和巡夜的联防队员捉迷藏，让他们一次次扑空。

当镇政府的官员们为进入招商引资办公室而煞费苦心的时候，专政路的居民们正在为猜测那位到镇子里来的港商可能的身份绞尽脑汁。人们去询问镇政府的官员，可他们大多数人对港商的身份同样说不清楚，"只有镇长他们几个知道，他们等着这秘密下崽呢！"

那些天一向絮叨得令人心烦的老年人大受欢迎，他们掰着手指历数当年从花子胡同出走的人，但各种猜测不一。最后，有人一拍大腿，莫不是一百二十三号崔家的后人要回来了？

"崔平，肯定是他，崔平要回来了。"从记事开始，罗小梅第一次看见姑姑流出了眼泪。

"他会来接我的，他一定会来接我。"罗云一遍遍地拍着床板，"我等了他好多年了。"一只老鼠受了惊吓，猝然蹿出，从门槛下的猫道钻了出去。

镇子里弥漫着新鲜的土腥，雨脚扫着长草的房脊和榆树的树梢。天空发黄，就像旧照片的背景，罗云变戏法一样拿出一张旧照片，照片上的年轻人面目模糊不清，戴着一顶瓜皮小帽，胸前悬着怀表的银链。"我梦见他了，他骑着一匹白马。"罗云将这张保存了几十年的照片撕成碎片，"他骑一匹白马，他干吗要骑一匹白马呢？"

罗云的目光迷乱起来，枯柴一样的手指颤抖着摸索被子的缝线："他干吗要骑一匹白马呢！"

罗小梅站起身，她知道姑姑今天不可能讲什么正经话了。七年前，罗云的声音就变得河水一样混浊不清——卷起河底长了绿藻的岁月久远的淤泥和卵石，河沙的赫红色被稀释之后漂浮在水面之上——这会儿，罗小梅终于失去了听罗云讲述梦境的耐心。自从听见别人对崔家的议论，她就留在家里，试图从姑姑那里得到一点什么消息。最初她还模模糊糊地升起了改变命运的渴望呢！想一想，真可笑，就是那个姓崔的老头真的看顾她，她又会做什么呢？现在她要做的只有一件事，就是尽快卖掉纸壳箱子里的几十根香肠。连日降雨，那些没有卖掉的香肠变质了，中午时有一列火车将要穿过镇子，她得赶去招揽生意。

罗小梅打着伞推着她的篷布货车走出家门。街道上的低洼处积着浊黄的雨水，小孩子穿着雨靴用玻璃棒戏耍着蟾蜍，有几个半大小子在两棵白榆树之间的阴沟里大呼小叫地捉鱼。

雨水打湿了树枝上的广告旗，卖豆腐的小贩穿着雨衣，下颏滴着水，表情沉重。罗小梅走过酒厂的门口，酒厂的水泥门厅下面竟意外地聚着许多人，他们都是专政路的老住户。"过来说会儿话吧！"他们谦卑地招呼说，"钱不是一天挣的，耽误不了你多大工夫。"

"你姑姑知道崔平要回来的信吗？"早已退休的幼儿园园长试

探着询问罗小梅。

"那还用说吗？"有人接茬儿说道，"这么大的事，专政路谁不知道？你就直说吧，别拐弯抹角的了，把大家的想法说出来。"

"还是我来说吧，罗家的丫头，我是你妈的同事，你总还认可吧？要认，你就得帮这个忙。"当年的挡车工头发白了大半，罗小梅知道她的名字叫李艳。对一个上了年纪的女人直呼其名是一件滑稽的事，她点点头，表示记得她。她怎么会忘记呢？十年前这个李艳凶着呢！

"我就说徐立群的闺女不是那种没良心的人嘛！你们看怎么样？"老挡车工的脸上掠过惊喜的笑容，她讨好地说，"丫头，阿姨现在可要张口求你了。"

"求我？你也要批发水果？"罗小梅想不出有什么事人们会求到她。

"当然了，你很快就要扔掉这水果摊子了，我倒是愿意兑过来，现在有更重要的事。罗云，就是你姑姑，她收到香港的来信了吗？"老挡车工直截了当地问道。

"当年的事谁说得清呢？我们大家议论，崔平总会念点旧情吧，特别是上了年纪的人，总愿意怀旧，我就总想小时候的事，那时我们家门口有棵大柳树……"幼儿园园长的声音尤为和顺，拉着长声，像她就要开讲的故事。

风过白榆

246

"别听她提什么柳树，罗家的闺女，我那个不争气的儿子给你家带来了不幸，谢天谢地，他已经遭到了政府的惩罚了。前几天政府才把他放回来，但他总不能什么事也不干，总得出去找点事做，我寻思……"

"我的意思和薛把门一样，"老挡车工抢着说，"今天我就卖一回老脸，罗家的闺女，就看你买不买阿姨这个面子了。我那个不争气的闺女在家待业呢，她像一只发情的女猫，我总不能看着她整日和那些种马一样的小子们胡混。"

"别瞪那么大眼睛看着我们这些老不死的，但凡有一点门路，我们也不会这样求你，我们在这儿候着你和你姑姑两天了。镇政府那些官咱们求不动，就是送礼也找不着门口，要是能说上话，我的小儿子大学毕业就不会分配到乡下去当什么土地测量员了。我得把他调回镇子里来，他学的是外语专业，你姑夫的公司总用得着啊！"幼儿园园长的脸羞得像秋天将落的树叶，其他几个人也七嘴八舌地说起来，讲着恳求的话。

罗小梅终于明白了，这些人想求她给他们的子女安排工作，进那个有亿元资产的香港老板还没建起来的什么公司。更可笑的是那个阔佬还是她的什么"姑夫"。亏得二十年前没人想到她还有这么一位"姑夫"，要是想到，她可要沾大光了。去他的什么"姑夫"吧，就是那位"姑夫"真的来看望罗云，相信也不会发生什么故事，她可不想和这些饶舌的人纠缠下去，现在最要紧的是货箱子里的那些香肠。

"你们说什么呀？我姑姑可是从崔家逃走的，我哪有什么姑夫，你们别开玩笑了。"罗小梅推起她的货车，等着围着的人闪开。

"可你姑姑总在崔家做过媳妇啊！"他们眼巴巴地看着罗小梅，说话的口气到底有些心虚，他们说，"万一呢……"

他们说："你要是还记着十年前的事，那我们向你道歉，忙你总要帮啊！"

他们说："万一呢……"

如果他们不提起十年前的事，罗小梅就走开了，十年前，啊，十年前，十年前她多么需要关怀啊，她先是失去了妹妹，接着好朋友又杀死了母亲徐立群，她被一连串的打击弄蒙了，可这些人做了什么呢？他们竟然阻挠她和关心她帮助她的人来往，觉得她应该悲伤下去，不应该那么快地从痛苦中解脱。还有那个爱着她的小伙子，被推进酒糟池，鼻孔里钻进了蚊蚋，眼眶发黑，眼泪粘着虫子。十年过去了，现在他们竟然好意思赔着小心来求她。

她不想马上走开了，她要要要他们，既然他们主动找上来触她的霉头，既然他们主动找上来受她的奚落，她干吗放过报复的机会呢？

罗小梅故意沉吟了一下，说："信现在还没有收到，不过，我姑姑倒是说崔平会来找她，再说我们家现在住的是崔家的老房子。可是……"

"那还可是什么呀？"围着的人立刻喜出望外，抢着说，"这就是准信了，你一定把我的事讲给你姑姑，你姑姑是个好人，当初她回到镇上的时候……"

"好吧，"罗小梅说，"哪天我把你们大家的事都写下来，这么多人我也记不住。"

"别等哪天了，再等黄花菜都凉了，现在就记。你有什么事，记完我们帮你办。"

"我货箱子里的几十根香肠卖不掉就要变质了，我得赶到车站去等一点钟的火车。"罗小梅犹豫着说，边说边观察这些人的脸色。

这些人中间的一个说："要单单为了香肠你就不要去了，我们一人买几条，问题不就解决了？重要的是赶紧把我们的事记下来。"

幼儿园园长为难地说："我们家没人愿意吃香肠，要不我买几条也行。"

薛把门捂住口袋，怯懦地说："我身上没带钱。"

罗小梅撇一下嘴角，笑笑说："这些香肠快变质了，怎么能卖给你们呢？时间不多了，我得赶紧走了。"

"哎，不就是几条香肠吗？看你们这副模样，没钱的先从我这儿拿，不吃香肠的买回去喂猫，不要的趁早走开，办事一点血不想出，空嘴说白话，怪不得你们什么事也办不成。大侄女，先给我来五根。"老挡车工从口袋里抓出一把脏兮兮的零票递过来。

罗小梅装作不情愿地说："我可不是非卖你们啊，这样吧，一根我少要两分钱，你们谁有笔和纸，我得挨个写下来。"

关上院门，罗小梅将那张写字的纸撕得粉碎，扔进了泔水坑。"见鬼去吧，"她想，"当初你们是怎么对待姑奶奶的！"

夜晚，躺在床上，罗小梅忽然想到，没准那个阔佬（姑夫？）真的会来这座院子也说不定，如果真有翻身的那天，她会怎么做呢？她想象着自己穿着一件乔其纱的紫红色上衣，下身套着一条高档的脚蹬裤，脚下一双鞋跟高而又高的皮鞋（镇长夫人韩静云走在街上的打扮，她实在想不出更好的穿法）。走在街上，那些人会是什么表情呢？他们殷勤地向她打招呼，争着帮她推货车，货车推到车站，她看也不看地甩给他们一块钱，就像施舍叫花子那样。不对，那时她就不卖货了，那她干什么呢？她实在想不出更好的活法，总之心里溢满了报复的快感。这种感觉和血液一起流出，她的身体开始发热，手不自觉按住了乳房。一只白鹅欢快地叫着落在窗口，转眼间变成了一个人，虽然面目不清，但分明是一个男人，她害羞地拉过被子蒙住眼睛，又忍不住从缝隙偷窥那男人的两腿之间，和他壮得发红的胸膛。那个男人使劲掀开被子，把手伸进来，一直伸向她湿润润的小腹。

249

早晨醒来，想起昨晚的梦境她忍不住又脸红了一次。

下了几天的雨停了，为运动会做准备的中学生在教师的哨声中跑过街道，麻雀仿佛患了多动症，在院子里的白榆树树枝之间弹来跳去，不间歇地噪着。甜丝丝的泔水味和雨水冲刷的土味扑进窗口，罗小梅懒懒地起床，看见姑姑罗云早已穿戴整齐坐在院子里。

"他正在路边给马打掌呢，那个铁匠可真笨，连老婆冲别的男人飞媚眼都看不见。"她转过头对侄女说，"还有四天他就到了，丫头，你也得准备准备。"罗云说完偷偷地笑了，像一个小孩子偷到妈妈藏起的糖果一样欣喜，但立刻她又皱起了眉头。

"你不知道他有多急，就像嘴急的孩子找娘的奶头一样，可找到了却用牙咬得你疼。明明那奶头没抹猪苦胆，可他就是觉得有味。我那时才多大呀，他把我弄疼了，我一叫他就烦了，把我一脚踹开。"

罗云回过头询问莫名其妙的侄女："一样东西要是得不到，怎么都得不到，你应该怎么办？"

"让我来告诉你吧，丫头，"罗云抬头看了看太阳，又猛地盯住侄女，"那就连看也不要再看那东西一眼，于是，我就从崔家逃掉了。"老太太分明是在回味自己做崔家团圆媳妇时的壮举，她笑着，眼睛里却有混浊的泪水成串地流下来。

"他上马了，他又开始赶路了，我得收拾收拾东西了。"老太太哆哆嗦嗦地站起来，向房间挪去。

在她身后，罗小梅毛骨悚然。

稀奇事层出不穷，为了迎接港商的到来，镇政府招商引资办公室组织了首次榆树镇礼仪小姐的评选活动。十二个评委除了镇长夫人清一色都是男人，后来又有六个男人挤进了评委会，他们一致建议参选的小姐穿泳装。这个提案遭到了大部分参赛者的抵制，最后采取了折中方案，小姐们穿无领的汗衫和紧身的短裤以显露曲线美，同时自选一首歌以显示音色和才华。为了表示公正，参赛的小姐可以表演一项拿手的节目，比如魔术、杂技、口技，随便哪一项都行，总之，她们大显身手的机会来到了。优胜者将授予榆树镇礼仪小姐的称号，并优先向港商推荐安排工作。

评选活动的第二天上午发生了混乱，第一批淘汰的参赛者联合起来指责评委会办事不公，评委会只是想通过这项活动捞取一笔可观的报名费。后来她们干脆对这次"选美"活动提出了抗议。那些长相平平的女孩子们起草了一份抗议书，走上街头征集签名。她们说："男人没有权利为女性美规定标准，评委会在许多方面没有一视同仁。"

她们慷慨激昂地说："男人有什么权利决定女性的胸围和大腿的最佳尺寸？这些色眯眯的男评委有什么权利在几分钟之内就对女性评头品足？"

她们说："所有的女性都是美丽的，美对于每个人来说是不同的。"

她们请街上的行人在抗议书上签名，发起签名的头一个小时，就有一百多个男人签了名。有的乡下人不会写字就摁了手印。

那天下午，在电影院门口，一棵白榆树忽然折断了一条树杈，砸坏了一个小学生的脑袋。

傍晚，镇子里发生了一起凶杀案。一个出租车司机被砸晕后扔在城南的一条胡同里，这个案子不到一个小时即告破获。凶手是一对恋人，警察抓住他们的时候，这一对恋人竟然开着车在火车站前

风过白榆

拉客，他们刚刚挣了十元钱，而那个倒霉的司机的口袋里有两百元，这两个人连他的口袋也没翻一下，他们做的只是用扳手敲了司机的脑袋。

榆树镇的主要街道都挂上了彩旗和欢迎光临的标语口号，据说那位神秘的港商已经到达省城，很快就要由省城的官员陪同到镇上来了。专政路终于更换了新的路牌，新的路牌写着"雅芳路"的字样。

那些工人在更换完路标之后，开始挨家挨户地检查卫生，之后他们帮路口那家废品站搬运破烂，将堆在院子里的回收的瓶子和废铜烂铁一股脑地扔上卡车拉往郊外。废品站被腾空之后，工人们清除了院子里的杂草和垃圾。从积满灰尘的角落里翻出几样旧家具摆放在空屋里，镇长王守仁检查了一遍，亲手锁好房门，带着工人们离开了。傍晚时分，王守仁又带着一名副镇长打开了这幢旧房子的房门，不一会儿，他们便离开了。好奇的人们发现旧房子的窗户上多了一样东西，两块粉红色的旧窗帘。

这幢房子的主人十年前就死掉了。陆朝臣除了作为一个罪犯的名字写进了榆树镇的档案，除了给一些人的心灵留下了难以磨灭的创伤，大多数人早已将他忘记了。他就像一口痰，噎了这镇子一下，让时光打了一个嗝，然后便给吐到大街上，然后便被风蚀掉了，被尘土埋掉了，被树叶盖掉了，被人用脚揩掉了。一口脏痰能留下多少痕迹呢？

但现在不但留下了痕迹，岂止留下了痕迹，简直遮蔽了镇子的天空。陆朝臣的女儿，港商陆雅芳来到了榆树镇，这震动还会小吗？

陆雅芳的到来没有人们想象的那样铺排和浩浩荡荡。一辆很普通的轿车不引人注目地驶进了镇子，在一些人的指引下直接开上了雅芳路，慢慢地行驶，最后在一个人多的地方停下来，打听陆朝臣的旧房子。车子停下的地方恰好就是陆朝臣的旧房子门前。当时，韩静云正在指挥工人往院子里移植榆树苗，她一边打发人跑去镇政府报信，一边急慌慌地迎出来。

一个矮胖的中年妇女钻出轿车，她戴着一副墨镜和一副网眼手套，乳白色的西服裙，腰间肥肥地斜扎着一条黑色的金丝边腰带。时髦的是她的吹烫得很好的齐耳短发，让人一看就觉得值钱的大个耳环，她涂着鲜红的嘴唇。陆雅芳表情夸张地站了一会儿，然后扑通跪倒在陆家的院子里，伏下身去，颤抖的双肩表明她在激动地哭泣。

韩静云掸掸衣袖，凑上去扶住陆雅芳的肩头："大妹子，可把你盼来了。"她殷勤地喊道，"榆树镇欢迎你回来啊！"

陆雅芳抬起头，摘下墨镜，吃惊地打量眼前同样矮胖的妇女。

（她描眼线了，她身上的香水是什么牌子？味道怎么这么好闻，她用的眼影八成连省城也没有吧？到底是正宗的外国货。）韩静云自我介绍说："我是镇政府招商引资办公室的韩静云主任，欢迎你啊，大妹子，对，应该叫陆小姐，欢迎你回家乡来。欢迎欢迎，热烈欢迎。"

陆雅芳身后站着的秘书模样的小伙子，连忙将韩静云的话翻译给陆雅芳。

陆雅芳规规矩矩地鞠了一躬。翻译说："陆小姐感谢故乡将她父亲的故居保存得这样好。"

韩静云忙不迭地说："我们做得还不够好，还不够好。"她撩起

风过白榆

衣襟从裤腰带上取钥匙，怎么也取不下，只好抬头笑了一下。取下来了。小跑着去开了房门上的锁头。"陆小姐，请进。"她又冲翻译着急地说，"说请她进去，进去看。"

韩静云先跑进去拉开了窗帘，阳光照进室内，院子里看热闹的人们都大吃一惊，有点霉味的房间里摆放十分整齐，朝门的墙上悬着四个镜框，一个镜框下面挂着一顶蓝单帽和一件洗得发白的蓝工作服。再看那些镜框，里面镶着的竟是几张奖状（奖状有点问题，真愚蠢，怎么没换一张旧一点的奖状纸来写呢？）。韩静云说："老陆是镇子上的模范，榆树镇的人民永远怀念他，我也代表全镇人民向陆小姐，老陆的女儿表示感谢。"

还好，陆雅芳只扫了那些奖状一眼，目光便落在门边墙上挂着的一张放大的照片上面。照片颗粒很重，陆朝臣阴郁而绝望地向下面看着，照片经过处理，光头和肩头捆绑的绳子淡进阴影。这张照片很显然是从公安局的档案中翻拍的。（王守仁太粗心了，可不要被这个女妖精看出来呀！为了几个钱把强奸犯说成是英雄，不用这办法怎么能糊弄出钱来呢！）"这是老陆留下来的唯一的一张照片，你看他……"

陆雅芳从翻译的手中接过一个皮夹，迅速地找出一张二寸发黄的照片，认真地对比着，一会儿摇头，一会儿点头。韩静云的心提到了嗓子眼："这是老陆的照片，我和老陆是很好的朋友，没错，肯定是他。"

陆雅芳忽然转身握住韩静云的手摇了几摇，叽里咕噜地边说话边点头。

"陆小姐说这的确是她父亲。"

"那还会错？"韩静云想，王守仁怎么还不到呢？信没送到吗？可不能让她在这儿待时间太长，要不非看破西洋镜不可。

"陆小姐说请你讲讲她父亲的故事，她非常想听。"

"故事，啊，故事？说来话可就长了，咱们有时间细讲。（公安局里有二十页材料呢！）是这样（我得掉几滴眼泪），历史上的事咱就不说了，咱单说他一九七三年回到镇子上以后的事（眼泪怎么还不出来呢？我妈死时就想吃一口西瓜，那时是冬天，哪儿弄去呢？不像现在冬天也有西瓜了，我妈就想吃口西瓜，就是没吃上，我鼻子酸了，眼泪下来了）。一九八三年三通河涨大水，你父亲始终战斗在抗洪第一线，他的头划破了，出了那么多血，大家都劝他下去休息，可老陆轻伤不下火线，就在那天下午，为了救一个落水的中学生，老陆被洪水卷走了。老陆是我们全镇人民学习的模样，当时我们要为他申请烈士，因为一些特殊情况，我们最后将他树为学习的典型。"

陆小姐眼泪汪汪地听着，翻译将她的问话译给韩静云，陆小姐说："我能见一见我父亲救过的中学生吗？"

"见一见？啊，那当然，当然可以。不过，现在恐怕不行，他在西安念大学呢，你知道，现在没到放假的时候，他是孤儿，他父母早已不在人世了。"

大街上响起了噼噼啪啪的鞭炮声，打着彩旗敲着锣鼓的欢迎队伍到了大门口了。

"陆小姐，我们有时间再说，现在我们去镇政府，请吧！"

"欢迎，欢迎，热烈欢迎！"街上热闹非凡，口号声锣鼓声响成一片。

"丫头，别用那种眼神看着我。我再跟你说一遍，别这么看着我。"

"可是，姑姑……"

"我知道你想说什么，我听见锣鼓声了，我知道他来了。"

"可是，"罗小梅真不忍心告诉罗云关于陆雅芳的消息。老太太穿着一身干净的青布衣服，头发用水湿过，梳理得一丝不苟，从记事起，她还没见过姑姑这么打扮呢！

"去把大门打开，丫头，你没听见我的话吗？打开门他就知道我在等他了。"

"姑姑，我告诉你吧！"罗小梅下了决心，与其让老太太蒙在鼓里，不如索性告诉她。她在站前的水果摊前面听见了雅芳路的鞭炮声，她让别人照看一下摊位便急着赶了回来，她正好看见陆雅芳的车驶出陆家的院门。如果回来的真是崔平，她也不会怎样高兴，那毕竟是另一个世界的人，离她的生活太远了。但现在回来的是陆朝臣的女儿，她怅然若失，心里隐隐地感到恼怒。她觉得生活又一次欺骗了她，生活这个婊子又将她耍了。她气冲冲地走进家门，看见姑姑罗云穿戴得整整齐齐地坐在白榆树下，恼怒登时变成了心酸和怜悯，可怜的老太太，她还在做梦呢！

现在罗云竟让她去开院门，开院门干什么？看街上人的白眼和耻笑吗？

"实话实说吧，老太太，回到镇上的港商不是你等的人，没有人来接你。你记得陆朝臣吗？回来的是他的女儿，鞭炮和锣鼓都是欢迎她的。"

罗云一点也没有表示吃惊，她并没给这消息吓着。罗云沉默了一会儿，说："他们干吗要放鞭炮呢？他讨厌这锣和鼓。"

"他们竟然把姓陆的说成了英雄，说他是救人被水淹死的，亏他们想得出，把一个强奸犯变成了好人。"罗小梅气愤起来，忍不住说道。

"总是这样，可这样也不会那样，人们总被假的迷住，这没什么奇怪的。"罗云定定地看着侄女，"去把大门打开，我想你不会让老太太自己去吧，我答应跟他走，但我不会自己给他开门。"

"给谁开门，你说谁要来？"罗小梅这才觉出罗云古怪，她害怕地站起来。

"要不是那些鞭炮和锣鼓惊了他的马，他早就进院了，他的马受惊了，他现在在竹林庵和妙静师父喝茶呢！用不了一会儿他就到了。"

"你是说崔平，那个崔家的大少爷？"罗小梅的后脊梁冒出凉气。

"除了他还有谁，这个冤家，他欠着我的情呢！"

罗云说："丫头，我有一件事要你办，你明天把床下面那个盒子烧掉，这是我求你的最后一件事。"她的声音忽然急促起来，"他来啦，冤家，你到底来啦！你把马先拴在树上，我进屋收拾一下。"

罗云摇摇晃晃地站起，走了两步，她停下，转回身，"丫头，"她说，"记住，那不是你的错，错在他们，他们会遭报应的。"

一阵风来，白榆树的树叶唰啦啦摇动，一阵小旋风从墙边刮起，一直刮到树下。罗小梅吓得手脚冰凉，她呆呆地看着不怎么刺眼的太阳，身上簌簌发抖。

过了好一会儿，罗小梅走进姑姑的房间，罗云安静地坐在椅子上，闭着眼睛。

罗云死了！

罗小梅从姑姑的床下拿出一个纸盒，里面整齐地叠着一件散发霉味的旧军装，军装上别着一串串勋章。罗小梅想起当年姑姑坐在红旗饭店喝杂碎汤的情景——罗云的前胸挂满了勋章，一边一小口一小口地啜着杂碎汤，一边斜睨着街上的行人。

她好像听见院子里白榆树下马的响鼻声，白榆树的树影在窗前摇曳，罗小梅头上冒了冷汗。她跑出姑姑的屋子，迈出门槛时她的衣襟被一把拉住，她挣了几挣，几乎哭出声来，使劲一挣，衣服扣子从前面掉下去，她顾不得回头看一眼，便跑向大门口。

一群人在门口等着她，人们看见面无血色的罗小梅忽然从院子里冲出来，冷汗涔涔。罗小梅倚在门框上，手扶胸口，心跳得连声咳嗽。

罗小梅一瞥之间看见一样东西，她立时直起了腰。那是老挡车工手里拿着的一根香肠，一根从她手里买去的变质香肠，现在，那根香肠已经变得黏茸茸的了。

老挡车工的脸红着，头一次说话有点怯懦："大侄女，你得把香肠的钱退给我们。"

老挡车工抬头看看当头的太阳，气粗了些："这香肠没法吃，咱们都住在一条街上，你不能这么干。"

"我的小外孙肚子坏了两天了，都是这香肠造的孽，我们家只买了一次香肠，就是前几天从你这儿买的。"薛把门寻求帮助地看看幼儿园园长，"她知道我们家的情况，我们家从来不买香肠。"

幼儿园园长点点头，迟疑了一会儿，脸红红地说："香肠是次要的，关键是你干吗要骗我们这些好心人，骗我们这些在社会上最没本事的人，骗我们这些最老实的人，你明知道回来的肯定不是崔平。"

"对，你亲口告诉我们，崔平要回来见你的姑姑，可笑的是，我们竟然相信了。"

他们七嘴八舌地说："姓崔的说不定骨头渣子都烂没了。"他们说："就是回来他也不会来看什么罗云。"

"我听老辈人讲，姓崔的是因为看不上罗云才将她赶出家门的。他能回来，除非见了鬼。你说，是不是你亲口对我们说，罗云说崔平要回来找她？"

罗小梅嘴角抖个不停，要在往常，她早将他们骂个狗血喷头，她会将一盆洗脚水泼向这些"最善良的人"。可今天不一样，她得先处理姑姑的丧事。

"我姑姑说得没错，"罗小梅声音嘶哑，"崔平的确回来了。"

众人都呆住了，"他，他也是外商吗？"他们的声音立刻和善起来。有人小声地请求："我能见一见他吗，也许他还记得，我父亲是他的远房表亲。"

"我想他不会愿意见你们。"罗小梅轻蔑地看着他们，她已从混乱和惶恐中缓过神来，"他不但回来了，还要把我姑姑接走，他们一起离开这个脏地方，离开窑子街，离开花子胡同，离开专政路，这街上处处都是垃圾。"

罗小梅说："我要关门了，专政路实在太臭了。"

"丫头，你这么说话，我也不客气了。你可以关门，可先还我香肠钱。不光是香肠钱，还要把药费付给我们，你的香肠吃得我跑肚拉稀，打了两针吊瓶。"老挡车工的气到底壮起来了。

"我要是不给你呢？"罗小梅挑衅地问。

"那——"老挡车工一时语塞，脸憋得通红。

"那就找个地方说道说道，总有说理的地方吧？找工商的，税务的，物价的，管你的地方多了。"有人气愤地接茬儿说。

"还找这找那的干吗？先找她姑姑给评评理。"

"对，对，老的总比小的讲理。"

"你闪开，我们进去见你姑姑。"

罗小梅顺手抄起一条木棍，横在手里。

"你，你敢打人？"他们心虚地问。

"打，我打死你们这帮王八蛋，打死你们这帮畜生。"罗小梅把木棍扬了两扬，可不知怎么回事，她的双臂无力，身体发软，她喊出的声音如一团散落的柳絮。她用最后的力气喊道，"你们真不要脸，连死人你们也要欺负。我看你们谁敢往前迈一步。"喊完，她倚在门框上，大口大口地喘息。

"你姑姑死了？"

"什么？罗云死了，她不是骗咱们吧？"

人们呆立了一会儿，老挡车工走上前来，迟迟疑疑地说："丫头，要我们帮忙吗？"她像是和自己商量似的，"街坊邻里的，不管怎样，这种事总要帮帮忙啊！"

有人附和说："大家谁也别走，不论她怎么对咱们，咱们得对得起她，帮帮忙。"

有人应和说："见人家有事就躲，不是专政路的风气，虽说现在的风气是差了，可咱们得好好做人。"

有人自责说："可不是，今天咱们说香肠的事，太不是时候了。罗小梅，你要我们大家做什么，尽管吱声。"

罗小梅的双手冰凉，凉气在她周身游走。她抹了一把泪水，平静平静情绪，她伸手从口袋里掏出一把纸币，向人们脚前掷去。趁他们吃惊的当儿，她一把将门关上，使劲闩好，然后无力地倚在门上。有人在外面用力敲门。她说不出话，泪水凉凉地流向双颊。

正如蹩脚的电影里惯常设计的那样，这天夜里下起了雨，粗大迅猛的雨点砸在瓦棱上，雨声中蟾蜍的聒噪消失了，房间里却闷热起来。雨声弱下去时，能听见闷闷的蝉声和啼叫的蟋蟀。

罗小梅对窗外的雨声充耳不闻，她将罗云的尸体抱到床下木凳和木板搭就的灵床上，罗云轻飘飘的，老太太的骨头都可能干了。罗小梅一点没感到害怕。她认认真真地摆好水果和馒头，不时地往长明灯的小盘里倒油，拨亮灯火，生怕它灭掉。她虔诚地用三张一百元、五十元、十元的面值不等的纸币往烧纸上拓，她没忘记找几个硬币比画了几下，那是怕姑姑在去阴间的路上短缺零钱。她用烧纸为死人哄赶蚊蝇，拿破布堵住了门槛下的猫道，传说中，猫狗在死人的灵前走过，会使死人借气起尸，而且对死者不敬。罗小梅一个人有条不紊地做着这一切，她听见了院门被叩响的声音，但她拒绝开门。

第二天上午，雨停了，罗小梅关好门窗，免得被风吹熄了火种或引起火灾。又一次给姑姑灵前的长明灯加了油。然后她套上一双雨靴，锁好院门，来到街上。街上有些潮湿，忙碌和热闹依旧。走过陆朝臣家门口的时候，她看见那儿聚拢着很多人，有人问候她，她装作没听见。她走去邮局给罗小敏拍了一封电报，通知了姑姑的死讯，她在电报上注明她已处理完丧事，她可以不用回来奔丧。她顺便在邮局给火葬场打了一个电话，请求他们派一辆运尸车，她特别说明本来应该亲自去办手续，但她走不开，她请他们原谅，并向他们租用一次性棺材，她不想随随便便地把死者送进炼人炉。殡仪馆的人对她说的最后一个词十分不满。接电话的人郑重地告诉她，他对罗小梅使用"炼人炉"这样的词很反感，"你至少要说火葬场，我们好歹也是一个单位，也有党支部和支部书记。"她不想和他们纠缠，不想道歉，因为她想不起来应该怎样道歉，对方沉默了一会

261

儿，说理解她失去亲人的沉痛心情，答应马上派车，让她回家等着。

罗小梅走到家门口，意外地发现大门上用白灰刷上了一个拆字，旁边还贴着一张拆迁通知，上面写着因外商选中这块地皮，将要修建一座十层楼的商贸中心，并决定在年底竣工，因此，这一地段的住户要限期搬离。罗小梅想也没想便将通知撕掉了，从昨天开始，她便思维麻木，行动机械。她想要做一件什么事，可又想不起来那是一件什么事。

等了好长时间，殡仪馆的车才来到，一共三个人，两个穿工作服的小伙子和一个年纪很大的司机。司机走进去给死者鞠了一躬，他说他认识罗云。两个小伙子却不怎么讲礼貌，其中的一个直截了当地说："你根本用不着给死尸行礼，要怕晦气别下车好了。"既然揭穿了，司机便不在乎，说："咋的？等着老子给你腾地方，你好开车是不是？"

几个人说笑着将尸体抬出房门，高个的小伙子说："这活可不是人干的，我算干够了。"

"听说许多留学生在日本专干背死人的活，你信不信？"另一个小伙子说话时，被脚下一个石子绊了一下，打了一个趔趄。

他的同伴说道："人家挣多少钱？哪像咱们挣这么两个半纸，都不够几盒烟钱。喂，"他招呼罗小梅，"大姐也没预备两盒烟？"

司机打开车厢板，他们直接将尸体抬起放进了铁皮棺材，罗小梅觉得这程序有些不对头，他们应该先将死者装进棺材，然后再抬出来。但她看见许多人向这里聚拢来，便打消了念头。

司机帮助她攀上卡车车厢，和两个小伙子一起坐进驾驶室。卡车开到火葬场的门口却停了下来："大姐，你下来，咱们说点事。"

一个小伙子从驾驶室的窗口探出脑袋招呼罗小梅。

"你可能不知道规矩，看你也不像有钱的人，但就这么个讲究，管多少呢，你总得出点血。"见罗小梅纳闷，小伙子说，"挑明了吧，你出三十块钱，我们哥几个买几盒烟抽。"

收完钱，他的同伴凑上来，要求罗小梅给火葬场的主管部门写封表扬信，表扬表扬他们认真工作的态度，讲一讲他们急死者家属之所急的事迹。

得到允诺，卡车方才开动，开进了火葬场的大门。

尸体直接抬进了焚尸间，焚尸工戴着一个大口罩，帽子一直压在眼眶上面，是一个岁数不大的女孩子。

"你不再看一眼了？"她诧异地看看罗小梅。

罗小梅摇摇头，临出门她回头看了一眼，只看见红红的炉火。就这么简单，一个有血有肉的人变成了骨灰。

她走到一排白榆树下，放下一直抱着的盒子，哆哆嗦嗦地划着火柴，纸盒燃起蓝色的火苗，烧煳的布片的味道慢慢地弥散。她的心里空荡荡的，想哭哭不出来，心里却比哭更难受。

她站起来，转过身，她看见火葬场的门口聚着一群人，都是专政路的老住户，他们表情凝重，有的拿着一小叠烧纸。他们并不走拢来，只是远远地看着。直到罗小梅走开，他们才陆陆续续地走过来，停在罗小梅焚烧的灰堆前面，点燃手里的纸钱。

罗小梅回头看了一眼，正看见薛把门从灰堆里扒出一枚铜章，可能是热的缘故，她的两手捧着一个热地瓜那样地捯着手哈气。她要拿回去给孙子玩吗？这念头一闪而过，她脚步沉重地往前走，走出火葬场的门口，她才想起忘了存骨灰的事了。她只好走回去办理手续。

263

罗小梅再一次走出的时候，天边已响起了沉闷的雷声。潮湿的风中，树梢开始发抖，抖出许多凉爽。下雨了，和罗小梅的泪水混在一起，罗小梅任由泪水流淌，也不避雨，她走回专政路（她不承认新路牌上的怪名字），身上已被雨水淋得透湿。

雅芳路上，从乡下雇用的民工正在冒雨伐树，铁锯吱吱嘎嘎，雨中的白榆树的呻吟声几乎哑得听不见，只在倒下时树枝划过街道才发出一阵唰啦声，溅起一小片水花，甩开一连片的小水珠。街道宽阔了许多，也许明天早晨，这条路上，最后一棵白榆树也倒下了。就在罗小梅家门口，围着一群人，其中的主角当然是王守仁镇长和肥胖华贵的陆雅芳，有人为他们撑着伞。王守仁激动地打着手势，指指街道，又指指天空，向陆雅芳介绍情况，勾画着榆树镇的蓝图。

罗小梅径直走过去，却见韩静云小跑着迎上来："你是这家的主人吗？请你把门打开，外商要参观一下，这是榆树镇当年最好的房子了。"她又小声问道，"你们家的卫生搞得好吗？"她的声音不自觉地大了："你，你怎么啦？"

罗小梅脸上的表情怪异麻木，头发糊在脸上，衣服粘在身上。

"你说什么？"韩静云没听清罗小梅的声音，"请你大声一点，我是镇政府的。"

她听清了，那沙哑愤怒的声音只有两个字："滚开！"

罗小梅一把推开韩静云，又推开两名工作人员，掏出钥匙，她没有立刻动手开门，她的嘴角浮着嘲讽的笑纹，她定定地看着外商陆雅芳。

陆雅芳身边的翻译走上来行了一个礼："陆小姐说她很抱歉。打扰您真不好意思。陆小姐问您是不是身体不舒服，她可以用她的车送您去医院。"

罗小梅仰起脸，问道："我可以和这位陆小姐说一句话吗？"

"当然可以，您请讲吧！"翻译礼貌地说。罗小梅冲向她打手势的韩静云笑了一下，她走到陆雅芳的跟前，陆雅芳微笑着等她开口，其实，她对身边这些人的聒噪烦透了，她宁愿对一个疯子感兴趣，她向罗小梅伸出手，对方却将她的手拨开了。

罗小梅定定地看着陆雅芳保养得极好的脸，一字一顿地说：

"你爸爸是强奸犯！"

陆雅芳的脸扭歪了，所有的人都张大了嘴巴。他们清楚地听见陆雅芳说了汉语。

陆雅芳问道："你说什么？"

罗小梅更加清楚地说："你听清了，你爸爸是强奸犯，教唆犯，他被政府枪决了！"罗小梅的心头豁然开朗，压在心底的一口气终于吐了出来，原来她想做的就是这件事，这就是这几天她一直想要做的。她嘲讽地看着浑身颤抖的陆雅芳，心里充满了报复的快意。

温文尔雅的陆雅芳终于露出了凶相，她抬起手狠狠地抽了罗小梅一个耳光。她得到的回报也是一个耳光，而且更响更狠。

罗小梅的胳膊被冲上来的警察拉住，背向后面，她一点没觉得疼痛，她一边挣扎，一边大声吵嚷："陆朝臣蹲了二十年的监狱，十年前他被枪决了，崩了，呜呜……"她听见镇长连声道歉："她是个疯子，一个疯子。"她咬开警察的手指，立刻反驳："你们才是疯子，姓陆的，我清醒得很。"

"我操你们妈呀！"

她仰天大骂。她的脸上挨了耳光，她吐出一口血沫和半颗牙齿。"把她铐起来，铐起来，她殴打外商，扰乱社会治安。"韩静云跳着脚喊着，这是罗小梅听见的最后一句话，她的耳朵挨了一拳，剩下的只有嗡嗡的轰鸣了。

但她仍在破口大骂，只要咬开捂上来的手指，她便将叫骂喊出去，她感到从来没有过的痛快，痛快淋漓。

风过白榆

第十三章

当伐倒的白榆树早该落光所有的树叶，树叶将覆盖起屎壳郎和瓢虫的尸体；当麻雀落在三通河傍岸的发霉的蒲草尖上，却飞不起一丝一毫的蒲棒茸；当歇耕的老牛可以自由地游荡在田野上，艰苦地啃掠贴伏在田埂上的枯黄的茅草，干竭了水分的草根塞了松动的牙齿，它们失望地抬起头，回想春天的氤氲；当松软潮湿的大地渐渐地坚硬铁凉起来，寒号鸟渐渐凄厉的叫声中，懒惰的花脊梁田鼠为没打好的洞穴磨秃了爪子，流出鲜血；当有一天淘气的孩子不自觉地懒了床，在母亲们的叱骂声中爬起来，忽然发现自己看不见外面的世界了，窗玻璃上结满了霜花——就这样，冬天来临了。

一九九三年冬天，来自西伯利亚的寒流让榆树镇人闻到异国泊在贝加尔湖冰雪里的渔船的铁腥，并激起了许多年轻人的好奇心。这时候，在邻省的一个叫黑河的口岸上，已经有榆树镇的后代们站在等待过境的队伍里了，他们和其他人一起扛着大得吓人的编织袋，里面塞着廉价的首饰、羽绒服、旅游鞋，他们的身上穿着好几层汗衫，贴胸的衣袋里放着变味的口香糖，一本油印的中俄对照的通译小册子。他们带回来的是摆放在市场上的军用望远镜、咖啡壶、质量优良的獭狸帽子、银狐领的大衣，还有，他们在异国据说是很容易就可以觅得的艳遇，改变着镇上年轻人的观念。今天，他们已完全有理由嘲笑上两辈人对七十年前"振兴船行"的怀想，他们续写了榆树镇的外交记录。兴奋的是，现在是他们主动走出了国门，而另一个国度的人们一点不像想象中那样精明，还有些傻呢！他们在高声叫卖的间隙，还顾得上这样炫耀："我敢说小脑袋大二三要是活着，他驮上东西出去也能赚回钱来。我嘛，只小小地赚了一笔。咱是'小倒'啊。"如他们的父辈在二十年前抱怨自己错过了参加战争的机会一样，他们也在抱怨，他们抱怨的是自己晚生了七十年，如果在三通河可以通航的年代，他们一定会创下惊人的商业纪录，"振兴船行"算得了什么呢？榆树镇有史以来最成功的商人也不过是一个只知道买地自守的土财主罢了。对历史认识的浅薄和无知成为年轻人的通病，他们浮躁地宣称："要是我生在那个年代，老饱学王长溪收集的历史就得改写了。"

饱学先生王长溪已经是一个活得不耐烦的老人了。现在他除了诅咒自己为什么不死，再做的事就是监视他当镇长的儿子供给他的食物中是否下了毒药。"我是想死，可我得防着王守仁把我毒死。"他对每一个到家里找镇长夫妇办事的人说，"王守仁的眼睛里，强奸犯陆朝臣都是好人了，他王守仁还能是什么好东西吗？"

饱学先生将能找到的医书摆了一地，他从这头爬到那头，将能翻到的解毒秘方抄在一张张黄纸上面。他在每顿饭前吞吃一张药方，吃得满嘴墨渍。有一天他忽然悟到了一剂良方，于是他将剩下的所有药方在一只蓝边的粗瓷碗里付之一炬。这样饱学先生就拥有了一只"试毒碗"。吃完饭他便将"试毒碗"藏到被子下面的狗皮褥子里，这样，他的工作量大大减轻了，他只要看住不被任何人碰到那只碗就可以了。

被陆雅芳的空头支票和榆树镇人意味复杂的目光晃得焦头烂额的王守仁镇长终于忍无可忍了。这天傍晚，他和韩静云冲进饱学先生的屋子，韩静云拿着一只哗棱棒晃着，用笑脸骗开饱学先生的注意力，王守仁突然掀开了饱学先生的被子，等饱学先生识破儿子的阴谋，那只"试毒碗"已经到了儿子手里了。看着可怜巴巴的饱学先生，王守仁镇长威胁说："你要再敢胡说八道，我就砸碎你的饭碗。"

饱学先生扑通翻到地上，跪在儿子脚前："镇长，镇长，我再也不敢了，我错了，我再不敢给你当爹了。陆朝臣是好人，我才是强奸犯，我强奸了你妈，让你当了野种，你是婊子养的。"王守仁一咬牙将碗摔到水泥地上，奇怪的是那只瓷碗玻璃球一样滚了几滚。饱学先生像一只青蛙，灵巧地扑了上去，赶在王守仁的皮鞋前面将碗抢在手里。看见饭碗奇迹般没有裂一道纹，掉一块瓷，他忽然嘿嘿笑了起来。"王镇长，你摔不碎老子的饭碗。"他的笑声变成了哭声，"至少我这是吃人饭的碗。王守仁，我操你妈呀！连你爹的饭碗你也敢砸，你那昧良心的小官当不了几天了，我看见你那顶小乌纱的帽翅折了，像没尾巴的鹌鹑一样秃了。"

生命力异常旺盛的饱学先生没有死于儿子王守仁的诅咒，没有死于儿媳韩静云的虐待，使镇子上的许多棒小伙都患了流感和肺炎的寒流也奈何他不得。镇长王守仁绝望地认为，即使他给磨死了，他爹也不会死掉。然而饱学先生的死期却突然而至，饱学先生的死是由于当地广播站播发了一篇考证文章。

文章出自本市研究地方志的一位学者之手。文章详尽地描述了七十年前发生在榆树镇的一场跨国之恋，这场轰轰烈烈的恋情的主角，居然就是当年"振兴船行"的老板崔振兴和一位白俄妇人。民国十六年，事业如日中天的崔振兴在奉天雄心勃勃地和一位白俄商人洽谈了三通河的开发计划。当那位商人携妻如约而至，一踏上榆树镇的土地，他金发碧眼的妻子立刻便被榆树镇满街招摇的挂满金黄色榆钱的白榆树深深地吸引了，白榆树摇荡着白俄女子激情如火的心旌。风流倜傥的黄皮肤的船行老板长袍马褂，谈笑风生，干净利落的中式服装衬着一张精明的俊脸，异国女子含着一汪水的眼睛，让崔振兴同样看见了爱情的风帆。当那位白俄商人察觉到他的合作伙伴正在试图勾引他的妻子，他决定立刻起程返奉。倒霉的白俄商人离开榆树镇不到一百里便遭到了劫匪的袭击，来历不明的劫匪杀鸡一样地将那位异国商人砍翻在松花江里。识破了这场骗局的白俄妻子，不堪受辱，愤而点燃了汽船的油箱。铁船沉没了，鲜血染红了沿江而下的松花和浪木。面对着空空荡荡的江面，摘下面罩的崔振兴一口鲜血喷在水里，他想得到那位如水的异国女子，更想得到那艘神奇的汽船。松花江水卷走了一场惊心动魄的爱情，和土匪黄天的合作也埋下崔家走向没落的种子。

考证文章听起来像小说，听得熟谙榆树镇历史的饱学先生目瞪口呆。但这毕竟不是小说，而是一篇在志书系统得奖的论文。饱学先生随即大笑不止，笑出了眼泪。等笑声戛然而止，他慢慢地向后倒去。等有人发现将他扶起，他已经死去多时了。

270

饱学先生弃世的那天刮着一九九三年冬天的第一场大风。人们不记得哪一年冬天刮过这样的大风。干硬的西北风刮倒了镇政府楼前两丈高的标语牌，吹灭了博物馆楼顶闪着减肥茶字样的广告霓虹灯。大风扑打着办公楼和居民住宅的玻璃窗，在楼间檐前吹起冬天的号角。这样的大风里，患着牙疼和哮喘病的老人对萝卜的药用价值最后失去了信心，他们的呻唤呼应着寒风。奔波劳累的卡车司机则躺在自家床上，不必担心给扣掉工资或被解雇，他们舒服地扯起鼾声。有几个向大众公司承包了出租车的个体司机被押金压得喘不过气来，他们不信邪地勉强将车开上了马路。

他们很快就灰了心。街上行人寥寥，几个尽职尽责的街道清扫工站在邮局的门廊下，抱着扫帚打着哆嗦。客运站冷冷清清，卖水果的小贩将口罩盖到眼皮底下，少有顾客光顾，他们不耐烦地抄着袖跺脚取暖。这一天几乎所有穿越榆树镇的火车都在晚点运行，滞留在火车站的外地旅客心急如焚，又无可奈何。走进候车室拉客的餐馆老板们大受冷落。路上的出租车司机听到的声音除了自家汽车引擎的轰鸣，再就是风声，似乎永远都不会停的风声。

在这冬日的大风天里，雅芳路的居民们却没有消消停停待在家里的心情。自从入冬开始，生活中发生的一件件不顺心的事让人们伤透了脑筋。刚渍上的酸菜还没来得及压上青石板，臭味就熏得主妇们打起了喷嚏，她们不得不催促丈夫去日杂商店买从没用过的防腐剂。因为工厂停产而一筹莫展的丈夫们正迷着红茶菌，他们每天观察隔夜茶是否变了质，用长了白毛的茶叶泡酒喝得他们舌底生苔。有两户人家因吃了臭馇子中毒进了医院，而臭馇子一向是镇上人家喜欢的食物。有一天，九十六号的杨回民家里传出孩子的哭声，镇中心小学一向温和的杨老师竟然冲孩子挥起了鸡毛掸子，仅仅是因为小孩子吃饭时要水喝。这些在以前都是从来没有过的事。

书店里，年画第一次滞销了，近几年兴起的挂历热也莫名其妙地降了温，这从那些街头小贩的脸上一看便知。一周五天工作制的

风过白榆

小道消息传来传去，但工人们的兴奋劲早过去了，他们盼望的是工厂什么时候能够开工。现在，人们看到门板上写着的大个的"拆"字被再次刷新已经不再激动了，计划中搬迁楼的新楼址一变再变，对使用煤气的暖气楼过分渴望而没有准备足够的过冬用的蜂窝煤的人家尤其恼火。新生活的渴盼早已变成了一颗沉重而又冰冷的秤砣，这秤砣仍在不断地增加分量，胀得如存放在博物馆里的竹林庵的旧铜钟一般大小。和锈迹斑斑的铜钟不同的是秤砣是实心的，里面被失望、担心、受骗的愤懑填满了。这个念头一旦产生，人们便不约而同地想要抵制镇政府的拆迁计划了。恰在这时，他们收到了镇中心小学杨老师起草的一份声明。在这封写给邻居们的信里，语文教师杨永生用着重号点出了七个字：正义感和罗小梅。

几个月前，罗小梅在愤怒之中打了港商陆雅芳的耳光，消息传到人们的耳朵里，大多数人以为罗小梅是因为回来的不是崔家人，生出强烈的妒忌，丧失了理智。当得知港商陆雅芳表示她不会因此放弃对榆树镇的投资时，人们长出了一口气。对陆雅芳的宽宏充满了感激。直到现在，人们才发现罗小梅当时掴下的那个耳光是怎样地响亮，并且一直在他们的耳边回响，让他们脸红耳热。四十岁以上的人们回忆起一九七三年七月的往事，在那个难忘的星期天，几乎所有的人家都拒绝了陆朝臣的邀请，他们不愿意和一个刑满释放的历史反革命产生瓜葛，他们中间有一些人感到后悔的是，没帮助孩子们抵挡住肉汤的诱惑。那肉汤果然和毒液流进了孩子们的胃里，溶入了孩子们的血液，使一些年轻人，一些小男孩和小女孩都成了陆朝臣流氓活动的牺牲品。一九八三年证明，一场悲剧在十年前陆朝臣请客的肉汤最后被偷喝得一干二净时，就已经埋下了伏笔，只可惜当初没有人能意识到这一点。

既然当年他们拒绝了陆朝臣，现在为什么不能拒绝陆朝臣的女儿？为什么不能像罗小梅那样拿出应有的勇气来，揭穿镇长王守仁编造的谎言。

"罗小梅的勇敢行为给我们提了醒，我们应该冷静下来，清醒过来，拨开利欲熏心的迷雾，重沐正义和道德的阳光，接受伴随着阵痛的炙烤，我们不应该再沉默下去，我们应该有所作为。"

语文老师的声明那么容易地得到了回应，这使办事素来沉稳的教师杨永生深受鼓舞。雅芳路的居民们远不像语文老师想象中的那样缺乏真情，他们从来都不缺乏生活的激情，只不过这种激情有时没有节制，像一条容易泛滥的河流，又如一条乖戾的招人烦惹人爱的小兽一样喜欢冲突，充满着带点恶意的好奇心。人们不愿意再沉默，激情只有寻找到一个适当的突破口才能变成行动。人们似乎已经预感到这场冬天的大风会带来一种变化，成为一次冲突的前奏。

因此，当那场大风在午饭之后停下来，当有人看见久不露面的罗小梅忽然提着煤铲走上了街头，所有的人都感觉到，是时候了。

她是从什么时候开始注意起窗台上的那只铁片风铃的？只在这个早晨，这个大风天的早晨，她才明白自己其实一直是在等待它响起来。这个不合常理的渴望，用了这么长的时间才渐渐地从意识深处浮现出来，她吃了一惊，然后便被深深地感动了，流下了几个月来的第一次泪水。她还以为自己不会流泪了呢，现在，不但流了，还流得那样顺畅。泪水滋润了枯干的面颊，更重要的是，生活被重新洗亮了，让她模模糊糊地看到了未来。明天就藏在白榆树枯瘦的阴影里，藏在筑于枝杈间散发温热的鸟巢里，藏在那无边无际的晨雾一样缥缈的平静之中。她奇怪自己竟然在麻木中沉默了这么久。

秋天在沉寂中过去。房檐上的燕窝空了。麻雀从檩条的空隙里钻进屋子里取暖，带点腥味的羽毛挂在门斗上。她好久没有打扫房间了，灶台上粘满了蝇屎，鼻涕虫在荤油瓶子上留下爬痕，蛀蚀的房梁撒下土面一样干燥的粉尘。一天下午，她忽然发现她的水果箱子被老鼠嗑了一个手指粗的洞，她悲从心来，生活差一点就唤醒了她。她的鼻子一酸，可是仍然没有落泪。既然没有人在乎她的泪水，她的泪水又有什么意义呢？她想找一截木棍将那个洞堵上。可怎么也堵不上，她找来的木棍不是太粗就是太细。她想把被老鼠咬碎的包装纸从箱子里搂出来引火，她搂了两下，脖子有点痒，她站起身搔了搔，等她停下手，她发现自己忘了要做什么了。她盯着那些废纸发呆，想得太阳穴隐隐作痛，还是没有记起自己要做什么。于是她干脆不去想了，紧接着她便看见了窗台上那只蒙了灰尘的风铃。

风铃带着旧时代的铁锈，铁锈在今天已开始发红。曾听见它哨响的人们差不多都已作古，它也在如水的时光中喑哑了。从那天开始，罗小梅的目光便不再移开那只铁片风铃了。她整日整日地对着它发呆，回忆着能够回忆起来的逝去的时光。奇怪的是，只有有关这只风铃的往事是清晰的，能穿透岁月的蒙尘让她看到过去。

"什么声音这么好听？"

"是风铃在响，那是风铃的声音。"

"我怎么不知道这院子里还挂着风铃，风铃挂在哪儿了？"

"就挂在姐姐的门亮子上面，你没留心当然看不见。"

"风铃，那风铃什么样？和你用秫秸编的风轮一个样吗？"

"当然不一样，风铃能丁零丁零响，风轮只会转。不能响。"

"我想看看风铃什么样。"

"那好，明天我指给你看。"

"爸爸，我也要看风铃。"

"好，你和你妈一起去看。丁零零，丁零零，风铃响喽。"

那风铃的确在响。如石鼓滴泉，清脆，清越，清新。

"我现在就想看，你去给我摘来吧。"

"爸爸，我也要现在看。"

"你看，孩子也想看，你回来被窝又凉不了。快去嘛，快去，快去嘛！"

那是她第一次见到风铃，由白铁片连成的风铃呈钟形，中间的摆页是铜片做的，上面有两三块绿色的霉斑。年轻健壮的罗成仁将风铃递给妻子，徐立群却看也不看，她只想验证一下罗成仁是不是真的对她好。罗成仁肯为她跑出去，这就够了，她露出了满足的笑容。她亲昵而欣喜地看着丈夫，罗成仁身体结结实实，虽然粗鲁，但是热情如火……过去多美好啊，回忆起来都觉得不可能是真的。

"那风铃真的又响过？我怎么没有听见？"

"确实响了，姑姑，我亲耳听见的，我还会骗你吗？"

"风铃是不会响给一个忘记它的人听的。一九三六年我听到过它的响声，我以为一九五三年它还会响一次，可它没有，它像一个实心的秤砣，可以挂在秤杆上称西瓜。"早已习惯了在院子里的白榆树下假寐的罗云，有一次和侄女说起这只风铃，仍然愤愤不平。

一九三六年的许多个夜晚，每天躺在床上她都能听见那个丁零零的声音，声音渐渐地变得沉实，变成扑沓扑沓的响声。可它就是变不成脚步声，却又不让她入睡。夜晚在风铃声中变得不安，风铃和月光同谋，搅扰着这座走向没落的庭院，搅扰着独守空房的团圆媳妇本不踏实的梦境。那一晚她终于无法再忍受这种折磨了，她披衣起床，决心将那该死的响器扯下来，扔到院外的阴沟里去。她起来了，推开门，干涩的榆木门轴吱扭扭的声音格外刺耳。院子里铺满月光，清霜浮荡着扫帚梅花清冽的芳香。霜地上，杂沓着的是崔宅雇来的护院炮手们纷乱的足印。希望在那一瞬间像一朵从藤蔓上坠落的牵牛花般地萎掉了。

一九三六年的风铃终于变成了脚步声，那是姑姑罗云自己的脚步。无风的清晨，灶下的烟吐出来呛红了她的双眼，那个名义上的小丈夫和女孩们的嬉闹声变成对她的奚落，在双肩风蚀，痛彻心脾，在所有的等待和期盼都落空之后，风铃在一九三六年冬天的夜晚变成了脚步声。罗小梅仿佛看见了风铃掩盖着的小团圆媳妇的出走。相对于风铃，女孩的脚步声轻得那么微不足道。风抹掉了姑姑罗云离开崔家大院时踩下的脚印。她逃出镇子，当风铃声换成三通河河道灌木丛中孤独的狼嚎时，罗云伏下身去，她想她再也听不见那风铃声了。

"风铃坏了，风铃的摆页掉了，风铃再也不会响了。"风铃真的坏掉了，坏得不可思议，没有人碰它，它的黄铜摆页就自己折了。罗小花双手捧着生了锈的白铁风铃，坐在窗台上。敏感的女孩双眼潮红，对着细雨迷蒙的一九七三年的夏天，充满着忧伤。

于是，妹妹的形象自然而然地定格在罗小梅的信里："亲爱的小米，你知道吗？我们家的风铃坏了，小花为再也听不见风铃的声音伤心极了。不知为什么，我也觉得心里难过。"

"小梅，想念的小梅。风铃不响了，那有什么可以难过的呢？我会给你唱歌，唱你最喜欢听的歌。"

一九七三年，一件小事也可以拨动她的心弦，陶小米的每一句话都是一束温暖的阳光，照亮她晦暗的童年。可这一切一切的美好是从什么时候开始失去的？为什么会失去？风铃难道真的哑了，那所有的美妙和希望真的会永远逝去？

她坚信它会鸣响，坚信她一定会听到它清脆的声音。她凝视着风铃，透过风铃蒙盖的铁锈，她看见它野性的过去，任由寒风吹打，自在地以自己的节奏应和自然的回声。风铃是不会为暗哑而存在的。不错，这个镇子，那一天只有她一个人说了真话，但所有人都知道她是无辜的，她从陆雅芳错愕的目光中，从韩静云不敢和她对视的闪闪烁烁的眼神里，从那天在场的人们忍而未发的呼应声中，她看见了自己的影象。陆雅芳被她打败了，即使她也是无辜的，可那是她自找的，她应该为此羞愧。等在拘留所里平静下来，她却不敢确定了，她真的赢了吗？她发现自己被这镇子抛弃了，因为，因为没一个人在那个时候帮她。陆雅芳离开镇子，她才给放出来，冷静了三天的结果是产生了无尽的怨恨。当她得知陆雅芳没有在乎这样一件小插曲，仍然和镇政府签下了投资意向时，她的嘴角只是不自觉地抽搐了几下。回到家里，除了去采购必需的食物，她不愿意再走出院门半步，她已经不再需要任何人了。她下决心不为任何一个邻居打开房门，不管他们敲得多么响。因此，当这个大风天的早晨敲门声响过好长时间，她才想着去开门看看。她愣住了，一百二十三号门边堆放着码得整整齐齐的白菜，两个编织袋里装着过冬的土豆和萝卜。弄明白并不是有人放错了地方，她被吓着一样跳过门槛，紧紧地关上了院门。她坐在窗前面对那只风铃时，眼泪流了下来。泪水滂沱。

她不知所措，不知道怎样应付这天早晨发生的事，但生活确确实实地又发生了变化。她多么希望有人告诉她应该怎么做，可没有人能告诉她。她是孤零零的一个人，面对着一只断了摆页的风铃。她爱过的人，爱过她的人，都离她而去了，这一切的不幸都发生在那幢房子里。啊，那幢该死的房子一直像山一样压在她的心头。压得她透不过气来。不知不觉中，她的泪水竟然止住了，泪水被直冲顶梁的怒火烧干了。对，她要把那幢房子挪一挪，挪出一个地方来安顿自己的一颗心。她站了起来，周身洋溢着报复的激情，她在屋子里毫无目的地走来走去。后来，她到底瞥见了放在门后的煤铲。

大风不知什么时候已经停了。是什么声音？天啊，她终于听见了那盼望已久的声音。她瞪大眼睛，她听到的的确是铃声。那只断了摆页的风铃仍然躺在窗台上，这么激昂，这么清脆的铃声是从哪里传来的？但此时她顾不上去分辨这铃声了，听见了响声，这就够了。

罗小梅提上煤铲走出家门。她走在大街上时，五金厂新安装的电铃仍在回响。即使弄明白了那响声，她也不会回头了。

大风过后，天空忽然出现了太阳，像一颗半生不熟的柿子挂上了中天。天气意外地转暖了，可能是风将天刮得累了，正如疯狂忘我地颠簸过后，开始享受着愉悦和一点满足的慵懒，太阳四周笼起了暧昧的日晕。阳光并不热烈，即使如此，榆树镇给人的感觉也仿佛一步跨过了冬天。

278

而春天的迹象更无处不在。护城河的河堤上，冬眠的青蛙蛰居的洞穴里冒出了袅袅的氤氲。工商银行的楼檐板滴下了融化的雪水。有人看见百货公司和浴池之间的那几棵柳树枝上挂满了"毛毛狗"，茸茸的柳花过早地开放让人目瞪口呆。心急的人家为春节准备的冻豆腐化掉了，淌下卤水气味浓郁的汁水，黄牛奶一样的汁水从仓房的储藏室一直流到大街上去，患了冻疮的孩子脚后跟正钻心地发痒，便穿着棉鞋在那水洼里跳来跳去。雅芳路的居民们看见了更惊人的情景：面色苍白的罗小梅提着一把煤铲迎着他们走来，阳光将铲尖镀上了一层蓝靛般的光泽，那上面的反光瞬间便将雅芳路照亮了。

花生五嫂踩着梯子用一根木棍去挑埋在房顶雪里的一块冻猪肉，猛然回头一瞥，她就忘记了自己在干什么。她摇摇晃晃，大张着嘴巴。"天啊，罗家的丫头要干什么！"她觉得自己只是轻轻地呻唤了一声，邻居家的鸽子便扑啦啦地惊飞了。

西院里，杨回民听到五嫂的叫声，拖着不灵便的右腿从屋子里走出来，他本来想和五嫂开开玩笑。但他说出的话却是招呼他的儿子："永生，你看罗家的丫头又要干出什么事。"

罗小梅脚步踉跄，缺乏营养的虚弱的身体不停地摇摆着。先是几个小孩子扔掉了他们玩着的木马，拖着鼻涕甩着裤裆跟了上去，他们夸张地晃荡着小屁股，左右摇摆，学着罗小梅的步态。薛把门手里拧着一件湿衣服，她为孩子们的顽皮绽开了眼角刀刻一般的鱼尾纹，但只笑了半截，看见了走在孩子前面的罗小梅。她立刻收住笑，她想喊住孩子们，不让他们跟在罗小梅的后面胡闹，她不由自主地跟了上去，却忘记了招呼孩子们，也忘记了放下手里的湿衣服。很快，又有一些孩子跟了上去，他们仿佛是从地底下一下子冒了出来，而他们的母亲和奶奶们也借口追赶小孩子跟了上去。随后，男人们也上街了，有人猜出了罗小梅的用意，干脆也提上了铁锹，提上了早已认定不会再派用场的锄头和镐头。

罗小梅没有回头，她的全身剧烈地颤抖，抖成一枚熟透了的秋叶。几百米的街道，似乎已耗尽了她全部的力气，当她站在陆朝臣

风过白榆

的院子里，面对着上了铁锁的房门，面对冬天枯死的两排小榆树，面对着屋子里遮掩着的粉红色窗帘，她冒出涔涔的汗水，她快要虚脱了。时光在她的眼前一掠而过，她看见一群孩子提着一把把上了锈的铁剪，在街头喝住了一个背着行李提着脸盆的老头，老头惊惶地低下一颗生着赘肉的脑袋。那个长着几粒小雀斑的翘鼻子的女孩哪里去了？那个穿花布衫，梳着两条小辫的怯生生的女孩哪里去了？当年的一对小伙伴现在隔着一层生和死的帷幕。陶小米在看着她吗？还有徐立群，还有罗小花，你们都在看着我吗？那你们就好好看吧！她还没想好怎么样动手，铁铲却自己扬了起来。徐立群，这一铲是为你砸下的。煤铲砸在门楣的窗玻璃上，玻璃的碎片炸出无数道阳光。罗小花，这一铲是为你劈下的，一九八三年的雨夜被她劈亮了，妹妹在闪光中双眼湿润，害羞地冲她招手。陶小米，这一铲是为你铲下的。我听见了，这不干我们的事。但生活中发生的这一切的一切，又都是为什么？煤铲铲在墙基石上，震得她虎口灼痛，煤铲脱手而飞。她的耳边一连片地响了起来，她身后的铁锹、锄头、镐头、斧头，这时一齐挥动起来，人群拥了上来。罗小梅泪眼迷蒙之中向四周看看，转眼之间，她已被挤往激情漩涡的边缘了。雅芳路的一场大的行动从她砍下第一铲就开始了。

事后，人们记不清是谁第一个冲进了屋子，但肯定是箍桶匠家的孙子用斧头劈落了房门的铁锁。人们记得更清楚的是，从屋子里扔出来的第一样东西是陆朝臣的照片。镶照片的镜框和玻璃摔在石头上震得粉碎。然后是那些伪造的奖状，摆放着各种生活用品，窗帘盒、脸盆架、衣帽钩、香皂盒、茶杯盖，包括所有能扔出来的东西，都被人们胡乱地抛在阳光下面。扔在院子里的东西立刻被无数双大小不一的鞋子践踏上去。薛把门的儿子和胖子朱利勇敢地攀上

风过白榆

房顶，房脊瓦噼噼啪啪，一块块地粉碎了。很快又有几个人攀了上去，一把把苫房草带着霉烂的腐味给疯撒下来，房顶上烟尘四起。

杨永生在院子里挖下了第一锹，于是许多把煤铲、镐头、锄头，连菜刀也挥动起来。院子当中很快就给挖出了一个大坑，坑里挖出的土埋葬了那两排小榆树。然后，人们将院子里所有的破烂一股脑地扔进坑里，仿佛那是一个垃圾场。罗小梅重又成了事件的中心，幼儿园的园长将一盒火柴塞到她的手里，怕她点不着，杨永生又找来一块油毡纸。罗小梅点燃了火把。她将火把向坑里扔去。火烧起来了。火光将人们的脸照亮了，辉映着兴奋的光芒。坑里的东西给点燃了，那些垃圾是这样地容易焚烧。很快就蹿起了火苗，火星四溅，黄烟翻滚。

胖子朱利、酒厂的几个工人，还有几个半大小子，他们还在下力拆着房子，烟雾呛得他们咳嗽，他们仍然不断地将房顶拆下来的接近腐烂的木椽、板条、油毡纸扔下房子，它们也一股脑地给投进了火堆。在房顶上的人实在太多了，等人们意识到危险时，那幢老房子已像一条破船一样颠簸摇晃起来，房子在人们的恐惧惊骇的叫声中轰然倾倒。火光中，土漫灰扬。这时，所有的叫声都戛然而止。

只有火在嘶鸣，烟在缭绕。

这时，人们发现天不知什么时候阴了，天空飘起了雪花，雪片漫天飞扬。火堆上方，雪花在五十米高的地方变成了细雨，在二十米高的地方变成了雾气。火光如此炫目炙人，烧掉了坑中的垃圾和杂物，也烧掉了人们心中的芥蒂，烧掉了一切罪恶、冷漠、猜忌、怨恨、贪欲。火光像一个君临的精灵，光芒普照四方，照亮了过去，照亮了未来，也照亮了现在。人们就站在那里看着火在燃烧，看着烟尘中的落雪。

　　当这一切变得难以收拾的时候，消防车的声音凄厉地传来。人群出现了短暂的骚乱。但仍然没有人离去。没有谁肯放弃目睹这镇子上一场惊人事件的机会。

　　明天，这里将被白雪全部覆盖，这里将出现一片空明。虽然倒塌的房子和院子里掘出的深坑不过是将这镇子撕开了一个小洞，对镇子的全貌没有多少改变，但它改变的是人们的内心。人们感到了轻松、晴朗，感到了空旷的欢乐。

风过白榆

第十四章

一九九六年秋天的榆树镇已没有了满大街纷飞的榆钱，金黄的榆钱随着最后一批白榆树的消失而消失了。但是清洁工们并没有感到轻松，镇子正向城市的方向迈进，林立的脚手架制造着更多的灰尘和垃圾。镇子里有了六层的楼房，中心市场里有人出售生长在南方的荔枝。冰淇淋机和搅冰机并排立着，冰水的内容变成了可口可乐，老年人嫌这咖啡色的冰水杀口，向孩子们讲述香精水的味道，可孩子们毫不理会，他们迷上了变形金刚和彩色的不干胶。只要给买就笑，不给买就又哭又闹。录像厅和弹子机如雨后春笋般地长出来，赤裸裸的招贴画和公安局扫黄打非的公告贴在一起。比录像厅和游戏厅更多的是各种名称的卡拉 OK 包房，走在大街上，听着同一首歌曲被不同的喉咙吼出各种味道，是一件十分有趣又十分闹心的事。那些外地的民工大多出入各种录像厅，花上两块钱的门票，能看一部刺激的片子使他们乐此不疲。电影院相对冷落一些，但票价涨得惊人，游戏厅里总是聚着一群群背着书包的小学生，再就是歪叼着烟卷围着花丝巾喝得醉醺醺的年轻人。玩腻了的间隙，他们便对着街上衣服越穿越少的女孩子打口哨。

女孩子们穿着无袖无领的汗衫，上面印着港台流行的影星歌星，她们并不讨厌小伙子们的打情骂俏，反而将胸脯挺得更高屁股扭得更欢，似乎只有这样才能显出魅力。在她们身后，那帮坏小子们在猜测她们是不是"鸡"，商量着要多少钱才能打一"炮"，为着粗俗的玩笑露出紫红的牙花子和刷白了的板牙。

只有那些穿黑着蓝的老年人，还在怀念着白榆树。他们只能找那些无聊的又有些傻气的外地民工扯闲篇，给他们讲述镇子的过去。那些民工对他们的故事其实没多大兴趣，是乡下人的纯朴和进城的新奇让他们耐住了性子。但故事总有听腻讲腻的时候，老人们便佝偻着腰聚去博物馆广场。光秃秃的广场又让他们心情不快，在光光的日头下面，他们议论起夏天的那场大火。

将博物馆变成了"梦巴黎夜总会"，是陆雅芳对榆树镇唯一的投资。在这位榆树镇的后代的建议下，镇政府砍掉了所有的白榆树，从外面购进大批的法国梧桐，那些梧桐树因为气候不适移植没有几天便死掉了。陆雅芳和镇政府签署了博物馆的承租合同，雇用了一个劳改释放犯（不知是不是巧合，那个人也是一名强奸犯）做了夜总会的经理。上蹿下跳费尽心机的韩静云被抛在一边大为不满，进行了种种阻挠，后来还是她将博物馆租给了陆雅芳。

那场大火之后，王守仁和韩静云被请上了法院的被告席，榆树镇镇政府的集体受贿案被公之于世。铁证如山，不容抵赖，因为作证的就是那位外商陆雅芳本人。法庭宣读的陆雅芳的信中清楚地写着她承租博物馆的经过和她行贿的数目。

"梦巴黎夜总会"曾使榆树镇名噪一时，省城的客人也不辞辛苦地坐五六个小时的车到镇上来，他们拿出成沓的钱要求开房，只求在这儿住上一晚。不断地有传闻成为镇上人的谈资。"梦巴黎"的一位小姐将一位七十多岁的农民骗进了包房，让他花费掉上千元给老伴看病的钱，老头儿竟然没能隔着裙子碰一下小姐的屁股。还有一位小姐半个小时之内让一位从省城专程来"梦巴黎"的先生心甘情愿地花掉五千元，这位先生心疼得直冒冷汗，才满足了小姐提出用易拉罐拉手做条项链的要求。传说邻县的一位局长被"梦巴黎"的小姐用刀片割掉了男根，还真有人来调查此事。当然是子虚乌有，不过来人也得到了满足，他听说了另一件稀奇的事。据说一位在"梦巴黎"餐厅服务的女士生了孩子，生孩子本不稀奇，稀奇的是她的丈夫看见护士抱出的新生儿竟然是黄头发蓝眼珠的一对双胞胎。这说明"梦巴黎"的档次的确很高。因为，连外国人都来了。相对于澄清事情真相，人们更愿意相信这样的事是真的。为什么不呢？这样的事毕竟能让人发笑啊！

　　但心酸的事不久便发生了。就在公安局准备清理整顿的时候，有一天夜里，"梦巴黎"忽然蹿起了火苗。大火从厨房开始燃起，一直烧上了三楼，火势迅猛，又烧着了夜总会后面的仓库和新开辟的展厅。仓库和展厅里的物品包括各种展品、历史档案，公安局寄放在馆里的户口簿，许多人看着大火流下了泪水，那些将珍贵的邮票和字画寄存在博物馆的中年人和老年人几乎痛不欲生。大火还烧掉了省城来巡回展出的一副珍稀的恐龙骨架、抗日联军的实物及照片，还有一小块陨石。

　　火光里，人们看见裸着身子的小姐不知羞耻地从窗口探出身子求救，逃出来便不顾一切地跑到人群中间。那些进去时尚衣冠楚楚的先生，烟熏火燎，被烧掉了眉毛。人们远远地躲开他们，他们虽然有钱，但不三不四。即便人们不觉得他们灵魂肮脏，也怕被传上性病。

　　"梦巴黎"就这样消失了，烧成了一片白地，博物馆就这样消失了，只剩下这个空荡荡的博物馆广场。新组建的镇政府决定不在这里再建新的建筑物，保留这块空地，拟将这里变成公园，让老年人扭秧歌和跳迪斯科。榆树镇附近的农村水田里生长着一种蚂蟥，你将那吸血的丑物拦腰斩断，那蚂蟥竟然会一条就此变成两条，仍然叮人吸血。"梦巴黎"仿佛便是这样一条蚂蟥，"梦巴黎"烧掉了，却烧红了一座座新的夜总会和酒吧歌厅，这些地方草草装修便即刻开了张。这当然没什么不好，而且也是一种繁荣的象征。令人们头疼的是里面难免藏污纳垢，因此政府要经常地整治。

　　渐渐地，博物馆广场的老年人也平静下来，倒不是改变了旧观念，而是见怪不怪了，总之，生活变得比以前富足，变得有了希望。

　　秋天刚开始的时候，镇子里的经商热达到了最沸点，镇子里的信息更加庞杂，连中学生见面都互相询问，你要钢材吗？你能在外地弄到汽车吗？你有路子吗？整个镇子的下水道都快被各种说明书和广告纸堵塞了，浊水四溢。一家广告公司不知从哪里弄来了一架旧直升飞机，嗡嗡地怪叫着，在镇子上空抛撒着各色传单。传单落在进城的农民的脸上，便有人受了启发，终日游荡在街头，企图靠捡破烂和广告纸发家致富，还真就有人发财了，也有人因盗窃进了拘留所。

　　在好一点的酒店里，各种级别的经理和业务主管互相交换着一张张各种头衔的名片，人们在为各种信息喝酒吃菜。陪吃陪喝陪舞的小姐们打一枪换一个地方，抓也抓不绝。她们满面通红，鼻尖上沁出细汗，香水和狐媚从她们的一步裙里散发出来。

风过白榆

低档的朝鲜狗肉馆里坐着的是政府里的小职员和高级中学的教师，濒临倒闭的国营工厂的工人也喝得脸红脖子粗，他们商量着怎么发一笔意外之财，设想着自己有钱时的形象和待遇，想好了怎样整治原来的领导和有仇隙的人。在垃圾站，衣衫不整的流浪儿和公园独占一排垃圾箱的哑巴发生了冲突，染了经血的腐烂的卫生纸巾在人行道上空纷飞。砸在时髦的小姐身上，砸出一声声尖叫，她们一改往日的温柔，破口大骂。讲究享受父母又没钱供她们享受的少女靠自己的能力致了富，身着皮尔卡丹，脚蹬极有可能是假冒伪劣的皇后或公爵皮鞋，戴金挂银，倚在大款身旁，做好了被公安局收审和与大款婆娘吵架的准备。

和"梦巴黎"同时注册的证券公司现在生意极为红火，在各种宽敞一点的地方抛售奖券，摩托车、自行车、彩电摆在人们面前，声音嘶哑的工作人员大声做着宣传——玩股票不如玩彩票，彩票是高层次的享受，彩票是斯文的游戏，两块钱的投入可以得到一个意外的惊喜。广场上不断地响起有人中奖的鞭炮声，镇文化馆的几位蹩脚的书法家，暴露在人们的目光中挥毫泼墨写着大字。沉郁的天空下，火药味团郁在一起经久不散。那些抛售彩票的师范学校的学生手忙脚乱，中彩者通过发售中心的麦克风结结巴巴地谈着中奖体会。受益的还有那些无证营业的小商小贩，他们乘机在人群中兜售假烟和各种便宜的货色。

镇子里除了博物馆广场，其他的空地都被彩票占据了，博物馆广场成了破财的象征，没有谁愿意讨这里的晦气。来这里的只有那些上了年纪的人，他们有时扯扯闲篇，说一点家长里短，感叹一下世风，传播一点轶闻。停下来，他们便把苍凉的目光抛到穿过广场的街道上，打量来往的行人。一个星期天，一个过早地围上头巾的

风过白榆

女人走过广场，看着背影，几个老人用力回忆在哪儿见过这个女子。女人的背影拐过街角，他们忽然拍了大腿，那不是罗小梅吗？

那真是罗小梅，提着一个旅行包，风尘仆仆。她的背影单薄了，瘦削了。看看她的脸，就会知道岁月的锋刃是怎样无情地挥动着，只用了不到三年的时间，就将一个中年人差不多变成了老妇。还好，她的眼睛闪动着的还是中年妇人的光泽，沉稳中透出成熟，不急于表达热情，却闪动着渴盼。

她没想到会在外面住这么久。妹妹罗小敏来信请她去散散心，她就去了。罗小敏的丈夫是那个边疆小镇的最高首脑，中尉夫妇对罗小梅表示了极大的热情。那是一个很小的小镇，镇子里只有五十多户人家，一眼水井。但镇外的天地是广阔的，远处是横亘的大山。天气晴朗时，可以看见山上瓦蓝的雪线，缥缈的白云。镇上只有一条街，半个月有一次大集。扛着兽皮、药材、蘑菇和木耳的山里人，从大山的褶皱里走出来。不认识的人，见了面也亲切地大声问候，拍着对方的肩膀，互道平安。渴了，那些山里人可以随便地走进一户人家，女主人一定会捧上一瓢清凉的甜水，主人在水缸里放了冰糖。谁家的羊羔走失了，山坡上会游动起上百个火把，那是所有的人家都来帮忙了。这里的泔水都有股奶味。罗小梅欣喜地体会着有如世外的轻松，小镇淳厚的民风润泽着她的心田。当妹妹真诚地邀请她再住上一阵时，她想也没想就答应了。

高原的阳光晒裂了她的皮肤，她的心里充溢着快乐。她帮军营的士兵们洗衣服，看着那些充满朝气的青年人骑上巡逻的骏马。有一次，一个娃娃脸的小兵竟然送给她一大把各色的野花。她将兵营吃不了的菜拿到集市上去，和那些山里人交换山货，再搭上运给养

288

的卡车到一百里外的大镇子上去卖。她竟然一点也没有想着短斤少两，她自然而然地改掉了欺诈的毛病。小镇的光阴青青黄黄，自然更替了几回衣装。归期不断地更改。有一天妹妹试探着问她，是不是她准备留下来，她这才发觉，住在外面太久了。于是，她开始整理简单的行装，匆匆忙忙地做着回程的准备。忙乱中，她抖落了皮包里的一个方便袋，一堆纸片从口袋里掉出来撒落了一地。那是她带在身边的二十年前和陶小米的通信。她呆住了，心脏剧烈地跳动，她发现她是那样地想念着几千里外的那个小镇。分别时，罗小敏嘱咐姐姐，如果她一个人觉得孤单，就将那处老房子卖掉，干脆搬来和她同住。罗小梅未置可否，她还没打定主意。

现在，她重又走在了榆树镇的街道上。榆树镇十月的街道上，正进行着一场广告大战。一家本地酒厂和一家外地的化妆品公司比赛着宣传产品，喇叭声震天动地。但罗小梅的心却空空荡荡，她觉得自己成了一个外地人，镇子变得陌生了。她发现整个镇子已日新月异，把她甩在了后面，她被这个镇子忘记了。这镇子没有她照样在大踏步前进，她以前还以为她在感觉着周围的变化呢！

她看见博物馆消失了，博物馆消失烧毁了榆树镇的档案，烧毁了"历史"，但榆树镇没了白榆树，没了根照样矗立着，城里的楼房仍在拔地而起，人们仍然安居乐业，既没有像浮萍，也没有惊惶。档案是人们自己建立的，"历史"当初也是人们靠回忆去写的。当你记述时光时，时光已经模糊了，这么说，镇子的面目从来就模糊不清，镇子的历史只存在于人们的怀想之中，浮现于人们的感念之时。

文化宫门口挂着一块牌子，一位气功大师又来到了镇上，大师的带功报告单上印着大师对人生和功夫的理解。大师的信徒们在兜售着新灌的流行歌曲盒带。功法花样翻新，推陈出新，大师向人们庄严宣告：气功和音乐相结合的时代来临了。

还有一样超出了罗小梅的想象，十字街的姑子庙不再仅仅是一个地名了，那儿实实在在地建起一座"竹林庵"，两个画匠一边议论着工钱，一边认真地描画着庵门的门楣。在离他们几米开外的地方，几个清洁工人聚在一起，席地打开了饭盒，她们在拿起筷子之前，一起在胸前画着十字："感谢主赐给我们食物。"

罗小梅不想往前走了，她暂时还不想回家，那座老房子的瓦棱上，院墙上，一定长满了杂草吧？相对于这座崭新的镇子，那幢房子实在是太老太旧了。这会儿，她有一件更重要的事要做。她将旅行袋寄放在路边的一家修锁店，修锁师傅从卡在鼻梁的眼镜上方投过不情愿的目光，罗小梅从口袋里掏出几元零钱扔在他的工作台上。然后，她看也不看修锁师傅讨好的笑容，转身走去了郊外。

她走得那样急，额头沁出了细密的汗珠。她看见那道熟悉的护城河堤了，看见那条铅灰色的河流了。河水像一根将记忆的叶片串在一起的银线，她牵住线头，往事便毫不费力地奔到了她的眼前。她细细地辨识着，只有这里没有多大的改变，莽撞的河水总是卷走河堤上加厚的黄土，河对岸仍然是平整的农田，水泥桥也在原来的地方。一个亮点在她视野中闪亮了一下。那是两个女孩，她们悠闲地坐在抽水站伸出的乌亮的粗粗的铁管上面，她们比赛着嗑瓜子，不时地将脑袋凑到另一个的前面，看一眼对方捧着的图画书，会心地相视一笑。

"你看，那个人在干什么？"圆脸的女孩看见了奇怪的一幕，提醒她的伙伴。

"她在挖坑，没准她想挖出一样宝贝呢！"另一个女孩哧哧地笑道。

"她开始放东西了，好像是信。"

"没准是情书呢！你说她埋的会不会是情书？"

"那个阿姨好像在哭啊，我们过去看看吧！"

"算了，快到上课的时间了，你不着急看见那个人吗？"

"那个人是谁？"圆脸的女孩脸羞得通红。

她的伙伴做了个鬼脸，跑开了，她立刻追了上去。秋风中传来她们快快活活的笑声。

罗小梅收回目光，她又捧起两把黄土撒在隆起的小土堆上。泪水漫过下颏，落在地上，渗进土里。泪水会渗到她埋下的那些信上吗？她拍打着那抔黄土，就像拍着她好朋友的肩头。飞过头顶的麻雀听见了这个衣着灰旧的人轻轻的叨念："我把你送回来了，看，这就是我要做的。这就是我要为你做的。"

"看，这就是我为你做的。一定有人知道是我给杨红写了纸条，约她到河边来。"十四岁的罗小梅压抑着一九七三年的哭声，两只手盲目地挥着，她想抹去脸上的泪水，手插进了头发，她就攥住了头发，没命地扯着。

"忘记它，没有人知道这事。"陶小米忙乱地安慰着她的伙伴，她不知道她的声音同样甩着哭腔，泪水不自觉地流淌。

"不，一定有人看见了，有人看见了。"罗小梅死死地闭着眼睛，脸抽搐成五官不清的一团。

陶小米被吓着了，她胡乱地去捂罗小梅的嘴，结果却捂上了她的耳朵："你小声一点，求求你，小声点好吗？没有人看见，真的没有人看见。"

"不，就是有人看见了，我们完了。他们会说是我们杀了她。"罗小梅坚定地喊着，并且跺起了脚。

"你听我说，你再喊叫，我们可就真要完了。"陶小米哀求说，"我们只是骂了她，我们没做别的，只是骂了她。"

可罗小梅仍在喊叫，她给吓坏了，失去了控制。她多么想放大音量啊，仿佛只有那样，才配得上河面那一圈又一圈的阴冷的涟漪。

"啪！"罗小梅挨了一个耳光："你叫吧，你现在大声叫吧，让全世界都知道，然后我们一起完蛋。"

她奇怪地安静了，睁开眼睛，陶小米坐在离她一米远的地方，脸色惨白，嘴唇哆嗦着，牙齿磕出不连贯的细碎的声音。她凑上去，陶小米一把抓住她的手，死死地抓着，两个人的脸挨在一起，相贴的脸颊中间，流下了她们两个人共同的冰凉的泪水。

那些天她总想着要为陶小米做一件事，机会来了，女生中传开了一件事。杨红正追求学校里最能打架的刘彦红。据传，杨红对她的朋友们说，她真替刘彦红叫屈，陶小米是个什么东西！一个恶毒的想法立刻形成了，当她把计划讲给陶小米，她简直高兴坏了，兴奋得双颊潮红。"就这么干，我冒充刘彦红写一封信，你去送给杨红，请她到河边约会。我们要有好戏看了。"

她们看到的是一只凉鞋，一只乳白色的塑料凉鞋陷在泥水里。陶小米从泥水里拎起了那只凉鞋，方才阳光还炫着耀眼的绿色，这会儿河面忽然暗了，一只青蛙咚地跳进河水里。不祥瞬间掠过，罗小梅意识到一场灾难临头时，陶小米已反应过来，拉住她的手迈开了脚步。阳光的阴影追逐着她们，她们跑散了小辫。直到有一丛水蓬棵绊倒了她们，她们就势伏下身去。

后来，她们松弛下来，全身软成一团泥巴。

陶小米抽咽着说："你看，这里并没有什么两样。"

二十三年过去了，这里仍然没有什么不同。河还是那条河，灌木被砍伐了，新的灌木又长成了原来的样子。麻雀和纷飞的燕子也没有记号证明它们是新生的。可是物是人非，你正经历着的一切变成了记忆。

她们是怎样掘了一个土坑埋葬那只白色凉鞋的？她努力地回忆，只想起杨红说的最后一句话，那个女孩边哭边说："别忘了，你们也是女孩。"

我们也是**女孩**，我们曾经是**女孩**。

不是岁月，不是男人、岁月和男人只能造就一个女人，却改变不了一个**女孩**。无论现在还是未来，是怎样地黯淡无光，当一个女人歇下来，**女孩**总能将她们照亮，使她们光润如新。

女孩，只有**女孩**，只有女孩是最可宝贵的，只有她们才能弹奏出这世间纯洁的音乐。

因为她们是**女孩**，她们还不了解这个世界，她们弹奏的音乐总容易发生变奏和尖啸。

三通河河水铅灰，树影云影随波逐流，总是难以成形。她坐在河堤上，任河水冲刷着记忆的蒙尘，河水唤起了她多少回忆啊！

293

那是什么时候？小学三年级？四年级？反正是她刚结识陶小米不久，她惊喜地发现她们对音乐有着共同的喜爱，她们都爱上了音乐老师房间里的那架"钢琴"，那实际上不过是一架脚踏的风琴。那段时间里，**音乐**自然而然地从她的喉咙里流出，回响在她的耳畔，那架风琴的诱惑使她们生活变得单纯美好，充满希望。她将自己家的窗台画上了琴键，想象和欣喜便按响了旋律。为了真正接触一次那架真正的"音乐"，她和陶小米给音乐老师的房间打扫了无数次的卫生，只为了真正接触一次那架"真正的**音乐**"。终于有一天，音乐老师答应让她们每人弹一曲。在音乐老师和她的男朋友的目光中，她手脚发抖，心跳加快，她几乎要晕倒了，她竟然没有听清陶小米弹了什么，只听见陶小米对她说："该你了。"

她弹了，琴键发出了刺耳的沙哑的尖叫，她又按了几下，那声音仍然那样难听，她吓坏了，她把"**音乐**"按坏了，她一定把"音乐"按坏了，她慌慌张张地站起来，碰倒了凳子，"音乐"骤然发出巨大的轰鸣。

她转身跑了出去，跑进秋天的阳光里，她跑得那样快，想停也停不下来，脚步带着她跑向她也不知道的地方，她的脑袋里只有一个想法，我把**音乐**按坏了！

后来，陶小米追上了她，她们一起来到郊外，任陶小米怎么向她保证音乐并没有被她按坏，她也不相信。最后，陶小米向她起誓说的确听见了她们身后的琴声，她还是不信。陶小米终于妥协了，轻轻扳过她的肩头，告诉她，是音乐自己坏了，那不干我们的事。

陶小米说："**那不干我们的事！**"

"**那不干我们的事！**"

那不干我们的事！

罗小梅的泪水流出来，两手抓着地面，手指深深地抠进泥土里去，她一遍一遍地重复着："**那不干我们的事！**"

"**那不干我们的事！**"

她喊出了深藏在心底的伙伴的名字："陶小米！陶小米！！陶

小米！！！"

她的泪水汹涌地流淌。

河畔，这个镇子上仅存的十几棵白榆树静穆着，静穆，静穆到拨动了她的心弦。她听见了那些落光了叶子的树，她的泪水应和着树干里汁液的声音，那里蕴着时光的风声，那些树就像一架架藏着**音乐**的风琴，只是树叶已经落去，风的手指再也无法将**她们**弹出。时光将美妙滤掉了，只剩下一些碎裂的心酸。

泪眼迷蒙中，河水仍然平静地流淌。

河对岸，农民们正在收获秋天的白菜。

风过白榆

图书在版编目（CIP）数据

风过白榆 / 刘庆著 . -- 修订版 -- 北京：作家出
版社，2024.9. -- ISBN 978-7-5212-3082-6

Ⅰ. I247.5

中国国家版本馆 CIP 数据核字第 2024YV8006 号

风过白榆

作　　者：刘　庆
封面题字：刘　庆
特约编审：懿　翎
责任编辑：徐　乐
装帧设计：丁奔亮
出版发行：作家出版社有限公司
社　　址：北京农展馆南里 10 号　　　邮　　编：100125
电话传真：86-10-65067186（发行中心）
　　　　　86-10-65004079（总编室）
E-mail:zuojia @ zuojia.net.cn
http://www.zuojiachubanshe.com
印　　刷：唐山嘉德印刷有限公司
成品尺寸：152×230
字　　数：217 千
印　　张：18.75
版　　次：2024 年 10 月第 1 版
印　　次：2024 年 10 月第 1 次印刷
ISBN 978-7-5212-3082-6
定　　价：60.00 元